PONSON DU TERRAIL

# L'ORGUE DE BARBARIE

## LES HÉROS DE LA VIE PRIVÉE

ÉDITION ILLUSTRÉE DE VIGNETTES SUR BOIS

**Prix : 1 franc**

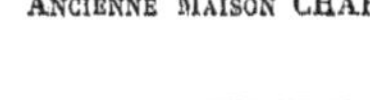

PARIS
VICTOR BENOIST ET Cie, EDITEURS, RUE GIT-LE-CŒUR, 10, A PARIS
ANCIENNE MAISON CHARLIEU ET HUILLERY

VICTOR BENOIST ET Cie — • ÉDITION ILLUSTRÉE • — 10, RUE GIT-LE-CŒUR, 10.

# L'ORGUE DE BARBARIE

PAR

PONSON DU TERRAIL

Tiens! c'est le Héron, dit le jeune homme. (Page 5.)

## LES HÉROS DE LA VIE PRIVÉE

### I

— Le tilbury de M. Anatole est prêt! dit le valet d'écurie en se montrant au seuil du petit salon, tortillant avec gaucherie son bonnet rayé dans ses doigts.

— Eh bien, répondit M. Anatole, mets la couverture à mon cheval pour qu'il ne s'enrhume pas. Je perds trop d'argent pour m'en aller comme ça.

Ceci se disait un samedi soir, jour de marché à l'hôtel du *Léopard*, à Auxerre, dans un petit salon situé à gauche dans la cour, et dans lequel une demi-douzaine de jeunes gens buvaient du punch et jouaient au lansquenet.

Les choses se passaient ainsi à peu près tous les samedis. Quelques jeunes gens des châteaux voisins se rencontraient à l'hôtel du *Léopard*.

Les uns étaient venus pour leurs affaires, les autres pour tuer le temps ; ils avaient déjeuné ensemble, et chacun, avant de quitter l'hôtel pour monter en ville, avait recommandé qu'on lui tînt son cheval prêt pour quatre ou cinq heures de l'après-midi.

Puis les premiers rentrés à l'hôtel avaient demandé du punch, ensuite des cartes, et il était souvent minuit que les chevaux, attelés depuis cinq heures, attendaient encore ces messieurs qui cartonnaient avec fureur.

Cela était arrivé ainsi ce soir-là.

— Messieurs, s'était écrié un grand jeune homme aux cheveux noirs, au teint pâle, fort beau garçon, mais d'une beauté étrange, et comme empreinte d'un sceau de méchanceté, messieurs, je crois que je perdrais ce soir la terre de la Bertaudière tout entière, si elle était à moi déjà.

— Comme si tout ce qui est à ton oncle ne devait pas te revenir! dit un autre jeune homme qui gagnait et avait le gain de belle humeur.

— Parbleu! reprit M. Anatole, car c'était ainsi qu'on appelait le grand jeune homme au teint pâle, je voudrais voir que ce vieux grigou me refusât quelque chose!...

— Jeune homme, dit une voix grave, dans un coin du petit salon, vous êtes peu respectueux pour le commandant de Perne..., votre oncle...

Les joueurs tournèrent la tête et aperçurent alors un homme d'environ cinquante ans, sec, maigre, portant une moustache grise, boutonné jusqu'au menton, coiffé d'une casquette ronde, chaussé de grandes bottes à l'écuyère et tenant à la main un fouet de chasse.

— Tiens, c'est vous, Armand, fit le baron de V..., par où diable êtes-vous entré?

— Par la porte, mes amis, mais sur la pointe du pied, attendu que vous paraissiez jouer un de ces petits jeux d'enfer qu'il ne faut pas interrompre.

— Peuh! dit le baron, je gagne vingt-cinq louis.

— Moi j'en perds cinquante, dit M. Anatole.

— Raison de plus pour vous en aller, jeune homme, dit le chasseur. Votre oncle est au lit depuis longtemps, et vous avez un bout de chemin d'ici à la Bertaudière.

— Je me moque de mon oncle, répliqua le jeune homme au teint pâle, mais je ne veux pas m'entêter. Tenez, c'est à moi la banque; je fais mes derniers dix louis, et je n'en veux plus.

M. Anatole prit les cartes et perdit du premier coup. Alors il donna un violent coup de poing sur la table, se leva et dit :

— Cette fois, j'en ai assez; et il faudra que le vieux ouvre ses tiroirs demain. Bonsoir tout le monde.

— Bonsoir, Anatole, dit le baron de V... Chassez-vous demain à Frettoye?

— Non, je vais à Vermenton, où j'ai affaire.

Et le jeune homme sortit en saluant. Et deux secondes après, on entendit le bruit de son tilbury qui roulait sous la porte cochère et gagnait le quai d'Yonne.

— Quel singulier garçon! dit alors le baron de V...

— Quel type! fit un autre joueur.

— Quel vilain type! dit un troisième.

— Il est certain, reprit un quatrième personnage, que notre ami Anatole n'est ni un bon camarade, ni un bon garçon.

— Je dirais même, reprit le baron, qu'il est méchant. On ne l'aime guère dans le pays où il est.

— Oui, mais on y adore le commandant, répondit l'homme au fouet de chasse à qui on avait donné le nom d'Armand.

— Son oncle le commandant?

— Son oncle ou son père, on ne sait pas.

Ces derniers mots firent tressaillir les personnes qui entouraient la table de jeu.

— Il est certain, messieurs, reprit le baron de V..., que l'état civil de M. Anatole de Perne n'a jamais été bien établi. Est-il le neveu du commandant?

— Certainement, dit une voix.

— Non, dit un autre.

— Est-il son fils?

— Baron, dit le chasseur, quel âge avez-vous?

— Trente et un ans, pour vous servir, mon noble ami monsieur Armand de Bertaud, et je suis encore le doyen de tous ces messieurs, la vraie fine fleur de la société de Rallie-Morvan, répondit le baron en riant.

— J'en ai cinquante-cinq, moi, mes enfants, répondit M. Armand de Bertaud, et je sais une foule de choses que vous ne savez pas, que vous ne pouvez pas savoir.

— Ah! ah!

— Je me rappelle, comme si c'était hier, le retour du commandant de Perne dans notre bonne ville d'Auxerre. Ce fut un événement. Je me rappelle encore les commentaires qui accueillirent, six mois après, l'apparition de l'enfant qui devait être un jour ce joli vaurien qui sort d'ici.

— Ma parole d'honneur, s'écria le baron, nous sommes pourtant en province.

— Sans doute.

— En province, on doit tout savoir, et chacun est passé au crible de la belle manière.

— Généralement.

— Il est donc bien étrange qu'on ne sache pas dans tout le département la véritable situation d'Anatole.

— C'est qu'en effet, répondit M. Armand de Bertaud, s'il y a une histoire mystérieuse au monde, c'est bien celle-là.

— Eh bien, dites-nous ce que vous en savez.

— Oh! volontiers, répondit M. de Bertaud.

Les joueurs abandonnèrent leur partie et se prirent à écouter.

## II

M. Armand de Bertaud était un homme de cinquante à cinquante-cinq ans, nous l'avons dit, et un des types les plus corrects du gentilhomme de province.

Il avait servi, obtenu le grade de capitaine et la croix, était revenu en Bourgogne et s'était fait agriculteur et chasseur.

Les veneurs de la contrée le tenaient en haute estime; son petit manoir d'Arcy-sur-Cure, à demi perdu dans un massif de chênes, au flanc d'un coteau, passait pour le toit le plus hospitalier des environs. C'était un homme doux, affable, que les paysans et les vignerons aimaient et respectaient, et duquel on disait : Il est vraiment singulier que M. de Bertand ne se soit pas marié; il eût fait un mari modèle.

Resté jeune de cœur et d'esprit autant que de corps, car il était robuste, en dépit de son apparence un peu chétive, Armand de Bertaud se plaisait dans l'intimité de cette jeunesse un peu fougueuse à qui le vin de Bourgogne a servi de lait nourricier.

Par contre, tous les jeunes gens que nous venons de voir à l'hôtel du Léopard avaient-ils pour lui une respectueuse amitié.

Il était donc tout naturel qu'on eût cessé de jouer et que tout le monde se fût pressé autour de lui pour écouter son récit.

— Mes enfants, dit le vieux gentilhomme, vous me permettrez de prendre les choses d'un peu loin et de vous donner quelques petits renseignements sur la famille du commandant.

La maison de Perne n'est pas bourguignonne. Le père du commandant et du baron de Perne, son frère, était un cadet de province qui s'en vint, au commencement du premier Empire, épouser, à Coulanges-sur-Yonne, une riche héritière, une fille de la branche aînée de ma famille à moi, mademoiselle de Bertaud, ce qui vous explique comment la terre de la Bertaudière, à qui nous avons donné notre nom, appartient au commandant.

En 1830, celui que nous appelons le commandant était capitaine dans un régiment de hussards.

Peut-être eût-il donné sa démission si son régiment n'eût pas été en Afrique en présence de l'ennemi.

Après la prise d'Alger, et quand son régiment rentra en France, il quitta le service, mais assez tôt pour ne pas voir au *Moniteur*, en débarquant à Toulon, sa double nomination de chef d'escadron et d'officier de la Légion d'honneur.

Son père venait de mourir laissant une fortune considérable partagée entre ses deux fils, mais par inégales portions, suivant la vieille tradition du droit d'aînesse qui avait beaucoup de mauvais, sans doute, qui était même souverainement opposée aux principes de l'équité, mais qui permettait de conserver de génération en génération la fortune d'une maison.

Le commandant n'accepta pas tout d'abord le testament paternel.

Il offrit à son frère un partage en égales parts, mais le frère refusa.

Il n'y avait pas huit jours que le commandant de Perne, rentré dans la vie civile, avait fait son apparition dans l'Auxerrois, qu'il était déjà le point de mire de toutes les maisons où il y avait des filles à marier.

Il avait trente mille livres de rentes, on lui en donnait cinquante, comme toujours; il était tout jeune, vingt-sept ans à peine, beau garçon et brillant cavalier.

En un mois on lui offrit dix héritières qu'il refusa, disant qu'il avait bien le temps d'affronter cette grande épreuve.

Il s'installa à la Bertaudière qu'il restaura de fond en comble, remonta son chenil et son écurie, donna des fêtes et se montra pendant six mois le plus gai et le meilleur compagnon qu'on pût voir.

Néanmoins la province n'était pas contente.

Les pères de famille fronçaient le sourcil, les douairières murmuraient, les jeunes filles soupiraient.

On aurait voulu que le commandant se mariât.

La médisance fit alors son tout petit bonhomme de chemin.

On remarqua que le commandant venait à Auxerre trois ou quatre fois par semaine, le soir et non le matin, et qu'il n'en repartait que bien avant dans la nuit.

Cette remarque faite, on en fit une autre.

Il y avait alors à Auxerre un vieux receveur général en retraite qui avait une jeune et jolie femme. Ils habitaient à la porte des Glainies, hors de la ville, un bel hôtel entouré d'un immense jardin. Un soir, quelques écervelés, en sortant du cercle, rencontrèrent un homme qui sortait par la porte des Glainies en rasant les murs et le nez dans son manteau.

— Hé! fit l'un, c'est le commandant.

— Farceur! dit l'autre, que faites-vous donc là, hein?

— Je fume mon cigare, répondit le commandant visiblement contrarié.

— Et vous allez chez madame de C... ?...

— Vous êtes fou, dit le commandant.

— Mais non!...

— Mais si!

Le commandant se fâcha; une provocation s'ensuivit, et, le lendemain, le jeune homme qui avait prononcé le premier le nom de la femme du receveur général reçut un galant coup d'épée dans le bras.

Madame de C..., comme bien vous pensez, s'en trouva un peu plus compromise, et les bonnes langues de la province allèrent leur train.

Mais un beau jour ce fut bien pis.

Le commandant cessa tout à coup de venir à Auxerre, et ne sortit plus de son manoir.

D'abord on crut à une rupture avec madame de C...

Puis, à travers les grilles du parc, on aperçut avec stupeur une bonne grosse Cauchoise qui promenait par la main un enfant de deux ou trois ans.

Le commandant était devenu père, et on ne lui connaissait pas de femme.

On jeta les hauts cris. Les plus forcenés pénétrèrent chez lui et demandèrent le mot de l'énigme.

— C'est mon neveu, dit le commandant.

— Mais votre frère n'est pas marié.

— Soit.

— Donc il n'a pas d'enfant.

— C'est mon neveu à la mode bretonne, dit-il, l'enfant d'une cousine qui vient de mourir en Provence.

Le frère cadet du commandant jura qu'il n'avait jamais entendu parler de cette cousine.

Le commandant demeura impénétrable.

Un moment on avait pu croire à une délivrance clandestine de madame de C...

Mais madame de C... était mondaine; elle n'avait pas manqué un seul bal durant deux hivers; et puis, d'ailleurs, il y avait sept ou huit mois à peine que le commandant était dans le pays.

Alors, en opposition à la version du commandant, il s'en établit une autre.

On demeura convaincu que cet enfant qu'on appelait Anatole était un péché de jeunesse et de garnison du beau commandant.

— Péché est bien le mot, dit alors un des auditeurs, tandis que M. de Bertaud allumait un cigare, car jamais vaurien pareil n'a vécu sous la calotte des cieux.

— Attendez donc, mes enfants, dit M. de Bertaud, je n'ai pas fini.

— Continuez, Armand, nous vous écoutons, dit le baron.

Et le cercle se resserra autour du narrateur.

## III

— A partir de ce jour-là, continua M. Armand de Bertaud, la vie du commandant fut pour ainsi dire murée.

On ne le vit plus nulle part.

Il donna sa démission de membre de Rallie-Bourgogne et de Rallie-Morvan, et six années s'écoulèrent sans qu'il eût franchi le seuil de la Bertaudière.

Vous voyez d'ici le vieux manoir, hein?

Il est sur la rive gauche de la Cure, en face de Cravant et de Vermenton.

Un bois de châtaigniers l'entoure; de grands murs, bordés de peupliers, clôturent le parc.

Du haut des étages supérieurs ou des tourelles on découvre une vue admirable.

Le lieu, comme vous voyez, était merveilleusement choisi pour servir de Thébaïde à un homme qui semblait avoir rompu avec le monde entier.

On s'était beaucoup occupé de lui d'abord; on finit par l'oublier.

Son frère, le baron de Perne, s'était marié dans l'intervalle.

Le commandant avait signé au contrat, assisté à la bénédiction nuptiale, et s'était retiré aussitôt après sans vouloir prendre part au repas de noces.

Les deux frères étaient en froid déjà. Le baron se fâcha tout à fait.

Il y a près de vingt ans que les deux frères ne se sont vus.

— Cependant, interrompit M. de V..., ils sont voisins.

— Très-proches voisins même, reprit M. de Bertaud: il n'y a pas une lieue, par la traverse, de la Bertaudière à Pré-Gilbert. Les deux châteaux sont adossés à la même colline, l'un au nord, l'autre au midi.

Dans ma jeunesse, j'étais lié avec Charles de Perne, le baron, et nous sommes allés bien des fois de l'un à l'autre en remontant à travers le parc jusqu'au sommet du coteau.

Mais je reprends mon récit.

Le commandant vécut donc dix ou douze ans à la Bertaudière sans en sortir, et on avait fini par ne plus songer à lui, quand un matin on vit une chaise de poste sortir du vieux manoir, gagner la grand'route et se diriger bruyamment vers Auxerre.

C'étaient le commandant et l'enfant mystérieux qu'il avait élevé qui partaient pour Paris. Une semaine après, le commandant revint et reprit sa vie de solitude.

Il avait mis le jeune Anatole à Sainte-Barbe.

Chaque année, aux vacances, l'enfant revenait, et chaque année, quand arrivait le mois de novembre et que le barbiste repartait pour Paris, on entendait dans tout le pays comme un murmure de satisfaction.

Les instincts méchants du drôle s'étaient développés de bonne heure.

Tantôt, quand il chassait, il tirait sur les poules d'un paysan, tantôt il fourrageait une vigne non vendangée.

On venait se plaindre à la Bertaudière; le commandant soupirait et payait sans mot dire.

Depuis qu'il a terminé ses études et qu'il mène à la Bertaudière l'existence d'un gentilhomme campagnard, Anatole ne s'est point modifié.

C'est toujours le vaurien sans foi ni loi, méchant pour le plaisir de l'être, et que les paysans d'alentour écharperont bien certainement le lendemain de la mort de ce pauvre commandant, que j'ai entrevu l'autre jour et qui a l'air d'un cadavre ambulant.

— Mais, dit un des auditeurs de M. de Bertaud, il faut convenir que la province est bien naïve pour douter de la paternité du commandant en présence de cette faiblesse déplorable qu'il montre pour Anatole.

— Il lui laissera toute sa fortune, dit un autre.

— Et il déshéritera ses neveux, ajouta M. de Bertaud. Seulement, je vais vous dire une chose bizarre et que le hasard seul m'a révélée.

— Voyons.

— Le commandant n'aime pas Anatole.

— Par exemple !

— Il est même des heures où il le traite violemment.

— Mais c'est impossible ce que vous dites là. Alors il le craint.

— Je ne le crois pas. Que voulez-vous, dit M. de Bertaud en terminant, tout est mystère dans cette affaire. Je vous ai dit ce que j'en savais.

— Alors c'est tout?

— Oui.

— Vous ne savez plus rien?

— Plus rien absolument.

— Eh bien, moi, dit alors le baron de V..., je suis plus avancé que vous, Armand.

— Vous?

— Moi.

— Que savez-vous donc de plus?

— Je suis devenu le confident de maître Anatole.

— Comment cela?

— Maître Anatole a des projets qu'il caresse dans l'ombre, et il lorgne, à travers l'épaisseur de la colline qui sépare les deux châteaux, mademoiselle Josèphe de Perne....

A ces paroles M. de Bertaud, fit un soubresaut sur son siége.

— Vous êtes fou, baron, dit-il.

— Nullement, mon ami.

— Josèphe est un ange de vertu et de beauté, et c'est un autre mari que maître Anatole qu'il lui faut.

— Je suis entièrement de l'avis de M. Bertaud, dit un autre des auditeurs, et je puis même vous fournir un petit renseignement.

— Ah! fit Armand.

— Il est question d'un mariage pour mademoiselle de Perne..

— Avec qui?

— Avec notre bon et excellent ami Jean de Mauroy.

— A la bonne heure ! fit M. de Bertaud.

— Et je crois qu'ils s'adorent déjà.

— Jean est un cavalier accompli.

— Ils feront le plus joli couple du monde.

— Je puis même vous dire qu'ils sont déjà fiancés.

— Tout cela ne prouve rien, dit froidement le baron de V....

— Plaît-il?

— Je vous jure qu'Anatole a fait le serment d'épouser sa cousine, et qu'il y arrivera.

— Eh bien, moi, dit en se levant M. de Bertaud, je vous jure que je suis trop l'ami du père pour laisser accomplir le malheur de la fille.

Et sur ce serment, M. de Bertaud rajusta son manteau et ajouta :

— Excusez-moi, mes jeunes amis, mais je chasse demain au Puisaye, et j'ai dix bonnes lieues à faire pour arriver au rendez-vous.

Il serra toutes les mains et rejoignit son cheval qu'un palefrenier promenait tout sellé dans la cour.

Et mettant le pied à l'étrier, le vieux gentilhomme murmura :

— Quand je devrais le tuer, je saurai bien empêcher ce drôle de jamais épouser ma belle et vertueuse Josèphe !

## IV

Suivons maintenant M. Anatole, qui venait de monter en tilbury pour s'en retourner à la Bertaudière.

L'Yonne, qui est un des plus beaux départements de France, est un peu le pays du sans-façon.

Il y a de grosses fortunes qui ne font pas grand bruit et ne se refusent rien, cependant, de ce qui fait le confort de la vie.

C'est la terre du bon vin, des bons repas, des joyeux rires et des braves cœurs.

C'est aussi le pays des gens d'esprit, du paysan moqueur, du chasseur possédé du feu sacré et du braconnier incorrigible.

Bien vivre est la devise de chacun; mais vivre à sa guise, sans faire d'embarras, sans se créer des ennuis. Tel gentilhomme qui a table ouverte dans sa gentilhommière, a coupé les arbres de son parc pour planter un clos de vigne; et, s'il y a vingt-cinq briquets au chenil, qui chassent le lièvre aussi bien que le chevreuil, il en est encore au petit cheval du Morvan et se contente, pour livrée, d'un galon à la casquette de cuir de son domestique.

La plupart des gentilshommes fermiers, pour nous servir de l'expression anglaise, vont à la ville sans bruit ni trompettes.

Quelquefois un méchant gamin de douze ans est assis dos à dos avec son maître sur son dog-cart haut sur roues.

Le plus souvent, le gentilhomme est tout seul dans un tilbury attelé d'un bon cheval un peu lourd, mais qui a un train soutenu et fait ses quatre lieues à l'heure.

Il arrive à Auxerre, descend au *Léopard* qui est le premier et le plus confortable hôtel de la ville, confie son modeste équipage au garçon d'écurie et va passer sa journée à ses affaires.

Le soir, comme nous l'avons vu, il revient, ordonne d'atteler, boit un grog en attendant, s'attarde à un whist ou à un lansquenet dans le petit salon, et finit par ne s'en aller qu'à minuit ou une heure du matin.

Les femmes du beau pays de Bourgogne sont faites à ce manége et ne s'en préoccupent guère.

Elles dînent toutes seules le samedi, couchent leurs enfants et s'endorment elles-mêmes sans préoccupation aucune.

Les routes sont sûres, du reste. L'histoire du courrier de Vermenton qui fut assassiné entre Vincennes et Cravant est devenue une légende, car il y a bien quinze ans de cela, et depuis ce temps la vigne a été malade et s'est guérie trois fois.

Cependant, on glisse une paire de pistolets dans le tablier du tilbury roulé au garde-crotte; ou bien on emporte son fusil de chasse dans le canon gauche duquel on a mis une balle; mais, ni pistolets ni fusil n'ont jamais servi.

M. Anatole était donc parti tout seul.

On était en octobre, le temps était frais, le ciel clair, et une belle lune versait ses rayons d'argent sur le paysage.

La route qui menait à la Bertaudière était l'ancienne route impériale de Paris à Lyon par la Bourgogne.

Elle passe l'Yonne à Auxerre, remonte la rive droite de la rivière jusqu'à Champs, en décrivant une courbe, repasse l'eau à ce dernier village et file alors tout droit jusqu'à Vincennes, une jolie bourgade qui n'a qu'une rue.

A gauche, les coteaux d'Irancy et de Saint-Bris et la plaine de Vincelottes; à droite, les coteaux opulents de Coulanges-la-Vineuse, au-dessus desquels s'étendent de grands bois giboyeux.

Puis tout là-bas, devant soi, les tours ruinées et l'enceinte à demi détruite de ce village à mi-côte qu'on appelait jadis Cravant-le-Fort, et sous les murs duquel, au moyen âge, le connétable de Chastellux écrasa les Anglais.

La route est unie comme un lac; elle est ferrée de cailloux de rivière et résonne comme un tambour.

M. Anatole avait laissé éteindre les lanternes qui brûlaient depuis huit heures du soir, et la jument, une de ces petites charbonnières morvandelles qui vont un train d'enfer, avait dévoré en quarante minutes les trois lieues et demie qui séparent Auxerre de Vincelles, lorsque le jeune homme s'arrêta tout à coup.

La bourgade était silencieuse et il y avait longtemps que minuit était sonné.

Cependant un peu de lumière passait sous une porte, et au-dessus de cette porte, devant laquelle le tilbury s'était arrêté, se balançait la traditionnelle branche de houx que les gens altérés contemplaient avec amour.

— Hé! Forestier? cria M. Anatole.

Aussitôt la porte s'ouvrit et un homme à moitié endormi se montra sur le seuil.

— Ah! c'est vous, monsieur le comte, dit-il.

— Parbleu! oui, c'est moi.

— Excusez-moi, je me suis endormi. Quelle heure peut-il bien être?

— Une heure du matin.

— Après ça c'est bien possible, dit le paysan; ma chandelle, qui était neuve, est quasiment tout usée.

— As-tu vu le Héron, ce soir?

— Oui, monsieur, il est venu; il est même resté longtemps ici.

— Jusqu'à quelle heure?

— Dix heures environ. Mais il s'en est allé.

— Il ne t'a rien dit pour moi?

— Si fait; il prétend qu'il y a un joli coup de fusil à faire dans les prés de Bazarne, et il y sera demain matin.

— L'imbécile! fit M. Anatole avec humeur, comme s'il n'aurait pas pu m'attendre! Bonsoir, Forestier...

— Bonsoir, monsieur Anatole... Vous ne voulez pas boire un coup, par hasard?

— Merci; je n'ai pas soif.

— Ma nouvelle cuvée est pourtant fameuse!

— Non, non, merci... pas ce soir... un autre jour.

— Comme vous voudrez...

M. Anatole donna un coup de langue et sa jument repartit.

A trois cents mètres environ des dernières maisons de Vincelles, le chemin se bifurque.

La voie impériale est croisée, en cet endroit, par la route départementale de Mailly-la-Ville et Chastel-Censoir.

Sur la droite s'élève un petit bois de chênes et de hêtres.

Au moment où M. Anatole atteignait cette bifurcation, un être bizarre se dressa tout à coup devant lui.

— Tiens! c'est le Héron, dit le jeune homme.

Le Héron était un être humain; mais, la lune aidant, il avait une apparence fantastique, et ses jambes étaient si longues qu'on eût dit celles d'un échassier, tandis que son buste était si court qu'on aurait pu croire qu'il était fendu jusqu'au menton.

Et celui à qui sa conformation bizarre avait valu le sobriquet de Héron, allongea ses jambes démesurées et vint à la rencontre de M. Anatole, qui paraissait très-pressé de le voir et de causer avec lui.

## V

Quel était donc ce bizarre personnage?

C'est ce que nous allons vous dire en quelques mots.

Au physique, cet homme ressemblait donc à un échassier: longues jambes, long cou, tête pointue et nez recourbé, et, séparant les jambes du cou, un buste court et gibbeux, rappelant fort bien le corps du héron.

Le Héron avait les cheveux d'un blond incertain, les yeux bleus, le visage assez doux, bien que certains signes accusassent un caractère bien trempé et une volonté énergique; il avait de grandes dents jaunes et des lèvres minces, mais son sourire n'était ni disgracieux ni dépourvu d'une certaine finesse.

La couleur même de ses cheveux, qu'il portait un peu longs, et de sa barbe, qui était rare, laissait son âge indécis.

Avait-il trente-cinq ans ou bien cinquante?

Il était presque impossible de trancher la question.

Le Héron n'était pas du pays, et on ne savait guère d'où il venait.

A Cravant, à Vermenton, à Pré-Gilbert, on l'avait toujours vu.

Du temps de M. de Perne, le père, — il y avait beau jour, par conséquent, — le Héron était déjà dans la maison. Il était un peu palefrenier, un peu garde-chasse, un peu courrier.

C'est-à-dire, pour justifier ce dernier emploi, qu'on lui donnait des lettres à porter et qu'en ouvrant ses grandes jambes comme un compas il allait plus vite qu'un cheval au trot.

Quand le vieux marquis de Perne était mort, le Héron n'avait pas tout à fait quitté le service de la maison, mais il avait changé de position : au lieu de rester soit à la Bertaudière, soit au château de Pré-Gilbert, de servir par conséquent soit le commandant qui revenait du service, soit son père, il avait voulu servir les deux, et voici comme :

Bien que le marquis eût fait un testament par lequel il avantageait son fils aîné, le commandant, certains biens étaient restés indivis entre les deux frères.

C'étaient des bois qui couvraient une superficie de plusieurs centaines d'hectares, de l'autre côté de la rue de Mailly-la-Ville.

Le Héron s'en était nommé garde général de sa propre autorité, et les deux frères, qui n'étaient pas encore brouillés, l'avaient laissé faire.

Il y avait donc, à l'époque où commence notre récit, quelque chose comme vingt-quatre ou vingt-cinq ans que le Héron habitait une maisonnette en plein bois, taillait et rognait à son idée, vendait des coupes, en aménageait d'autres et avait pleins pouvoirs.

Il était devenu peu à peu l'unique trait d'union qui restât encore entre les deux frères, brouillés depuis si longtemps.

Le Héron était grand chasseur; il était même braconnier.

Qu'on nous permette d'expliquer ce dernier mot.

Braconnier, pour le vulgaire, signifie un homme qui chasse, sans permis de port d'armes, sur la terre d'autrui, prend le gibier de son voisin de toutes les manières et en tire profit.

Mais il y a des gens qui ont un permis de chasse et des terres et qui n'en sont pas moins braconniers; car ce mot veut dire aussi un homme qui a déclaré au gibier une guerre sournoise et pleine de ruse, alors que ce même gibier lui appartient; qui ne dédaigne ni la chanterelle au temps où la perdrix est folle d'amour, ni l'affût, ni le filet, le collet de cuivre; qui engage avec le gibier une lutte de tous les instants, répondant à la ruse par la ruse, et faisant une étude constante des mœurs et des habitudes de son ennemi.

A ce dernier point de vue, le Héron était fameux à six lieues à la ronde.

Grande ou petite chasse, il était malin entre tous.

Tel gentilhomme qui chassait à courre ne dédaignait nullement ses conseils; tel jouvenceau à qui on mettait un fusil dans la main pour la première fois, s'en allait demander au Héron sa protection et ses lumières.

Il vendait bien un peu de gibier; mais il en donnait beaucoup et fournissait en toute saison la table des deux châteaux.

Il était également bien vu à Pré-Gilbert et à la Bertaudière.

Mademoiselle Josèphe de Perne, que M. de Bertaud appelait un ange et avec qui nous ferons bientôt connaissance, aimait fort le Héron.

M. Anatole, ce vaurien qui n'aimait personne et faisait la vie si dure au pauvre commandant, ne pouvait plus se passer de lui.

Cet homme, doux et naïf en apparence, poursuivait cependant un but ténébreux, un but que personne n'avait même soupçonné, et, comme on va le voir, ce n'était pas pour préparer quelque vulgaire expédition de chasse qu'il avait attendu si longtemps, ce soir-là, M. Anatole au cabaret de Vincelles, et qu'il l'attendait encore à une heure du matin, couché dans le fossé de la route.

Le Héron en reconnaissant au clair de lune le tilbury de M. Anatole, s'était donc dressé tout à coup, et mettant ses longues jambes en mouvement, il était venu à la rencontre du jeune homme.

— Eh bien! fit celui-ci qui arrêta net sa jument, y a-t-il du nouveau depuis ce matin?

— S'il n'y en avait pas, répondit le Héron, je ne serais pas venu. Vous savez bien que c'était convenu entre nous. Et le Héron, qui avait son fusil sur le dos, monta lestement dans le tilbury à côté de M. Anatole, ajoutant :

— Vous n'avez pas besoin de presser la grise, nous avons à causer un brin.

— Parle, dit le jeune homme.

— M. de Mauroy est venu à Pré-Gilbert aujourd'hui, reprit l'homme aux longues jambes, tandis que M. Anatole mettait sa jument au pas.

— Ah! fit ce dernier avec colère.

Il s'est longtemps promené avec le baron dans le parc.

— Josèphe était-elle avec eux?

— Non, mais j'aurais autant aimé qu'elle y fût.

— Pourquoi?

— Parce qu'ils ont parlé d'affaires tout le temps.

M. Anatole serra le manche de son fouet avec fureur.

Le Héron poursuivit :

— J'étais couché dans une cépée, à deux pas d'un tronc d'arbre sur lequel ils se sont assis, causant comme des gens qui se croient bien seuls.

— Après?

— Ils ont parlé du contrat.

— Mais, tonnerre! exclama M. Anatole, c'est donc décidé, ce mariage?

— Jusqu'à présent, dit le Héron; mais je suis là, moi, et je m'arrangerai bien de manière qu'il ne se fera pas.

Un sourire glissa sur les lèvres minces du garde-chasse.

— J'ai dépisté bien d'autres gibiers dans me vie, fit-il.

— As-tu donc une bonne idée?

— Peut-être...

Et le Héron eut un air mystérieux, et M. Anatole se prit à le regarder et à l'écouter avec une sorte d'avidité.

## VI

Cependant, comme le Héron ne se pressait pas de parler, M. Anatole lui dit :

— Je parie que je devine.

— Hein? fit l'homme aux longues jambes.

— Tu vas te camper, un de ces soirs, au coin du bois du Fay, et tu attendras qu'il passe.

— Qui ça?

— Mauroy, parbleu!

— Et puis?

— Et puis tu le prendras pour un lièvre. Dame! la nuit, on se trompe.

Le Héron eut un geste de dénégation énergique.

— Oh! pas de ça, monsieur Anatole, fit-il.

— Plaît-il?

— Je veux bien être avec vous, continua le Héron; mais je ne veux pas commettre un crime.

— Imbécile!

— J'ai un autre moyen, allez...

— Voyons-le, ton moyen ?

— M. de Mauroy est un gentil garçon, poursuivit le Héron; on ne peut pas dire autrement, et on l'aime dans le pays, bien qu'il ne soit pas bien riche.

— Il n'a pas le sou, dit M. Anatole avec dédain.

— Mais c'est un noble du vieux temps, continua le Héron, bon au pauvre monde, le cœur sur la main et pas fier...

— Après?

— Il a quasiment trente ans aujourd'hui, et il en avait dix-huit que mademoiselle Josèphe était une petite fille. Vous pensez bien qu'alors il ne songeait guère qu'il l'aimerait un jour et penserait à en faire sa femme.

— Héron, mon ami, dit M. Anatole, avec impatience, est-ce que tu vas jaser longtemps comme ça pour ne rien dire?

— Vous êtes un peu pressé, monsieur Anatole, répondit le Héron avec flegme, faut pourtant que je m'explique....

— Eh bien! va, mais dépêche-toi.

— Je vous disais donc que lorsque M. de Mauroy avait vingt ans, mademoiselle Josèphe n'en avait guère que six ou sept.

— Après?

— M. de Mauroy vivait seul avec son père, dans leur château.

— Tu veux dire leur bicoque.

— Pour une bicoque, je ne dis pas non, fit l'homme aux longues jambes; mais c'est tout de même un château, et il y a beau jour que l'Yonne, en passant, voit ses quatre tours se mirer dans l'eau.

Je vous disais donc que M. de Mauroy et son père vivaient seuls.

Le papa avait fait la guerre au temps de Napoléon, il était vieux, et quand ses rhumatismes le prenaient, il était cloué pour des mois entiers dans son fauteuil.

M. Jean allait à la chasse tout le jour, et il ne faisait pas plus attention à une fille qu'à un pigeon de colombier.

Mais il y avait une fillette qui s'occupait de lui, tout au contraire.

— Ah! ah!

— C'était la fille à Jacques Dubarle, le meunier de Sezy, un beau brin de fille, du reste, qu'on appelait la Toinon.

M. Jean passait souvent par le moulin; la Toinon lui faisait bonne mine. Quelquefois il buvait un coup avec le meunier, et la Toinon jasait comme une pie.

Quand on a vingt ans, on n'a pas grand'défense, et M. Jean était innocent.

La Toinon mena bien sa barque; elle la mena si bien qu'un matin le père Dubarle s'en vint chez le vieux M. de Mauroy et lui dit :

— Votre fils a compromis ma fille. Faudrait voir à réparer tout cela.

M. de Mauroy demanda quarante-huit heures pour réfléchir, et il se renseigna. Ce n'était pas difficile.

Quand le meunier revint, M. de Mauroy lui donna six mille francs, et le bonhomme se tint pour satisfait.

La Toinon quitta le pays et s'en alla à Paris, les uns dirent pour cacher sa faute, les autres pour se mettre en service.

— Et elle n'est plus revenue?

— Non, mais elle reviendra.

Ici le Héron cligna de l'œil.

— Elle a un enfant, dit-on, et M. de Mauroy pourrait bien en être innocent. C'est une gaillarde qui n'a pas froid aux yeux, allez! et qui fera ce que nous voudrons.

— Comment cela?

— Le père Dubarle est mort, mais le moulin est toujours à la Toinon; elle l'avait loué. Le bail est à terme, la Toinon va revenir pour chercher un locataire, et alors, pour peu qu'on lui monte la tête, et je m'en charge, elle ira promener son enfant sous les fenêtres de mademoiselle Josèphe et faire des scènes à M. Jean.

Tandis que le Héron parlait, le visage de M. Anatole s'était éclairé d'un rayon de froide méchanceté :

— Hé! dit-il, tu as pourtant l'air d'un imbécile, quand on ne te connaît pas, mais tu es un fier homme tout de même!

— Quand je veux une chose, faut que j'y arrive! répondit le Héron. Voyez-vous, monsieur Anatole, je n'ai pas grande instruction, mais j'ai de l'entendement tout de même, et j'ai mon idée.

— Tu veux que j'épouse ma cousine?

— Pardine! ce n'est pas plus pour vous que pour elle, c'est pour moi; car, voyez-vous, le bien doit servir le bien, et tout paysan que je suis, j'ai des idées d'aristocrate.

— En vérité! dit M. Anatole en riant.

— J'ai été élevé par le vieux marquis, votre grand-père; car on ne m'ôtera pas de l'idée, quoi qu'en dise le commandant, que vous êtes, non pas son neveu, mais son fils.

— Parbleu ! personne n'en doute.

— Alors, ça m'est bien égal que vous soyez légitime ou non. Vous aurez la Bertaudière, pas vrai ?

— Dame ! et le reste avec.

— Eh bien, les idées de feu M. le marquis votre grand-père étaient que ni la Bertaudière ni Pré-Gilbert ne fussent jamais séparés, et les idées de M. le marquis, c'est les miennes. Le commandant et M. le baron sont brouillés ; mais, quand mademoiselle Josèphe sera votre femme, ils feront la paix. Voilà !

Et le Héron, en parlant ainsi, sauta en bas du tilbury.

— Tu me quittes ? fit M. Anatole.

— Oui... mais nous nous verrons demain.

Le tilbury était arrivé au pont de Cravant.

— A demain donc, répondit le jeune homme.

Et il s'engagea sur le pont, tandis que le Héron sautait dans les champs et prenait ses longues jambes à son cou pour regagner les bois au milieu desquels il vivait.

## VII

Nous l'avons dit, le château de la Bertaudière est situé entre Vermenton et Cravant ; mais de l'autre côté de la Cure, une jolie rivière un peu tapageuse qui vient se jeter dans l'Yonne.

M. Anatole passa donc sous les murs de Cravant, suivit la grande route jusqu'au pont d'Accolay, sur lequel il passa la Cure, et s'engagea dans un joli chemin, bordé de haies vives, qui conduisait à la grille du château. La lune brillait toujours au ciel et faisait resplendir les girouettes de fer-blanc et les tourelles d'ardoise de la Bertaudière.

Cependant M. Anatole vit une lumière à une des croisées du premier étage.

— Bon ! se dit-il, le vieux n'est pas couché... Peut-être bien qu'il a sa goutte ; ou bien il m'attend pour me faire quelque semonce... Mais je m'en moque !...

Arrivé à la grille du parc, M. Anatole mit pied à terre, passa son bras sous la porte et retira une clef qu'il mit dans la serrure.

La jument, habituée sans doute à ce manége, ne bougea pas, attendant patiemment que la grille fût ouverte.

Puis elle entra et fit quelques pas en avant.

M. Anatole referma les deux battants de la grille et, remontant en voiture, il suivit la grande allée d'arbres qui menait au perron.

Cette allée était sablée et le tilbury roulait dessus sans faire le moindre bruit.

Parvenu devant le château, le jeune homme appela à mi-voix un domestique qui l'attendait toujours et sommeillait sur une botte de paille, à l'entrée de l'écurie.

Cet homme se leva aussitôt et vint prendre le cheval par la bride.

— Blaise, dit M. Anatole, est-ce que mon oncle est malade ?

— Oui, monsieur, la goutte l'a repris aujourd'hui, répondit le valet, qui se mit à dételer le cheval.

— A-t-il demandé après moi ?

— Non, monsieur.

— Bon ! pensa le jeune homme, je vais monter me coucher sans faire de bruit. Quand le bonhomme est malade, il a un caractère grincheux.

Et il tira de sa poche un passe-partout, ouvrit la porte du vestibule et monta l'escalier sur la pointe du pied.

Mais comme il arrivait au premier étage, il entendit retentir la voix du commandant.

— Anatole ! criait le vieillard à travers la porte.

— Bon ! murmura le vaurien, je suis pincé ! il n'y a pas moyen de reculer... Du reste, j'aime autant ça... il me faut de l'argent, car on m'a joliment nettoyé là-bas, au lansquenet.

Et il tourna le bouton de la porte du commandant. M. le comte Albert de Perne, officier démissionnaire, était alors un homme d'environ cinquante-cinq ans, aux cheveux roux et taillés en brosse, à la barbe grisonnante, aux traits fatigués, mais pleins de distinction.

Le type des races aristocratiques du Midi se retrouvait pur en lui.

Il avait la lèvre autrichienne, le nez busqué, les dents blanches et une peau légèrement bistrée.

Sa main était fine et soignée.

M. Anatole croyait le trouver au lit.

Mais le commandant était levé, ou plutôt était à demi enfoui dans un vaste fauteuil auprès duquel on avait roulé une table.

Cette table était couverte de différents papiers, et un large pli cacheté attira tout d'abord l'attention du jeune homme.

Le commandant ne gronda point, comme à l'ordinaire ; il dit même avec douceur :

— Bonsoir, mon enfant, tu reviens bien tard... ne te serait-il rien arrivé, au moins ?

— Non, mon oncle, répondit Anatole, ou plutôt... mais nous en causerons tout à l'heure.

— De quoi s'agit-il ? fit le commandant.

— Cette maudite goutte est donc revenue ? demanda Anatole.

Et le drôle se disait *in petto* :

— Faisons-lui quelques caresses... il crachera le double de la somme que j'ai perdue ce soir.

Le commandant eut un triste sourire.

— Ma goutte, dit-il, revient périodiquement. Elle m'avait laissé tranquille depuis un mois. Il était juste qu'elle revînt. Et puis, il arrivera un matin qu'elle abandonnera mes jambes, remontera petit à petit et m'étouffera. Le bon docteur J... me l'a prédit.

— Bah ! bah ! fit Anatole d'un ton léger, tout ça n'a pas l'ombre du sens commun, mon oncle.

— Tu crois ?

Et le commandant souriait.

— Vous vivrez vieux, très-vieux...

— Je ne demande pas cela, dit le commandant avec tristesse ; d'ailleurs te voilà homme, et je n'ai pas grand'chose à faire en ce monde.

— Mon oncle !

— Mais ce n'est pas de moi qu'il s'agit, reprit le commandant ; parlons de toi... Voyons, tu as la mine bien consternée... Que t'est-il arrivé ?

— Oh ! des bêtises !

— Tu es allé à Auxerre... tu as dîné en joyeuse compagnie ?

— Cela est vrai, mon oncle.

— Tu as taillé un baccarat ou un lansquenet après dîner. Ne t'en défends pas ; j'en ai fait tout autant jadis, moi.

— C'est vrai, mon oncle.

— Et tu as attrapé ce qu'on appelle une *culotte*.

Anatole soupira.

En même temps il se disait :

— Jamais je n'ai vu ce vieux-là plus aimable...

— Voyons, reprit le commandant souriant toujours, quel est le chiffre ? deux, trois, quatre, cinq mille francs ?

— Puisque le vieux est si large ce soir, se dit Anatole, profitons-en.

— Six mille, dit-il.

C'était un peu plus du double de la somme qu'il avait perdue.

Le commandant ne se récria point. Il prit une plume et une feuille de papier, et écrivit dessus :

*Bon pour six mille francs.*

Puis il remit la feuille de papier au jeune homme.

— Demain, dit-il, tu les toucheras chez mon notaire d'Auxerre.

Après cela, il garda un moment le silence ; et Anatole, dont le cœur battait de joie, tournait et retournait dans ses doigts le bon de six mille francs.

— Maintenant, reprit le commandant, maintenant que nous avons réglé cette niaiserie, je vais causer sérieusement avec toi, mon enfant.

Cette fois, M. Anatole tressaillit et regarda le commandant avec étonnement.

Celui-ci allongea le doigt vers le pli cacheté.

— Ceci est mon testament, dit-il.

Un nuage passa sur le front du jeune homme.

Les mauvaises natures sont défiantes.

— Est-ce que le vieux voudrait me faire tort d'un sou, qu'il est si aimable et si large ce soir? pensa-t-il.

Et il attacha sur le vieillard un œil scrutateur, comme s'il eût plongé au fond de son âme.

## VIII

M. de Perne reprit :

— Oui, mon enfant, j'ai fait mon testament aujourd'hui, ou plutôt je l'ai refait.

Anatole ne soufflait mot.

— Tu sais que je t'ai adopté, poursuivit le commandant.

— Oui, mon oncle.

— Par conséquent, je te laisse toute ma fortune...

Anatole respira.

— A l'exception d'une somme de cinquante mille frrncs que je te demande la permission de laisser à ma nièce, mademoiselle Joséphe de Perne.

Anatole ne répondit pas.

— Je te charge, en outre, de servir diverses pensions à plusieurs de mes vieux serviteurs, Jean-Pierre, entre autres. Le brave garçon était mon brosseur au régiment. Il ne m'a jamais quitté, et il est juste qu'il ait du pain sur ses vieux jours.

Anatole s'inclina.

— Mon ami, continua M. de Perne, je puis vivre plusieurs années encore, comme je puis mourir au premier jour. Si cela arrive, tu trouveras dans mon testament une lettre à l'adresse de mon frère, le baron Charles de Perne.

— Ah! fit Anatole.

— Tu la lui porteras toi-même.

— Oui, mon oncle.

— Dans cette lettre, poursuivit le commandant, je demande pardon à mon frère de lui faire tort de ma fortune, et je lui explique comment il est impossible d'agir autrement.

Un sourire glissa sur les lèvres d'Anatole.

— Mais, mon oncle, dit-il, je crois bien que le baron de Perne est au courant comme tout le monde.

— Plaît-il? fit M. de Perne.

Et il eut comme un regard hautain.

— Dame! fit Anatole, il doit bien savoir à quoi s'en tenir, lui.

— Pas plus que toi.

— Oh! moi, dit le jeune homme avec insolence, je n'ai jamais eu l'ombre d'un doute.

— Que veux-tu dire?

Et le visage de M. de Perne avait pris une singulière expression de hauteur dédaigneuse.

— Mais je veux dire ce que vous savez aussi bien que moi, tout ce que le monde sait... je ne suis pas votre neveu... je suis... votre fils!

Anatole eut peur en ce moment; car M. de Perne, triomphant de la douleur qui l'étreignait, s'était levé tout d'une pièce, l'œil enflammé, la lèvre chargée de mépris.

— Mon fils, toi! mon fils! s'écria-t-il. Ah! ah! ah! vous êtes fou, maître Anatole!...

Et le commandant était superbe, en ce moment, d'indignation et de dédain.

— Mais, mon oncle..., balbutia le jeune homme un peu interdit.

— Ecoute-moi bien, dit alors le commandant dont la colère s'apaisa subitement. Je suis un soldat, un gentilhomme, et il n'est pas un paysan autour de nous qui ait, une seconde, douté de ma parole. Je n'ai jamais menti et je ne commencerai pas à l'âge où je suis parvenu. Eh bien, grave à jamais dans ta mémoire ces mots : Je te donne ma parole d'honneur, ma parole de gentilhomme et de soldat, que tu n'es pas mon fils!

— Alors, dit Anatole abasourdi, je ne comprends plus.

— Quoi donc? qu'est-ce que tu ne comprends pas?

— Si je ne suis pas votre fils, pourquoi déshéritez-vous votre nièce à mon profit?

— Voilà ce que tu ne sauras pas, ce que tu n'as pas besoin de savoir.

Et les yeux du commandant jetaient des flammes, et Anatole eut peur pour la seconde fois.

— Je te laisse ma fortune parce que cela me plaît, parce que je crois devoir le faire, parce que... j'ai peut-être eu des torts... vis-à-vis de ta famille... Que cela te suffise! Et maintenant, comme je t'ai élevé, comme tu es mon héritier, je crois avoir le droit de te signifier ma volonté.

Le jeune homme était dominé, et en ce moment il ne se sentait plus la force de résister.

On eût dit que ce regard qui pesait sur lui le brûlait.

Mais cette flamme s'éteignit bientôt.

Le calme revint peu à peu sur le visage du commandant, sa voix redescendit au ton affectueux et paternel qu'il avait tout à l'heure.

— Ecoute-moi donc, à présent, dit-il.

— Parlez, mon oncle, répondit Anatole avec douceur.

— Je ne veux pas récriminer, reprit le commandant, et je suis porté à la plus grande indulgence à ton égard. Cependant il faut bien que je te dise que tu n'as pas répondu à ce que j'attendais de toi.

J'ai essayé jusqu'à présent, sans réussir, de t'inculquer certains principes de probité sévère et de vertu. Tu es méchant, tu te fais des ennemis nombreux, tu ne crois pas à grand chose, et la vie de ce pays-ci ne te vaut rien.

Tu es assez jeune pour t'amender, pour te corriger de tes emportements et de tes mauvais instincts.

Ce que je n'ai pu faire, un maître plus éclairé que moi le fera sans doute, l'expérience.

Tu vas voyager...

— Ah! dit Anatole, qui se remettait peu à peu.

— Les voyages sont le meilleur correctif d'une mauvaise éducation. Je te donne Jean-Pierre, qui te servira de valet de chambre. Chaque mois je t'enverrai cent louis. Tu pars demain.

— Mon oncle...

— Je te conseille, poursuivit le commandant avec un sourire qui laissait percer cependant une volonté inflexible, je te conseille d'abord d'aller en Angleterre. Demain, quand tu fermeras tes valises, je te remettrai plusieurs lettres de recommandation pour ce pays-là.

Ensuite, tu verras la Hollande, l'Allemagne, tu descendras le Danube et tu reviendras dans quatre ou cinq ans, sinon meilleur, du moins plus instruit.

A ton retour, peut-être serai-je mort, mais ton héritage aura été sauvegardé, sois tranquille, et à part quelques legs dont je t'ai parlé, tu verras qu'on ne t'aura pas fait tort d'une obole.

— Mais, mon oncle, dit Anatole, quelle singulière idée avez-vous donc de vous séparer de moi?

— Je veux ton bien, mon enfant.

— Pourtant...

— Il n'y a pas de pourtant, reprit le commandant avec fermeté, ma volonté est que tu partes demain...

Tout à coup Anatole croisa ses deux bras sur sa poitrine, regarda le commandant en face et lui dit froidement :

— Et si je ne veux pas partir, moi!

Ce fut un coup de théâtre.

Le vieillard se leva de nouveau.

Dans cet homme, usé avant l'âge par de mystérieux chagrins et de ténébreuses souffrances, reparut soudain le brillant officier, l'homme devant qui tout pliait.

— Ah! tu me braves! dit-il.

— Oui, dit Anatole avec cynisme. Je ne veux pas partir!

— Et pourquoi? dit le commandant avec hauteur.

— Parce que je suis amoureux...

— En vérité!

— Et que je veux épouser la femme que j'aime.

Un nuage passa sur le front enflammé du commandant. Ses lèvres pâlirent et un tremblement convulsif parcourut tout son corps.

Mon fils, toi ! mon fils ! s'écria-t-il. Ah ! ah ! ah ! vous êtes fou, maître Anatole !... (Page 8.)

## IX

Maître Anatole avait prudemment fourré dans sa poche le bon de six mille francs.

Maintenant il était tranquille et ne craignait plus la colère de M. de Perne.

Celui-ci, aux dernières paroles du jeune homme, avait, nous l'avons dit, éprouvé une violente émotion ; et il était demeuré pendant quelques secondes muet et comme frappé de la foudre.

Anatole en profita pour achever de s'enhardir.

— Mon oncle, dit-il, je vous ai écouté, et il est juste que vous m'écoutiez à votre tour. On ne condamne point les gens avant de les avoir entendus.

— Parle donc, dit le vieillard.

— Mon oncle, reprit Anatole, vous avez de moi une bien mauvaise opinion...

— C'est ta faute et non la mienne.

— Je ne dis pas non. Mais je vais vous prouver cependant que je vaux mieux que vous ne pensez.

Il avait su, en parlant ainsi, donner à sa voix un timbre plus harmonieux et plus doux ; il avait même pris tout à coup une attitude plus respectueuse devant le commandant et, pour la seconde fois, celui-ci sentit sa colère s'apaiser peu à peu.

— Tout à l'heure encore, reprit Anatole, j'étais convaincu que j'étais votre fils et je trouvais tout naturel ce qui, maintenant, me semble monstrueux.

— Que veux-tu dire ?

— Si je ne suis pas votre fils je ne suis que votre neveu au second degré.

— Soit.

— Et dans ce cas, je ne comprends pas que vous me laissiez votre héritage, au détriment de mademoiselle de Perne, qui est votre nièce germaine.

— Je le fais, parce que telle est ma volonté.

— Soit, mais il me semble que j'ai bien le droit d'intervenir, moi.

— Comment cela ?

— Vous allez même voir, mon oncle, poursuivit Anatole, que j'ai des sentiments plus chevaleresques qu'on ne croit.

— Ah !

— Je me suis mis en tête de réparer les torts que vous alliez avoir avec votre nièce.

— En vérité !

Et un nouveau sourire hautain effleura les lèvres du commandant.

— Je trouve que le bien doit toujours retourner à sa source, mon oncle.

— Songerais-tu donc à refuser mon héritage ?

Anatole se mit à rire.

— Non, dit-il, je ne suis pas chevaleresque jusque-là.

— Alors tu veux partager...

Et le vieillard eut un léger tremblement dans la voix.

— Pas davantage, mon oncle.

Cette pâleur subite qui par deux fois avait déjà couvert le front du commandant reparut.

— Je ne te comprends pas, dit-il.

— C'est pourtant bien simple, mon oncle.

— Plaît-il ?

— Vous déshéritez votre nièce, n'est-ce pas ?

— Oui, à ton profit.

— Eh bien, tout en respectant votre volonté, j'arrange les choses.

— Comment?

— Je suis amoureux de Josèphe, je l'épouse et je lui rends ainsi votre fortune.

Le commandant fit un bond de tigre blessé.

Ses yeux lançaient des éclairs, tandis que sa gorge crispée ne laissait passer aucun son.

Il serra les poings, il menaça son fils adoptif.

Enfin un éclat de rire sinistre traversa son gosier aride.

— Mais vous êtes fou, maître Anatole, archifou! drôle, dit-il.

Puis d'une voix plus sourde et qui couvait des tempêtes :

— Toi épouser Josèphe? disait-il, ma Josèphe bien-aimée... la belle et la chaste entre toutes... Ah! ah! ah! mais c'est du délire, drôle! Toi! épouser mademoiselle de Perne... Ah! quelle plaisanterie!

Et tout à coup sa main saisit un cordon de sonnette qui pendait à sa portée et le secoua violemment.

Au bruit de la sonnette un homme entra.

C'était Jean-Pierre, le vieux valet de chambre, l'ancien brosseur du commandant.

— Jean-Pierre, dit M. de Perne en regardant le vieux soldat, tu ne croirais jamais, n'est-ce pas, que M. Anatole vient de me dire qu'il veut épouser ma nièce?...

— Allons donc! fit Jean-Pierre qui recula.

— Ma nièce, mademoiselle Josèphe de Perne! continua le commandant avec son rire hautain. Ah! ah! ah!

— M. Anatole est fou! dit le vieux valet.

Et un sourire non moins dédaigneux passa sur ses lèvres.

Le jeune homme fut pris d'une colère folle.

— Ah! dit-il, vous ne voulez pas! Eh bien, nous verrons! nous verrons bien...

Et il sortit avec emportement.

. . . . . . . . . . . . . . . . . . . . . . . .

Les premières clartés de l'aube glissaient dans le ciel que M. Anatole se promenait encore dans sa chambre de ce pas inégal, brusque, saccadé, qu'ont les bêtes fauves dans leur cage.

Ses lèvres étaient frangées d'une écume sanglante, ses yeux injectés.

Ce qui l'exaspérait, ce qui le rendait fou de colère et de douleur, ce n'était pas le refus du commandant, c'était cet accent de dédain suprême avec lequel il avait accueilli ses prétentions.

Et ce sourire du valet, répétant, comme son maître, qu'il était fou.

Que signifiait donc tout cela?

Pendant plusieurs heures il s'était posé cet étrange problème sans pouvoir le résoudre.

Une seule chose lui apparaissait terrible, épouvantable, c'est que sa naissance était enveloppée de quelque sombre mystère et que Jean-Pierre en savait aussi long là-dessus que le commandant.

Et M. Anatole, ivre de rage, se disait :

— Quand je devrais les étrangler tous les deux, il faudra bien qu'ils parlent. Oh! ils parleront.

Il finit par ouvrir la fenêtre et plongea son front brûlant dans l'air du matin.

Il aperçut un point noir sur la route, de l'autre côté de la Cure.

Puis le jour grandissant, le point noir grossit aussi, et il reconnut un cabriolet attelé d'un cheval gris.

C'était le véhicule du docteur J...

Le cabriolet passa la Cure sur le pont et parut se diriger vers la Bertaudière.

— Il y a donc quelqu'un de malade ici? se dit Anatole.

Ce même valet d'écurie qui vivait près de la jument pendant la nuit passait en ce moment sous la fenêtre.

— Hé! Blaise! lui cria Anatole.

— Monsieur, dit le valet en levant la tête.

— On dirait que le docteur J... vient ici.

— Dame, monsieur, répondit Blaise, on est allé le chercher en toute hâte.

— Pour qui donc?

— Pour votre oncle : sa goutte lui est remontée dans l'estomac, et elle est en train de l'étouffer.

Anatole disparut de la fenêtre.

— Eh bien, murmura-t-il avec un accent de haine sauvage, qu'il étouffe donc! Josèphe sera ma femme!

## X

Après ce souhait impie, M. Anatole demeura accoudé à sa fenêtre.

Il suivait des yeux la marche du tilbury du docteur.

Celui-ci marchait bon train, preuve évidente qu'il connaissait l'imminence du danger.

En effet, le docteur J..., homme habile et modeste, et qui jouissait dans toute la contrée d'une grande réputation connaissait le commandant depuis longues années, le soignait, et savait son tempérament par cœur.

Depuis plus de vingt ans, il venait deux fois par semaine à la Bertaudière, et il était venu la veille comme de coutume.

Il n'avait pas trouvé M. de Perne plus mal qu'à l'ordinaire.

M. de Perne avait la goutte, mais il l'avait déjà bien longtemps, et c'est une maladie avec laquelle on vit vieux.

Le docteur J... était donc rentré tranquillement chez lui. Mais vers trois heures du matin, comme il dormait profondément, la sonnette de nuit s'était fait entendre et Jean-Pierre s'était présenté.

L'ancien brosseur du commandant avait alors exposé au médecin, tandis que celui-ci s'habillait, ce qui venait de se passer.

Il avait raconté que le commandant, au lieu de se mettre au lit, avait passé toute la soirée à écrire, puis que son fils adoptif était revenu d'Auxerre et qu'un long entretien avait eu lieu entre eux.

A la suite de cet entretien, le commandant s'était mis dans une violente colère.

Puis, tout à coup la voix lui avait manqué et il avait fait signe qu'il étouffait.

En écoutant le récit du vieux soldat, le docteur avait compris que la situation était grave, et il était parti en toute hâte.

M. Anatole, à mesure que le tilbury approchait, faisait une foule de réflexions qui n'avaient rien d'affectueux pour son père adoptif.

— Evidemment, se disait-il, si la goutte est remontée dans l'estomac, le bonhomme peut bien n'en pas revenir, et cela simplifiera joliment les choses. Si le commandant meurt, j'hérite, et personne ne s'opposera plus, j'imagine, à ce que je m'arrange pour épouser mademoiselle Josèphe.

Il s'était retiré de la fenêtre, mais il s'était assis tout auprès, de façon à entendre ce qui se dirait en bas quand le médecin arriverait.

Bientôt le tilbury monta l'avenue du parc, et le docteur J... mit pied à terre.

Jean-Pierre, qui était allé le chercher à franc étrier, était revenu avant lui.

Anatole entendit le vieux serviteur qui, placé au haut du perron, disait :

— Venez, monsieur J..., venez tout de suite, il ne peut plus parler, et il a les deux mains sur sa poitrine comme si elle renfermait du feu.

Anatole ne bougea pas.

Deux minutes après, il entendit ouvrir les deux fenêtres de la chambre du commandant, sans doute par ordre du docteur qui voulait donner de l'air au malade. On sait que la voix monte, et Anatole entendit alors celle du docteur qui interrogeait le malade.

Le malade ne répondait que par des sons inarticulés.

Alors le chenapan jeta un amoureux regard sur le parc aux belles futaies, sur ce vaste clos de vignes qui descendait jusqu'à la rivière, sur ces grasses prairies et ces beaux et robustes labourages qui entouraient le château.

— Dans quelques heures, pensa-t-il, tout cela m'appartiendra!

Et l'image de mademoiselle Josèphe de Perne passa devant ses yeux.

Les voix montaient toujours.

— Mon ami, mon vieil ami, disait le docteur avec émotion, rassurez-vous... c'est une crise... sans importance...

— Vieille bête! pensait Anatole, si cela était, tu ne parlerais pas ainsi.

— Où est M. Anatole? demanda encore le médecin.

— Il est couché, sans doute, répondit une autre voix.

C'était celle de Jean-Pierre.

— Il faut aller le chercher, dit le docteur.

Jean-Pierre ne répondit pas et le commandant non plus; mais Anatole comprit que ce dernier avait dû faire un geste de dénégation, car le docteur n'insista pas.

Le mauvais cœur demeurait calme et froid, prêtant toujours l'oreille et écoutant les prescriptions que le docteur ordonnait. Bientôt il se fit un véritable va-et-vient au-dessous de lui. Les domestiques emplissaient la chambre du malade, et Jean-Pierre en sortait pour remonter à cheval et courir à Vermenton chercher des remèdes.

Par deux fois cependant Anatole fut pris d'un bon mouvement.

Il songea à descendre, à s'aller agenouiller aux pieds de son oncle et à lui demander pardon.

Mais un orgueil stupide l'en empêcha.

La respiration haletante du commandant montait jusqu'à lui par la fenêtre ouverte.

Elle était sifflante, oppressée, et ressemblait presque au râle d'un agonisant.

Et M. Anatole continuait à caresser du regard ce beau domaine qui s'étendait à perte de vue au-dessous de lui et qui ne pouvait lui échapper.

Le jour grandissait. A la prime aube avait succédé l'aurore, puis les premiers rayons du soleil glissant du sommet des coteaux sur la plaine étaient venus faire resplendir, comme autant de saphirs et d'émeraudes, les gouttes de rosée suspendues aux feuilles des arbres.

Tandis que Jean-Pierre galopait sur la route de Vermenton, tandis que M. Anatole épiait toujours à la fenêtre les bruits et les voix qui montaient de la chambre de son oncle, un homme se montra sur la gauche, dans un petit sentier qui descendait de la colline.

Ce sentier était ce qu'on appelle un chemin de tolérance. Le commandant aurait pu le fermer avec une barrière ou faire passer la charrue dessus.

Mais alors les gens qui venaient du Pré-Gilbert et qui se rendaient à Accolay auraient été contraints de faire un long détour, et le commandant, qui était bon au pauvre monde, n'avait jamais songé que ce sentier passait sous les fenêtres mêmes du château, et qu'il n'était plus chez lui.

D'ailleurs les paysans saluaient en passant, et quand ils rencontraient M. de Perne, assis sur un banc, devant sa porte, il leur disait : « Bonjour, mes enfants! » s'enquérait de leurs espérances sur la récolte prochaine et s'intéressait à leurs petites affaires.

Donc un homme apparut dans ce sentier et attira presque aussitôt l'attention de M. Anatole.

Pourquoi?

C'est que cet homme portait devant lui, suspendue à son cou par une courroie de cuir, une espèce de boîte carrée qui intrigua d'abord le jeune homme.

Ce ne fut que lorsqu'il fut tout auprès du château que M. Anatole reconnut la nature et la destination de cette boîte.

C'était un orgue de Barbarie.

## XI

A mesure que le joueur d'orgue approchait, M. Anatole le regardait avec une curiosité dont il eût été bien embarrassé de se rendre compte.

Cet homme n'avait pourtant rien d'extraordinaire. Il était plutôt vieux que jeune, ni grand, ni petit; il portait une barbe grisonnante, avait les épaules un peu courbées et comme arrondies par le poids perpétuel de son instrument; il marchait d'un pas monotone et régulier.

Une veste de velours feuille morte, un pantalon de même couleur, une casquette déformée composaient son vêtement.

Il cheminait en s'appuyant sur un bâton.

Quand il fut sous les fenêtres du château, il fut pris d'une sorte d'hésitation.

Passerait-il outre?

Ou bien s'arrêterait-il un moment et donnerait-il une aubade matinale aux gens de cette maison, en échange de deux ou trois petits sous?

Il n'y avait personne devant la Bertaudière.

Les domestiques, d'ailleurs peu nombreux, se trouvaient occupés auprès du commandant, que le docteur avait ordonné de frictionner par tout le corps.

Jean-Pierre était sur la route de Vermenton; le jardinier travaillait en bas du parc.

Il n'y avait guère que Blaise qui aurait pu sortir de l'écurie et renvoyer le joueur d'orgue.

Mais Blaise était un badaud naïf qui ne faisait jamais que ce qu'on lui commandait.

Cependant le joueur d'orgue, qui s'était arrêté et reposait une de ses jambes en s'appuyant sur son bâton, hésitait encore...

Il était bien matin, et il devait y avoir, dans cette maison, des bourgeois qui dormaient encore.

D'un autre côté, la maison avait bon air. C'était mieux qu'une maison de campagne, c'était un château; le maître était sans doute l'un de ces vieux nobles qui sont bons pour les malheureux, et à la porte de qui on n'a jamais frappé en vain.

Le pauvre homme avait peut-être le ventre vide, l'estomac creux et le diable en sa bourse de cuir graisseux.

Il ne touchait pas encore à la manivelle de sa boîte à musique, mais il continuait à regarder autour de lui, dans l'espérance de rencontrer un œil ami qui l'encourageât à gagner sa vie.

Et comme il levait la tête, il aperçut M. Anatole qui s'était accoudé de nouveau à sa fenêtre.

Alors il ôta sa casquette d'un air humble et presque suppliant.

Certes, ils n'étaient pas communs les mendiants du pays qui avaient vu la couleur des aumônes de M. Anatole.

Le jeune homme n'était pas charitable, et il lui eût été difficile de se souvenir s'il avait jamais donné un sou à un pauvre.

Chose bizarre, il fouilla dans sa poche, et n'y trouvant en menue monnaie qu'une pièce de dix sous, il la jeta au joueur d'orgue.

Dix sous!

Quelquefois le pauvre homme tournait sa manivelle en la changeant de cran pendant des heures entières et traversait toutes les rues d'un village en épuisant son naïf répertoire sans recueillir la moitié de cette somme.

Il ramassa donc la pièce blanche, salua de nouveau et fit sans doute la réflexion naïve qu'un homme qui payait si cher ne pouvait être qu'un dilettante, un amateur passionné de musique.

Aussi, mettant la main sur sa manivelle, éveilla-t-il aussitôt son orgue endormi.

Un des airs de *la Dame blanche* en sortit.

M. Anatole ne fit point signe au joueur d'orgue de passer son chemin.

L'air continua, le jeune homme se prit à écouter.

La musique a le pouvoir d'éveiller des souvenirs qui semblent éteints, et M. Anatole se demanda où il avait déjà vu cet homme, ou plutôt entendu cet air.

Souvent on passe pour la première fois dans un pays et on croit s'y reconnaître à chaque coin de rue.

Le joueur d'orgue tournait toujours sa manivelle, et M. Anatole le regardait avec une curiosité émue, et quelque chose comme une voix mystérieuse s'éveillait au fond de son cœur.

Après l'air de *la Dame blanche*, l'orgue laissa échapper

les notes plaintives de *la valse du duc de Reichstadt*, et M. Anatole écoutait toujours...

Il avait oublié le commandant son oncle, et mademoiselle Josèphe de Perne, et ses projets machiavéliques à l'endroit de la belle jeune fille, et ses rêves de fortune et d'ambition.

L'orgue allait toujours...

Tout à coup M. Anatole sentit quelque chose de brûlant sur sa joue.

C'était une larme.

Puis à cette larme une autre succéda, puis une autre, et soudain le jeune homme se mit à pleurer franchement.

Alors il quitta la fenêtre brusquement, se précipita vers la porte, gagna l'escalier, et descendit en trois bonds à l'étage inférieur.

La chambre où le commandant se tordait sur son lit était ouverte.

Anatole y entra et écarta les gens qui entouraient le malade; il se jeta sur la main du commandant, et la portant à ses lèvres il murmura avec des sanglots :

— Mon oncle... mon bon oncle... pardonnez-moi !...

. . . . . . . . . . . . . . . . . .

Et le joueur d'orgue continuait à tourner sa manivelle.

Et M. de Perne laissait sa main aux mains d'Anatole, et il s'opérait chez le malade comme une réaction favorable.

Tout à coup la parole lui revint.

— Oh ! dit-il d'une voix faible mais distincte, tu as donc encore un peu de cœur.

Anatole fondait en larmes.

— Monsieur, lui dit le docteur J..., vos larmes ont plus de vertu en ce moment que tous les remèdes dont la science dispose. Vous venez de sauver votre oncle !

## XII

Maintenant, quittons un moment le château de la Bertaudière et faisons connaissance avec les autres personnages de ce récit.

La vallée de l'Yonne, en remontant sur le Nivernais, est une des plus jolies du centre de la France.

Ce n'est pas que le touriste, rare d'ailleurs, y rencontre ni les âpres beautés du Morvan, ni les splendeurs alpestres, ni les gazons coquettement peignés et les paysages d'opéra comique du pays de Bade.

Rien de tout cela.

La rivière coule à pleins bords, côtoyée par le canal du Nivernais, qu'ombragent de grands peupliers dans une plaine coupée de labourages et de prairies.

La plaine, étroite et sinueuse comme la rivière, qui s'allonge et se replie tour à tour comme une interminable couleuvre, est bornée à droite et à gauche par une succession de petites collines dont la chaîne repose le regard et se découpe nettement sur un ciel presque toujours pur.

A mi-côte, la vigne; un peu plus haut, des maisonnettes, un terrain pierreux et broussailleux, terre bénie pour le chasseur; au-dessus et servant de couronnement à la colline, de beaux bois de chênes et de hêtres où pullulent le lièvre, le sanglier, le chevreuil.

Tout cela est doux à l'œil, et il s'échappe de ce paysage comme un parfum de belle humeur.

On sent que c'est là la terre du vin qui pétille et des braves gens un peu gouailleurs. Le Bourguignon n'est pas méchant, mais il a la tête chaude, le cœur sur la main, la raillerie aux lèvres, et si le vin de Bourgogne n'est pas bon pour les malades, disent les médecins, c'est que là-bas on est bien portant.

Quand vous avez laissé Cravant sur la gauche, vous suivez soit le bord de la rivière, soit le chemin de halage du canal.

Le premier village que vous trouvez sur la gauche se nomme Sainte-Palaye.

Un peu plus loin, le clocher solitaire de Pré-Gilbert, car l'église est hors du pays, se mire dans les flots calmes et bleus de la rivière.

Après, à une demi-lieue plus loin, se trouve un autre hameau, Sery.

Entre Sery et le gros bourg de Neuilly-la-Ville, toujours sur cette rive de l'Yonne, vous apercevez une petite construction en briques, avec deux poivrières; un parc de trois arpents planté de grands et vieux châtaigniers.

Ce petit manoir est à mi-côte; il est entouré d'un clos de vigne par trois côtés, en deçà du parc, et ceint d'une prairie par le quatrième, c'est-à-dire par-devant.

La prairie descend en pente douce jusqu'à la rivière.

Sur la rivière est un moulin tapageur.

Le château, car on lui donne ce nom, appartient à une vieille famille de gentilshommes pauvres.

Le moulin qu'ils ont vendu depuis bien des années est devenu la propriété d'un paysan, lequel est mort en le laissant à sa fille.

Vous devinez qu'à l'époque où commence notre récit, le château qu'on appelait la *Briquerie*, et le moulin appartenaient l'une à M. Jean de Mauroy, le fiancé de mademoiselle de Perne, l'autre à Antoinette Dubarle, vulgairement appelée la Toinon.

Or, trois ou quatre jours après celui où l'orgue de Barbarie avait fait une si bizarre impression à M. Anatole, le fils adoptif du commandant, M. Jean de Mauroy sortait de chez lui à sept heures du matin, un fusil sur l'épaule et suivi de deux petits chiens bassets de l'Artois à jambes droites.

Au lieu de descendre vers la rivière, il remonta au contraire à travers les vignes pour gagner le sommet du coteau.

Il marchait d'un pas leste à travers les pierres et les broussailles, les jambes protégées par de bonnes guêtres de toile à voile, et les chiens, qui quêtaient déjà dans les vignes, ayant donné un coup de voix, il se hâta d'arriver sur le plateau, là où le bois commençait.

Les deux bassets venaient de lancer un lièvre, et le pauvre animal, trouvant un sentier, le gravit au petit trot, et vint donner tête baissée sous la portée du fusil de M. de Mauroy.

Le jeune homme épaula, un éclair se fit, et le lièvre roula foudroyé à travers la vigne.

En ce moment, un jeune garçon se leva du milieu des broussailles.

— Hé ! monsieur Jean, dit-il, je crois qu'il a son compte, celui-là.

— Ah ! c'est toi, Merlinet, dit M. de Mauroy. Eh bien ! tu as de meilleures jambes que moi, va le chercher; je te le donne !...

Le gamin poussa un cri de joie.

— Mais à une condition, mon enfant, ajouta le jeune gentilhomme, c'est que tu ne le vendras pas...

— Oh ! non, monsieur.

— Et que tu le porteras à ta mère.

— Bien sûr, ça, dit l'enfant.

Et il courut après le lièvre qui, bien que mort, dégringolait toujours, tant la pente était rapide.

Pendant ce temps, M. de Mauroy sifflait les chiens, qui revinrent assez difficilement, après avoir un moment sauté aux jambes du gamin qui tenait le lièvre suspendu à la hauteur de sa tête.

— Monsieur Jean, dit alors celui-ci, vous pouvez les laisser retourner dans la vigne; pour sûr, il y en a un autre. Tenez, c'est une hase, celui-là, le bouquin n'est pas loin.

— J'aimerais mieux trouver une compagnie de perdreaux rouges, répondit M. de Mauroy.

— Je sais où il y en a une.

— Vrai?

— Et je vas vous mener à sa remise, si vous voulez; c'est des grosses, on dirait des bartavelles.

— Eh bien, couple les chiens et allons-y.

M. de Mauroy, en parlant ainsi, tira de sa veste-carnier une couple en cuir et la jeta au gamin qui, après avoir entortillé le lièvre dans sa blouse, la passa au cou des deux bassets.

— Est-ce loin? demanda le gentilhomme.

— Non, deux ou trois cents pas d'ici, je les ai fait envoler tout à l'heure en cherchant des escargots.

Tous deux sortirent des vignes et prirent un petit sentier qui courait à travers les broussailles et les hauts tas de joncs que les Bourguignons appellent des *mergers*.

Les chiens suivaient, collés à la guêtre du chasseur.

Chemin faisant, le gamin qui répondait au nom pittoresque de Merlinet, sans doute parce qu'il sifflait du matin au soir, entama la conversation.

— Est-ce qu'il y a longtemps que vous n'avez passé par le moulin, monsieur Jean?

— Deux ou trois jours, répondit M. de Mauroy; pourquoi me demandes-tu ça?

— Parce qu'il y a du nouveau, là-bas.

— Comment cela? fit-il.

— Le meunier est à fin de bail.

— Ah!

— Et il quitte, parce qu'on veut l'augmenter.

— Et qui le remplace?

— On ne sait pas; la fille au père Dubarle est arrivée hier soir...

A ces mots, M. de Mauroy tressaillit et s'arrêta brusquement.

## XIII

Merlinet ne fit pas attention à l'émotion pleine d'inquiétude qui s'était emparée de M. de Mauroy.

D'ailleurs, s'il l'eût remarquée, il lui eût été difficile d'en deviner la cause.

Merlinet avait quatorze ou quinze ans peut-être; il y en avait dix pour le moins que la Toinon avait quitté le pays, et on ne lui avait jamais parlé de l'histoire de M. de Mauroy avec la fille du meunier.

Merlinet continua donc :

—C'est vexant tout de même pour le meunier, monsieur Jean. Voilà huit ans qu'il est là; ses enfants y sont nés, et il regardait quasiment le moulin comme lui appartenant.

— Mais pourquoi s'en va-t-il? demanda M. de Mauroy qui, pensant à toute autre chose, se remit en chemin. Est-ce qu'on l'augmente de beaucoup?

— De trois cents francs; ma mère dit qu'il ne peut pas y arriver.

— Oh!

Et M. de Mauroy continua à marcher, perdu en une rêverie profonde.

Mais ce silence ne faisait pas l'affaire de Merlinet.

L'enfant jasait volontiers, et voyant que M. de Mauroy ne lui faisait plus de questions, il se remit à bavarder.

— Et puis, voyez-vous, reprit-il, il y a un tas d'affaires là-dessous. Il paraît que la Toinon est tout à fait une belle dame, à présent...

Ces mots tirèrent une seconde fois le chasseur de son mutisme.

Il regarda Merlinet et lui dit :

— Est-ce que tu l'as vue?

— Je l'ai entrevue ce matin au bord du canal. Oh! c'est tout à fait une dame, monsieur Jean, elle porte chapeau et elle parle un *français de demi-monsieur*.

— Ah!

— Eh bien! reprit Merlinet, faut croire que la Toinon ne veut plus de Jacques, et qu'elle n'est pas pressée de trouver un meunier.

Pas plus tard que ce matin, je l'ai entendue qui disait au Héron...

Ce nom du *Héron* fit faire un nouveau pas en arrière à Jean de Mauroy.

Il est des heures où l'esprit le plus tranquille, le cœur le plus confiant dans sa destinée, ont comme de vagues pressentiments et devinent une tempête à l'horizon.

Le retour de cette femme qui avait autrefois abusé de sa jeunesse, ses accointances avec un homme qui, tout en étant le serviteur de la famille de Perne, était, il le sentait instinctivement, plutôt son ennemi que son ami, pouvait être d'un fâcheux augure à Jean de Mauroy.

Jean était un homme simple et droit, mais non dépourvu d'intelligence.

Il aimait mademoiselle de Perne et il en était aimé; il était agréé par le père de la jeune fille et son mariage était prochain.

Mais il ne se dissimulait pas un seul instant que ce mariage ne plaisait pas à tout le monde.

Le commandant et son frère ne se voyaient pas, on le sait; mais ils étaient trop voisins de campagne pour que les enfants ne se rencontrassent pas souvent.

Anatole saluait toujours celle qu'il appelait sa cousine, et la jeune fille lui rendait son salut, tout en éprouvant pour lui une sorte de répulsion qu'elle avait confiée à son fiancé.

Cette confidence avait suffi.

M. Jean de Mauroy avait deviné que M. Anatole, le fils adoptif du commandant, avait des vues sur la jeune fille.

M. de Mauroy, du reste, croyait à la légende accréditée dans le pays, à savoir, que M. Anatole était le fils naturel du commandant.

Or, cela étant, on comprenait très-bien le besoin de réhabilitation qu'il devait éprouver.

Or, cette réhabilitation, un mariage avec sa cousine devait la lui apporter.

En outre, M. de Mauroy et Anatole se connaissaient. Ils avaient chassé quelquefois ensemble; ils s'étaient rencontrés au cercle à Auxerre, et ils n'éprouvaient l'un pour l'autre qu'une médiocre sympathie.

Enfin, le Héron était le compagnon habituel et comme l'âme damnée de M. Anatole.

Jean de Mauroy n'aimait pas cet homme, bien qu'il passât pour dévoué à la famille de Perne.

Il lui eût été difficile d'expliquer cette répugnance que lui inspirait le garde braconnier, mais enfin cette répugnance existait.

Donc le jeune homme avait éprouvé comme un pressentiment vague d'un orage qui menaçait son bonheur à venir, en entendant Merlinet lui parler de la Toinon et du Héron. Et s'arrachant de la rêverie où il était plongé, il se mit à questionner l'enfant.

— Qu'est-ce que le Héron vient donc faire au moulin? lui dit-il.

— Il est venu voir la Toinon.

— Tu crois qu'il est venu tout exprès?

— Ça, je n'en sais rien; mais vous savez, monsieur Jean, notre maison est à mi-côte dans les vignes.

— Je sais cela. Eh bien?

— Et on n'a pas besoin de se mettre à la fenêtre pour voir ce qui se passe au moulin qui est tout en bas dans les prés. J'ai vu le Héron qui s'en venait par le canal avec son fusil. Faut croire que la Toinon l'attendait, car elle était assise sur le pas de la porte du moulin, et quand elle l'a vu elle s'est levée et elle est allée à sa rencontre.

— Et puis? fit M. de Mauroy.

— Alors ils se sont promenés au moins une heure, et ils jasaient, ils jasaient, que j'ai passé à côté d'eux sans qu'ils fissent attention à moi. Tout ce que j'ai entendu en passant, c'est ceci. Le Héron disait : « Il faut que tu restes au moulin, ma petite. »

— Ah! tu as entendu cela?

— Oui, monsieur.

Tout en causant ainsi, ils avaient fait un bout de chemin, et Merlinet s'arrêta tout à coup :

— Tenez, monsieur Jean, dit-il, vous voyez ce gros verger avec toutes ces broussailles à l'entour?

— Oui.

— Eh bien, je vas tenir vos chiens. Faites le tour du verger, c'est miracle si les perdrix rouges n'y sont pas.

— Je les trouverai en revenant, dit M. de Mauroy. Je suis un peu pressé ce matin; je vais déjeuner à Pré-Gilbert, et tu vas me ramener mes chiens à la Briquerie.

— Volontiers, monsieur Jean.

Et M. de Mauroy, qui se souciait fort peu en ce moment de chasser et qu'une émotion violente dominait, doubla le pas, tandis que le gamin passait son mouchoir dans la couple des deux bassets, qui se laissèrent emmener sans trop de résistance.

Si M. de Mauroy l'avait osé, il se fût mis à courir, tant il avait hâte d'arriver au château de Pré-Gilbert.

## XIV

M. de Mauroy était un homme de vingt-huit ans environ, blond comme les Gaulois des temps antiques.

Il avait les yeux bleus, les traits délicats et non dépourvus cependant d'une certaine énergie.

De taille moyenne, mais souple, élancé, nerveux, il avait développé ses forces physiques au grand air des champs et dans les rudes exercices de la chasse et de l'équitation.

Pauvre, il portait fièrement la pauvreté, et n'avait rien perdu de ce prestige que sa famille s'était acquis dans le pays par trois siècles de bienveillance et de probité.

Les paysans l'aimaient et le respectaient.

Ses terres étaient toutes petites, et s'il n'avait chassé que chez lui il n'eût pas brûlé une amorce.

Mais les vignerons, les laboureurs et tous les petits propriétaires, ordinairement si jaloux de ce qu'ils appellent leur *héritage*, se faisaient une vraie joie de le laisser passer sur leur terre.

On l'appelait M. le baron, comme au temps jadis où ses aïeux avaient de riches domaines et de nombreuses métairies.

Quand le bruit s'était répandu qu'il pouvait bien, au premier matin, épouser la demoiselle du château de Pré-Gilbert, tout le monde s'en était montré satisfait. Le peuple des campagnes a ses enthousiasmes comme celui des villes, et il n'est pas rare qu'il adopte une sorte d'idole.

Or, l'idole de la contrée, c'était mademoiselle Josèphe de Perne. On l'avait vue à l'œuvre, pendant le dernier choléra, allant de chaumière en chaumière porter des remèdes, de l'argent et des consolations.

Tandis que de l'autre côté de l'Yonne le fléau sévissait avec une rigueur inouïe, la route où se trouvaient Pré-Gilbert et Sery avait été presque épargnée.

Le Bourguignon est gouailleur et peu dévotieux; cependant on prétendait que ce miracle était dû à la sainteté de la belle mademoiselle de Perne.

Le baron de Perne était moins riche que le commandant, mais enfin il avait une jolie fortune, et Josèphe était fille unique.

— Voilà qui sera bien fait, disaient les bonnes femmes du pays en s'entretenant du mariage projeté, les braves gens se marient avec les braves gens, et M. le baron de Mauroy fera un bel usage de l'argent qui va lui arriver.

C'était pourtant contre ces deux enfants que tout le monde aimait qu'une trahison se tramait dans l'ombre, et M. de Mauroy avait deviné cette trahison en apprenant le retour de la Toinon.

On comprend donc l'émotion qui s'était emparée de lui et combien il dut souffrir durant le trajet de la Briquerie à Pré-Gilbert.

Il lui semblait que le chemin s'allongeait comme à plaisir, à mesure qu'il pressait le pas.

Jamais Pré-Gilbert ne lui avait paru aussi loin.

Quelle hâte avait-il donc d'arriver?

C'est que les natures essentiellement droites ont coutume d'aller au-devant des obstacles.

M. Jean de Mauroy avait vu tout à coup un point noir obscurcir l'horizon bleu de son avenir, et, au lieu de fuir l'orage, il allait à sa rencontre.

Que voulait-il donc faire?

Une chose qui lui paraissait bien simple.

Entrer au château de Pré-Gilbert, prendre sa fiancée à part, lui avouer la faute de sa jeunesse, et lui demander ensuite si elle ne le jugeait plus digne d'elle.

Il était sûr de sa réponse.

Mais la ligne droite a ses obstacles aussi bien que le chemin le plus tortueux.

A mesure qu'il approchait de Pré-Gilbert, Jean voyait surgir des difficultés sans nombre, et sa résolution perdre de sa force et de sa netteté.

Depuis dix ans, qui donc se souvenait de cette aventure qui, du reste, et grâce à la sagesse de son père, n'avait fait que fort peu de bruit?

Et puis, que prouvait le retour de Toinon, légitimé du reste par les intérêts qu'elle avait conservés dans le pays?

Et son entretien avec le Héron ne pouvait-il être une chose purement fortuite?

Enfin, M. de Perne, le père de Josèphe, savait-il un mot de cette vieille histoire?

Cela n'était guère probable.

Jean se disait tout cela lorsqu'il franchit la grille du parc, et son hésitation augmentait à mesure qu'il parcourait la grande allée de vieux marronniers qui conduisait au perron du château.

Tout à coup une voix gaie et sonore retentit à son oreille.

Cette voix disait :

— Tudieu! mon gendre, comme vous arpentez le terrain!

Jean s'arrêta et vit le baron de Perne qui sortait d'une touffe d'arbres, un fusil d'une main, une grappe de lapereaux de l'autre.

— Oh! ces amoureux! continua le baron, ils ont des jambes! des jambes!

Et M. de Perne sauta lestement dans l'allée, et, jetant ses lapereaux sur le sable, posa une main caressante sur l'épaule de Jean de Mauroy.

Jean tressaillit, et les nuages de son front s'éclaircirent tout à coup.

Cependant il eut la tentation de faire à M. de Perne la confession que tout d'abord il voulait faire à sa fille; mais M. de Perne ne lui en laissa pas le temps.

Le baron, plus jeune de quatre ou cinq ans que son frère le commandant, paraissait en avoir vingt de moins. C'était un homme robuste, alerte, sans cheveux gris, et qui chassait à cheval sans fatigue pendant des journées entières.

— Mon bel ami, dit-il à Jean de Mauroy, je suis désolé de ne pas vous accompagner. Vous trouverez Josèphe au salon. Quant à moi, je retourne à mes lapins et je vous engage à me rejoindre quand vous aurez rempli vos devoirs de fiancé bien élevé.

Et le baron rentra, à ces mots, dans le fourré du parc.

Jean se remit en route vers le château.

Comme il atteignait le perron, mademoiselle de Perne apparut sur la dernière marche.

Jean la regarda.

La jeune fille avait le sourire angélique et le regard limpide; et Jean se demanda, en la contemplant, comment il avait pu songer, un seul instant, à troubler cette innocence et cette noble chasteté par le récit de son péché de jeunesse...

## XV

L'amour se plaît aux contrastes. Le blond attire la brune et réciproquement.

Nous l'avons dit, Jean de Mauroy était blond comme un Gaulois.

Josèphe avait les cheveux noirs et la peau d'albâtre des filles nées sous le soleil.

Née sous le ciel plus doux du pays bourguignon, elle avait hérité cependant de ce type de beauté méridionale qui fait les Arlésiennes si belles et les Provençales si jolies.

Elle ne devait au mélange du sang provençal de ses pères avec le sang bourguignon que de grands yeux bleus, profonds et limpides, et qui disaient toute la bonté de son âme.

Mademoiselle de Perne était, comme son fiancé, une nature simple et droite, qui n'entendait rien aux artifices de la coquetterie. Elle était belle, elle était élégante, tout cela naturellement et sans apprêts.

Enjouée et sérieuse à la fois, elle avait, à dix-huit ans,

l'esprit calme et posé d'une femme qui aura bientôt les graves soucis d'une maîtresse de maison et ne s'en effraye pas.

Elle aimait Jean, et Jean l'aimait; ils étaient fiancés, et bien que l'époque de leur mariage ne fût pas définitivement fixée encore, elle savait que Jean serait son mari, et elle le traitait déjà avec une familiarité amicale et respectueuse à la fois.

Josèphe était du nombre de plus en plus rare de ces femmes d'élite qui reconnaissent loyalement l'autorité du mari et savent qu'en confiant leur destinée à un homme, elles doivent en faire un ami dont elles accepteront l'expérience et la volonté.

Elle attendait donc, ce matin-là, M. de Mauroy au haut du perron.

— Bonjour, Jean, dit-elle en lui tendant la main. Vous avez vu mon père là-bas, dans le parc?

— Oui, répondit-il.

Elle lui tendit son front, il y mit un chaste baiser et ils entrèrent tous deux dans un vaste salon au rez-de-chaussée, après toutefois que Jean eut accroché son fusil et sa carnassière dans le vestibule.

Elle alla s'asseoir dans un fauteuil roulé auprès de la fenêtre, et il se plaça auprès d'elle.

— Mon père ne vous a-t-il rien dit? reprit-elle.

Jean la regarda. Elle était calme et souriante.

— Mais, répondit-il, rien de particulier. Il tue des lapins et m'a engagé à le rejoindre.

— Alors, c'est qu'il a voulu, le bon père, me laisser le soin de vous parler de notre bonheur futur, mon ami.

Jean était encore sous le poids de ses violentes préoccupations du matin, et ce fut avec une sorte d'inquiétude qu'il regarda sa fiancée.

— Ne vous effrayez pas, dit-elle, souriant toujours. Ce que je vais vous dire vous paraîtra peut-être une bonne nouvelle.

Et elle laissa poser sur lui son regard limpide.

Jean attendait.

— Jusqu'à ce matin, l'époque de notre union n'était pas fixée définitivement, vous le savez.

Jean soupira.

— Mon père nous disait qu'il tenait à ce que son meilleur ami, M. d'A..., un gentilhomme provincial fixé en Savoie, assistât à notre mariage et il attendait sa réponse.

— En effet, dit le jeune homme.

— Eh bien! cette réponse est arrivée ce matin.

— Ah! fit Jean, qui eut un léger battement de cœur.

— Oh! tout simplement, dit-elle, par la poste, sous forme de lettre. Et voici ce qu'écrit M. d'A.... Comme mon père, poursuivit Josèphe, il a une fille et cette fille est mariée depuis l'année dernière, en basse Normandie, dans un château auprès d'Avranches. Elle va devenir mère et M. d'A..., qui vient d'Aix pour assister aux couches de sa fille, voudrait, comme on dit, faire deux coups de la même pierre, c'est-à-dire du même voyage.

— Je comprends, murmura Jean, qui tressaillit de joie.

— Il passera ici dans quinze jours...

En parlant ainsi, Josèphe rougit un peu.

Puis elle continua :

— Mon père dit que nous pouvons hâter un peu les choses, racheter un ban à l'église et presser la rédaction du contrat.

A ces mots, Jean eut un geste qui voulait dire :

— Oh! ne parlons pas de questions d'argent, ma chère âme.

Mais comme il faisait le geste, un pas un peu lourd se fit entendre sur les marches de pierre du perron.

C'était M. de Perne qui rentrait et qui, par la fenêtre ouverte, vit les deux jeunes gens assis l'un près de l'autre.

Quelques secondes après il entrait dans le salon.

— Eh bien, mes tourtereaux, dit-il de sa voix joyeuse et sonore, avez-vous causé sérieusement, au moins?

— Oui, mon père, répondit Josèphe. J'ai annoncé à Jean la prochaine arrivée de votre ami, M. d'A...

— Et Jean en est-il bien contrarié? dit le baron en riant.

— Ah! monsieur, dit le jeune homme d'un ton de reproche.

Le baron continua :

— Mes enfants, vous ferez comme les autres, n'est-ce pas? Vous voudrez avoir votre petit voyage de lune de miel?

Josèphe rougit et Jean soupira.

— Mais vous vous mariez en automne, et la Suisse n'est plus praticable; par conséquent, voici ce que j'ai examiné : nous partirons tous ensemble, le jour de votre mariage, d'A..., vous et moi. Nous irons en Normandie, et pendant que je resterai avec mon vieil ami auprès de sa fille, vous irez vous promener sur la côte normande, et vous vous embarquerez pour l'Angleterre si le cœur vous en dit.

Les deux jeunes gens se regardèrent, moitié souriants, moitié confus.

Le baron reprit :

— Pour en arriver à tout cela, mes enfants, il ne faut pas perdre de temps, et voici, mon cher Jean, ce que je vais vous proposer.

M. de Mauroy regarda son futur beau-père.

— L'autre soir, poursuivit M. de Perne, nous avons ébauché notre contrat, n'est-ce pas?

— Oui, fit Jean d'un signe de tête.

— Et nous sommes tombés d'accord sur tout.

Jean s'inclina.

— Mais encore faut-il que ce contrat soit rédigé.

M. de Perne, à ces mots, tira sa montre.

— Il est neuf heures et demie, dit-il, nous allons déjeuner, après vous monterez en voiture avec moi et nous irons à Auxerre chez Me X..., mon notaire.

— Je suis à vos ordres, répondit Jean.

— Tu ne t'ennuieras pas trop en notre absence, ma minette, n'est-ce pas? ajouta M. de Perne en regardant sa fille.

— Vous savez bien, mon père, répondit-elle, que je suis souvent seule et que je ne m'ennuie jamais...

— Oui, certes... mais aujourd'hui... un peu d'impatience...

Et l'excellent homme se mit à rire, ajoutant :

— C'est égal, voilà une lettre qui aura été la bienvenue. Josèphe, songe au déjeuner; je vais ôter mes guêtres.

Le baron sortit, et les deux amoureux se retrouvèrent en tête-à-tête.

## XVI

Le même jour, et à peu près à la même heure où le jeune baron Jean de Mauroy sortait de son petit manoir de la Briquerie pour se rendre à Pré-Gilbert, M. Anatole descendait de sa chambre sur la pointe des pieds et entrait dans celle du commandant.

Le docteur J... s'y trouvait.

On s'en souvient, quatre ou cinq jours auparavant, en entendant un orgue de Barbarie, M. Anatole, pris d'une subite émotion, était descendu chez son oncle en pleurant, s'était agenouillé devant lui et lui avait demandé pardon, et le docteur J... lui avait dit quelques minutes après :

— Vous venez de sauver votre oncle!

En effet, le commandant n'était point mort; mais si sa vie n'était plus menacée, si une réaction assez favorable s'était opérée pour arrêter le mal, le vieillard n'en était pas moins encore au lit et si faible que le médecin lui avait interdit de parler.

Depuis ce jour-là M. Anatole n'avait presque pas quitté son oncle.

Matin et soir, jour et nuit, il venait s'asseoir dans le fauteuil placé au chevet du malade, lui prenait la main et l'accablait de protestations d'amitié.

Qu'on n'aille pas croire, cependant, que l'émotion occasionnée par l'orgue de Barbarie durât encore!...

Non, M. Anatole avait bientôt retrouvé sa froide et méchante nature, et il n'avait qu'un regret, c'est que son

Et le jour d'orgue continuait à tourner la manivelle (Page 12.)

repentir momentané eût amené une crise favorable dans la situation du commandant.

Si le vaurien jouait ainsi aux regrets et paraissait s'amender, s'il accablait ainsi M. de Perne de protestations affectueuses, c'est qu'il avait son idée.

Une idée bien simple : il ne voulait pas que, rétabli, le commandant lui parlât de départ et de voyage.

Anatole ne voulait pas partir, et il s'était dit que le moyen le plus simple pour arriver à ce résultat était de changer complétement d'attitude vis-à-vis de son oncle.

Jusque-là l'enfant s'était montré ingrat; il allait jouer à la reconnaissance et le commandant s'y laisserait prendre.

M. Anatole était un homme qui avait, comme on dit, l'esprit de suite.

Du moment où il se fut donné ce rôle, il le joua en conscience; et le commandant était véritablement stupéfait de cette conversion.

Anatole passait donc de longues heures auprès de lui, et ne se retirait le soir que quand le malade commençait à sommeiller.

Le lendemain, au petit jour, aussitôt qu'il entendait le tilbury du docteur sur le sable de la grande allée, il descendait en toute hâte, pénétrait chez le malade et interrogeait le médecin avec anxiété.

Ce matin-là, le jour où nous l'avons dit déjà, M. Jean de Mauroy s'en allait à Pré-Gilbert, Anatole descendit tout comme à l'ordinaire; il vit M. de Perne sur son séant.

Le mal semblait être parti tout à fait, tant le visage du commandant était calme.

— Encore huit jours, disait le docteur J..., et vous serez sur pied, mon vieil ami.

Anatole tressaillit en entendant ces mots.

Il s'approcha et vint baiser la main de son oncle.

— Je te remercie, dit celui-ci, à qui le médecin avait rendu la permission de parler; tu m'as soigné avec effusion, mon enfant, et je ne l'oublierai pas.

— Monsieur Anatole, dit le docteur, votre oncle commence à manger, mais il a ce qu'on appelle le dégoût; les consommés, les relevés de volaille et toutes les béchamels du monde ne le tentent pas.

— Non, murmura le commandant, qui fit une grimace expressive.

— Ce dont il a envie, reprit le docteur J..., c'est d'une brochette de ces petites grives de vigne qui vont bientôt partir et qu'on fait rôtir avec une barde de lard.

Le commandant fit un signe de tête.

— J'en ai permis quatre par jour, poursuivit le docteur, deux le matin, deux le soir.

— Il n'y a plus qu'à trouver les grives et je m'en charge, dit Anatole.

Puis, regardant le docteur, il ajouta :

— Je puis m'absenter, n'est-ce pas?

Le docteur fit un signe de tête, et M. Anatole sortit en disant :

— Avant une heure j'aurai le brochette. Ce bon docteur, pensait-il en s'en allant changer sa chaussure ordinaire contre des souliers de chasse et son veston de chambre contre une veste-carnier, ce bon docteur me rend un service signalé ce matin.

Comme il atteignait le perron, mademoiselle de Perne apparut sur la dernière marche. (Page 15.)

Je ne savais plus comment sortir, et voici cinq jours que je n'ai vu le Héron.

Un quart d'heure après, M. Anatole était dans le clos de vigne qui ceignait la Bertaudière au nord et grimpait lestement vers le sommet du coteau.

— J'ai entendu plusieurs fois, le matin et le soir, se dit-il, le coup de sifflet du Héron; mois je n'osais pas sortir. D'ailleurs, il a dû savoir ce qui se passait, et je me tromperais fort s'il n'est pas à rôder dans les environs.

Une grive partit devant lui.

M. Anatole la tira au vol et l'oiseau tomba.

— Bon! se dit-il en ramassant l'oiseau, voilà que je viens de donner signe de vie à mon compère.

Il mit la grive dans sa carnassière, remplaça la cartouche brûlée et continua son chemin.

Dix minutes après il faisait un coup double sur deux perdrix qui filaient devant lui; mais le Héron ne paraissait pas.

Enfin il arriva au sommet du coteau et traversa un petit bois de chênes de l'autre côté duquel on apercevait, dans le lointain, le château de Pré-Gilbert.

Parvenu à la lisière du bois, il s'assit sur un pan de mur à moitié écroulé, et alors, comme il était assez loin de la Bertaudière, il se mit à siffler d'une façon particulière.

Presque aussitôt après, au milieu des vignes, un coup de sifflet semblable au sien se fit entendre.

— Ah! dit-il en se levant, je savais bien que le Héron ne pouvait être loin d'ici.

En effet, quelques minutes après, il aperçut l'homme aux longues jambes sautant par-dessus les échalas et se dirigeant vers lui.

M. Anatole était si pressé de le voir, qu'il fit quelques pas à sa rencontre.

— Hé! compère, lui dit-il, tu as dû me croire mort?

— Non, répondit le Héron, mais votre oncle a été bien malade, n'est-ce pas?

— Il va mieux, dit Anatole.

— Ça fait que vous sortez pour la première fois?

— Tu l'as dit.

— Heureusement que j'ai fait vos affaires pendant ce temps-là.

Anatole tressaillit et regarda le Héron.

— La Toinon est arrivée, reprit le Héron.

— Quand?

— Hier soir.

— Avec son fils?

— Un joli gamin de dix ans, effronté comme sa mère, dit le Héron.

— Et où sont-ils?

— Au moulin. J'ai vu la Toinon ce matin, et j'ai jasé un brin avec elle; mais elle n'est pas facile à retourner.

— Plaît-il?

Et M. Anatole vint se rasseoir sur le pan de mur et attendit que le Héron s'expliquât et lui racontât son entretien avec cette femme à qui on destinait le rôle de brandon de discorde.

## XVII

Le Héron reprit alors :

— C'est tout aussi méchant qu'autrefois, la Toinon, mais c'est devenu une dame et cent fois plus délurée et plus affinée. Elle vous a la parole à la main que c'est un plaisir et on ne lui en conte guère.

— Continue, dit froidement M. Anatole.

— Je vous l'ai dit, poursuivit le Héron, j'étais du conseil de famille quand le père Dubarle est mort ; c'était tout naturel que je m'occupasse des affaires d'une enfant qui était quasiment sous ma protection, et voici des années que c'est moi qui lui fais passer ses fermages à Paris.

— Après ?

— Le jour que je vous ai parlé d'elle, je lui ai mis une lettre à la poste, en lui disant qu'elle avait besoin de venir, et comme vous voyez, elle est venue.

— Oui, dit M. Anatole, mais va donc un peu plus vite. Tu dis qu'elle n'est pas commode ?

— C'est vrai.

— Pourtant tu n'as eu qu'à lui écrire pour qu'elle vienne.

— Oh ! ça n'est pas la même chose.

— Alors je ne comprends pas.

— Je vais vous dire, poursuivit le Héron. La Toinon qui se fait appeler à Paris madame du Barle, en deux mots, s'il vous plaît, m'avait souvent écrit qu'elle vendrait volontiers le moulin si elle en trouvait un bon prix. Quand je lui ai écrit à mon tour, je ne me suis pas expliqué. « Vous ferez bien de venir tout de suite, » que je lui ai dit. Elle a cru que c'était pour vendre le moulin et elle est venue.

— Seule ?

— Non, elle a amené son fils, un joli gamin tout de même et qui est, si on veut, tout le portrait de M. Jean.

— Comment, *si on veut* ? fit Anatole qui souligna ces trois mots.

Ce sourire moitié narquois, moitié naïf dont le Bourguignon, petit cousin du Normand, enveloppe sa pensée, apparut alors sur les lèvres du Héron.

— C'est que, voyez-vous, à un certain âge, les enfants ne ressemblent pas à tout le monde.

— Tu crois ?

— Je crois bien que M. Jean est tout à fait innocent de ce péché-là, mais avec un peu de bon vouloir il ne sera pas difficile que le petit qui est blond et qui a les yeux bleus ait les yeux et les cheveux de M. de Mauroy.

— Continue, répéta M. Anatole, et tâche d'aller droit au but. Tu me disais donc qu'elle était arrivée avec son fils ?

— Oui, hier soir.

— Et qu'elle se fait appeler à Paris madame du Barle en deux mots ?

— Et qu'elle vous porte des robes de soie comme mademoiselle Josèphe, votre cousine.

— Ah ! vraiment !

— La Salomée Bourdin, de Vincelottes, qui est allée à Paris l'an dernier, dit qu'elle l'a rencontrée dans une belle voiture attelée de deux chevaux.

— Passe-moi donc tous ces détails, et dis-moi tout de suite en quoi tu ne la trouves pas commode ?

— Elle est donc arrivée hier soir. Je l'attendais à Trucy, au passage de la voiture, et c'est l'éclusier Guillaume qui nous a passé de l'autre côté de l'eau.

Depuis l'écluse du canal jusqu'au moulin, il n'y a qu'un bout de chemin.

« — Ma petite dame, lui ai-je dit, — ça, j'en conviens, je n'ai pas osé hier soir l'appeler Toinette comme devant, — ma petite dame, je viendrai vous voir demain matin à la première heure, et nous jaserons longuement. Tout ce que je puis vous dire, c'est que Jacques le meunier est à fin de bail, que je lui demande trois cents francs de plus s'il veut renouveler. Ne finissez rien avec lui que vous ne m'ayez vu.

« Alors elle a paru un peu étonnée.

« — Comment ! m'a-t-elle dit, tu n'as donc pas un acquéreur sous la main ? »

Elle me tutoyait quand elle était jeune, et elle a continué, comme vous voyez.

— Eh bien, que lui as-tu répondu ?

« — Chut ! nous causerons de ça demain, à la première heure.

« Et je me suis en allé, la laissant à la porte du moulin où le grand Jacques l'attendait et lui avait préparé une chambre. »

— Mais tu l'as revue ce matin ?

— Pardine ! j'en viens.

— Alors tu vas m'expliquer en quoi elle n'est pas commode, dit Anatole qui avait déjà posé trois fois la question sans que le Héron voulût y répondre.

— Voici la chose, dit l'homme aux longues jambes : pour une fille qui est maintenant de Paris, elle est restée matinale tout de même. Quand je suis arrivé, il n'était pas soleil levé qu'elle était déjà à la fenêtre et regardait la gelée blanche dans les prés. Elle est descendue tout de suite et m'a pris le bras en me disant :

« — Allons-nous-en au long du canal, et dis-moi tout de suite qui a envie du moulin ?

« — Personne.

« Elle a été bien étonnée.

« — Ah çà, m'a-t-elle dit, est-ce que tu te moques de moi ?

« — Mais non...

« — Tu me fais venir pour renouveler le bail de Jacques. Ce pauvre homme s'est mis à pleurer hier soir, et il m'a dit que trois cents francs de plus, ça le ruinait, et que jamais il ne pourrait y arriver. Je me fiche pas mal de trois cents francs de plus ou de moins... et si c'est pour ça que tu m'as fait venir...

« — Mais non, lui ai-je dit, ce n'est pas pour ça.

« — Pourquoi est-ce donc ?

« Nous étions tout seuls; j'avais jeté un coup d'œil à droite et à gauche, et personne ne pouvait nous entendre.

« Alors je l'ai appelée Toinette, et je me suis remis moi aussi à la tutoyer.

« — Est-ce que tu ne voudrais pas t'établir ? lui ai-je dit.

« — Comment ça ?

« — Te marier.

« — Bah !

« Elle s'est mise à me rire au nez.

« — Quel est donc le paysan que tu me destines ? m'a-t-elle dit.

« — Ce n'est pas un paysan.

« — Ah !

« — C'est un noble... un baron que tu connais bien...

« — M. de Mauroy ?

« — Justement.

« Alors elle s'est mise à me regarder dans le blanc des yeux.

« — Et c'est pour cela que tu m'as fait venir ?

« — Oui.

« Elle m'a posé la main sur l'épaule en me disant :

« — Je crois bien que tu te moques de moi, mais je suis bonne fille et je t'écouterai jusqu'au bout.

« En parlant ainsi, elle alla s'asseoir sur un tas de cailloux qui se trouvait au bord du chemin de halage, et elle ajouta :

« — C'est égal, je trouve ça drôle... que tu m'aies fait venir de Paris pour me dire ces choses-là. »

A cet endroit de son récit, le Héron s'interrompit et tira une pipe de sa poche.

Puis il se mit à la bourrer tranquillement, au grand déplaisir de M. Anatole, qui était impatient de savoir ce que la Toinon lui avait au juste répondu.

## XVIII

Bien qu'il ne fût pas du pays, le Héron avait fini par prendre le ton railleur et les airs nonchalants du paysan bourguignon.

Il s'écoutait volontiers parler, et l'impatience que manifestait M. Anatole le touchait peu.

Il bourra donc sa pipe sans s'émouvoir, battit le briquet, l'alluma méthodiquement en posant son doigt calleux sur l'amadou qui brûlait.

Et ce ne fut que lorsqu'il eut jeté au vent, coup sur coup, trois ou quatre bouffées, qu'il daigna reprendre son récit :

— Elle s'est donc assise sur le tas de cailloux, et m'a regardé en riant.

« — C'est donc toi qui as eu l'idée de me marier avec M. Jean de Mauroy? me dit-elle. Mais M. de Mauroy n'a pas le sou, et s'il fallait qu'il vécût à Paris, ce serait à la condition que sa femme ferait la cuisine. Or, on me donnerait la lune, et elle serait en argent massif, que je ne voudrais pas m'enterrer dans cette bicoque de la Briquerie où le vent pleure sous les portes comme dans une vieille église.

« — C'est égal, ai-je repris, il y a des gens moins difficiles que toi.

« — Hein?

« Et elle m'a regardé.

« — Mademoiselle Josèphe de Perne, qui est une riche héritière, ne fait pas fi de M. de Mauroy.

« — Ah! ah!

« — On dit même qu'ils vont se marier.

« Alors elle m'a regardé de nouveau dans le blanc des yeux.

« — Tu penses bien, m'a-t-elle dit, que je ne suis plus la Toinon d'il y a dix ans, une fille qui pouvait avoir de l'instinct, mais qui ne savait rien de rien.

« — Ah!

« Et, à mon tour je l'ai regardée; elle avait des yeux qui me démontaient.

« — M. de Mauroy aime mademoiselle de Perne, n'est-ce pas?

« — Je le crois.

« — Et mademoiselle de Perne aime M. Mauroy, cela va sans dire; mais, comme M. de Mauroy n'a pas le sou, il est probable qu'il y a des gens à qui ce mariage déplaît, et qui ont eu la bonté de penser à moi pour me jeter au travers comme un bâton dans une roue.

« — C'est bien possible, ai-je dit.

« — Le père de mademoiselle de Perne, par exemple.

« — Non, le père est consentant.

« — Son oncle?

« — Pas davantage.

« — Alors c'est quelqu'un qui est amoureux de mademoiselle de Perne en ce cas.

« — Ça se peut bien.

« Elle a paru réfléchir un moment.

« — Je ne vois pas quel intérêt j'ai à me fourrer là-dedans. Autrefois Jean, ou plutôt son père, a déjà donné six mille francs. C'est plus qu'ils ne pouvaient. J'ai passé dix ans sans rien dire, et j'aurais mauvaise grâce à me remettre en jeu. »

— Vous pensez, monsieur Anatole, interrompit le Héron, que j'étais un peu renversé. Elle n'avait pas l'air de vouloir se mêler de nos affaires. Alors je n'ai plus rien dit. Quand elle a vu ça, c'est elle qui a repris la parole.

« — Qu'est-ce que cet amoureux dont on ne veut pas et qui voudrait se débarrasser de Jean? Est-ce qu'il est riche?

« — Très-riche.

« Elle n'a plus rien dit pendant une minute encore, puis elle a repris :

« — Où est-il donc?

« — Dans le pays.

« — Pourrait-on le voir?

« — Certainement.

« Elle a réfléchi encore.

« — Je parie que c'est M. Anatole.

« — Eh bien, ça se pourrait, lui ai-je dit.

« — Il doit être joliment avare?

« — Mais non.

« — Tu penses, m'a-t-elle dit encore, que si je fais des misères à ce pauvre Jean, ce ne sera pas pour les beaux yeux de M. Anatole.

« — Ça, bien sûr.

« — Et il faut qu'il y ait de l'argent au bout.

« — Il y en aura.

« — Tope! m'a-t-elle dit enfin. Aussi bien je m'ennuie en ce moment. Je n'ai rien à faire; ça m'amusera... Où est-il donc, ton M. Anatole?

« — Vous sentez bien, lui ai-je dit alors, que s'il venait vous voir en plein jour et qu'on le rencontrât, la mèche serait bientôt éventée. Mais si vous voulez, ce soir, un peu tard, je vous l'amènerai au moulin. Nous entrerons par derrière; ni le grand Jacques ni sa femme ne nous entendront.

« — Soit, m'a-t-elle dit. »

— Alors, acheva le Héron, j'ai pris rendez-vous pour ce soir dix heures; pourrez-vous venir?

— Oui, je m'arrangerai pour ça.

— Et où vous trouverai-je?

— Ici, à neuf heures et demie.

— C'est bien, dit le Héron.

Et il se leva, braqua ses longues jambes sur un sentier qu'il avait devant lui et s'en alla en faisant des pas de géant.

M. Anatole demeura assis sur le pan de mur.

Il songeait à la Toinon, et un sentiment de curiosité s'emparait de lui peu à peu.

## XIX

M. Anatole, en quittant le Héron, s'était remis à cheval et il avait complété sa demi-douzaine de grives, puis il était redescendu à la Bertaudière.

La journée lui parut longue, d'autant plus que le sentiment de curiosité qui s'était emparé de lui au portrait que le Héron lui avait fait de la Toinon n'avait fait que grandir.

Bien qu'il fût hors de danger, le commandant était trop faible encore pour quitter son lit...

Anatole n'avait donc pas à se préoccuper de lui pour sortir du château le soir, sans que son absence fût remarquée.

Il demeura donc dans la chambre du malade jusqu'à neuf heures sonnées, lui souhaita le bonsoir, et fit mine de remonter dans sa chambre.

Mais cette chambre était suivie d'un cabinet de toilette ménagé dans une des tours du château, et dans cette tour il y avait un petit escalier en coquille qui descendait dans le parc.

M. Anatole prit ce chemin et sortit sans bruit, évitant ainsi de passer devant la chambre de son oncle où Jean-Pierre veillait toute la nuit.

Jean-Pierre était le seul domestique dont M. Anatole se défiât, et en cela il avait raison, car le vieux soldat ne l'adorait pas précisément.

Notre héros avait pris son fusil.

Quand on court les champs la nuit, la précaution est bonne, surtout dans un pays où le braconnier n'est pas rare.

Il faisait un beau clair de lune et on y voyait comme en plein jour.

M. Anatole marchait d'un pas leste et il eut atteint, en moins d'une demi-heure, le petit bois et le pan de mur auprès duquel il avait donné rendez-vous au Héron.

L'homme aux longues jambes s'y trouvait déjà.

— Vous êtes exact, monsieur Anatole, dit-il, mais je le suis encore plus que vous.

— J'arrive une demi-heure avant, dit Anatole.

— Oui, mais moi qui ai du nouveau à vous apprendre, j'étais encore plus pressé.

— Ah! tu as du nouveau?

— Oui-dà.

— Eh bien? fit M. Anatole avec inquiétude.

— On ne perd pas de temps à Pré-Gilbert.

— Comment cela?

— M. le baron et M. Jean sont allés à Auxerre aujourd'hui.

— Pour quoi faire?

— Pour commander le contrat au notaire.

— Le mariage est donc fixé?

— Faut croire; cependant je ne sais pas le jour. Je suis pourtant allé à Pré-Gilbert dans la journée et j'ai cherché à savoir. Les domestiques ne savent qu'une chose, c'est qu'on attend un monsieur qui vient du Midi tout exprès pour assister au mariage et que ça ne traînera pas!...

— Oh! oh! fit Anatole avec un accent de dépit.

— Heureusement que nous sommes là, nous, dit le Héron, et si la Toinon ne nous fait pas droguer...

— L'as-tu revue?

— Non, mais elle nous attend; partons.

— Hé! dit M. Anatole, il fait joliment clair de lune ce soir. N'as-tu pas peur qu'on nous voie entrer au moulin?

— Nous avons un bout de chemin à faire pour y arriver, dit le Héron, et comme vous marchez moins fort que moi et qu'il faudra que je règle mon pas sur le vôtre, nous mettrons bien une heure.

— A peu près.

— Et dans une heure la lune aura disparu derrière les coteaux de Mailly-la-Ville. D'ailleurs, ajouta le Héron, tout le monde est couché à cette heure. Il n'y a sur pied que les affûteurs et les poseurs de collets, et ceux-là sont plus curieux de se sauver que de savoir quels sont ceux qui tiennent les chemins.

Le Héron avait raison.

Ils descendirent au-travers des vignes jusqu'au chemin de halage du canal, sans entendre le moindre bruit et sans rencontrer personne.

Comme ils passaient devant Séry, la lune échancrait son disque aux collines de l'horizon, et un quart d'heure après elle avait disparu.

Alors un point lumineux brilla dans l'éloignement, sur la gauche du chemin de halage.

— Tenez, dit le Héron, c'est elle qui nous attend.

Ils doublèrent le pas, et bientôt ils étaient tout auprès du moulin.

La fenêtre éclairée donnait sur le chemin de halage, tandis que la porte principale était sur la façade opposée.

Cette fenêtre était ouverte, et comme ils arrivaient dessous, une ombre s'y montra.

C'était la Toinon.

La nuit était maintenant assez obscure pour que la Toinon ne pût voir facilement à qui elle avait affaire.

Mais le Héron lui dit à mi-voix.

— C'est nous. Est-ce qu'on est couché?

— Oui. Attendez, je vais vous ouvrir, répondit-elle.

Le moulin se composait de deux corps de bâtiments, l'un qui était le moulin proprement dit, l'autre qui était une sorte de grange, de grenier, de resserre à récoltes, et qui en était séparé par une petite cour.

Dans le deuxième corps de logis, feu le père Dubarle avait autrefois aménagé deux petites chambres pour sa fille qui devait toujours revenir de Paris et ne revenait pas, si bien que le bonhomme était mort sans la revoir.

C'était donc ces deux chambres que Toinon occupait, et il eût fallu beaucoup de bruit pour éveiller le grand Jacques, le meunier, sa femme et ses enfants; d'autant mieux qu'elle avait une petite porte qui ouvrait sur le canal.

Elle descendit donc et ouvrit cette porte.

— Tu connais les êtres, dit-elle au Héron, donne la main à monsieur. L'escalier est un peu roide.

Elle avait laissé sa chandelle allumée dans sa chambre et était descendue sans lumière.

— Donnez-moi la main, monsieur Anatole, dit le Héron, tandis que Toinon remontait la première.

M. Anatole ne l'avait pas vue.

A peine si l'obscurité lui avait permis d'entrevoir une tournure toute parisienne.

— Marchez doucement, dit-elle encore en arrivant au haut de l'escalier. Le petit dort dans cette chambre-ci, il ne faut pas l'éveiller.

Ils traversèrent la première des deux chambres, guidés par la lumière qui était restée dans la seconde.

— Je vous demande pardon, monsieur le comte, de vous recevoir dans ce taudis, dit la Toinon en refermant la porte.

Elle se trouva alors exposée à la lumière, et M. Anatole put la voir tout à son aise.

C'était une belle paysanne d'environ trente et un ans, brune, avec de grands yeux noirs.

Elle paraissait aussi à l'aise en cette chambre de ferme, dans laquelle on arrivait par une échelle et dont les murs étaient crépis grossièrement, que dans le boudoir de son charmant logis de la rue Taitbout.

M. Anatole était provincial, et il se sentit un peu intimidé.

— Asseyez-vous, monsieur le comte, dit-elle, et causons; car nous avons à causer, paraît-il.

Et elle lui avança une des trois chaises de paille qui composaient l'ameublement de cette chambre, qui jadis lui eût peut-être produit l'effet d'un palais des *Mille et une Nuits*.

## XX

Malgré tout ce que le Héron lui avait dit, M. Anatole s'était fait une tout autre idée sur cette paysanne pervertie.

La Toinon, connue à Paris sous le nom de mademoiselle Antoinette du Barle, s'était métamorphosée au contact d'un certain monde et ne manquait pas d'une apparente distinction; mais en elle se retrouvait la paysanne avec son esprit calme, calculateur, intéressé.

Antoinette dévorait par an quarante ou cinquante mille francs; mais elle estimait que les petits ruisseaux font les grandes rivières et qu'il ne faut négliger aucun intérêt si petit qu'il soit.

Son héritage paternel valait une trentaine de mille francs; mais elle n'avait conservé ni l'amour du pays, ni le culte des souvenirs, et elle songeait depuis bien longtemps à se débarrasser de ce bien qu'elle considérait plutôt comme une non-valeur que comme une source de revenu.

Elle avait même écrit en ce sens à plusieurs notaires; et ne pouvant soupçonner un seul instant qu'on eût songé à elle pour une intrigue de province, elle avait cru très-franchement, en recevant la lettre du Héron, que celui-ci la faisait venir parce qu'il trouvait à vendre son moulin.

Donc, Antoinette était venue tout naturellement, sans penser à mal, et elle n'avait pas même amené une femme de chambre, trouvant qu'il était parfaitement inutile de mettre les gens qui l'entouraient à Paris dans la confidence de sa naissance et de son origine. Or, M. Anatole qui avait souvent entendu parler de la Toinon, s'était figuré une grande et grosse fille, d'une beauté commune et de manières hardies, parlant un langage épicé, et qui pour une dizaine de mille francs jouerait avec enthousiasme le rôle qu'il lui destinait, et que le Héron avait imaginé.

Il se trouva donc tout à fait désorienté en se trouvant en face d'une femme dont l'éducation semblait ne rien laisser à désirer.

— Oui, cher monsieur, dit la Toinon d'un ton dégagé, le Héron, mon vieil ami, m'a dit en quelques mots de quoi il s'agissait.

Anatole s'inclina.

— Vous êtes amoureux de mademoiselle de Perne; elle est donc bien belle?

M. Anatole fit un effort sur lui-même, reconquit un peu de présence d'esprit et répondit:

— Je voudrais l'épouser.

— Mais il paraît qu'elle ne songe pas à vous, et que c'est au contraire M. de Mauroy qui a toutes ses sympathies.

— En effet.

— Ce que voyant, poursuivit Antoinette Dubarle avec un accent légèrement moqueur, le Héron et vous avez daigné songer à moi pour entraver les choses qui vont, jusqu'à présent, comme sur des roulettes?

Anatole fit un signe affirmatif.

— Cher monsieur, continua la Toinon, avant d'aborder la question *affaires*, car enfin c'est une affaire ce que vous me proposez, voulez-vous me permettre de procéder par induction et de reconstruire, dans mon esprit, ce qui a dû se passer entre vous et mon vieil ami le Héron?

Anatole ne savait trop où elle voulait en venir, mais sa

nature audacieuse et cynique avait fini par triompher de son émotion première, et il attendit qu'Antoinette s'expliquât.

— Je n'y étais pas, reprit-elle, mais c'est tout comme, je vous vois et je vous entends. Le Héron, qui ne m'avait pas vue depuis le jour où je suis partie avec des sabots bien cirés, un bonnet à rubans, une robe de mérinos gris et un petit châle à fleurs, se sera dit : « Elle va devenir folle de joie quand nous parlerons de la faire baronne. » Vous, cher monsieur, que votre éducation rend moins ridicule, vous aurez fait cette réflexion que M. de Mauroy, son mariage avec mademoiselle de Perne rompu, aurait encore assez de sagesse pour ne point réparer ses torts à dix années de distance.

M. Anatole ne sourcilla pas.

— Convenez, reprit-elle, que cela a dû se passer ainsi. Et maintenant, laissez-moi vous parler un peu de moi. Je suis une femme de mon temps, c'est-à-dire très-positive. L'an dernier, un prince russe m'offrait sa main, son cœur et sa fortune. J'ai refusé le cœur et la main, et si j'ai grignoté quelques bribes de sa fortune, c'est qu'il l'a voulu absolument. Or, vous pensez bien que je n'ai pas refusé un prince pour courir après un petit gentillâtre qui n'a pas le sou.

M. Anatole s'inclina, non sans se mordre un peu les lèvres.

Antoinette poursuivit :

— Je ne suis pas méchante pour le plaisir de l'être.

Je ne connais pas mademoiselle de Perne, et le peu d'amour que j'ai pu avoir jadis pour Jean de Mauroy dort sous les cendres de l'oubli.

Je n'ai donc aucun intérêt personnel à me mettre dans votre jeu.

Mais, je vous l'ai dit, je suis une femme positive et l'argent ne me déplaît pas.

Donnez-moi cent mille francs et je joue la partie.

A ce chiffre de cent mille francs, le Héron fit un soubresaut sur son siége.

Quant à M. Anatole, il se demanda s'il était bien éveillé et s'il n'était pas plutôt le jouet de quelque rêve étrange!...

## XXI

Que s'était-il passé entre la Toinon, le Héron et M. Anatole, à la suite de cette proposition froidement émise par la paysanne pervertie : « Donnez-moi cent mille francs et je me mets dans votre jeu ? »

D'abord M. Anatole n'avait pas, ne pouvait pas avoir cent mille francs.

Ensuite le Héron estimait que, pour cent mille francs, on devait pouvoir lever une armée.

Enfin, la Toinon n'était pas femme à rabattre de ses prétentions.

Et cependant un marché mystérieux avait été conclu entre les trois personnages; mais ce marché, nul n'en connaissait les termes et les conditions.

Toujours est-il que M. Anatole était parti fort satisfait, que le Héron, tout en poussant de gros soupirs, avait donné son approbation, et que, les deux personnages partis, la Toinon s'était mise à la fenêtre, chantonnant un motif de *la Belle-Hélène*.

M. Anatole avait été reconduit par le Héron jusqu'au sommet du coteau qui dominait les tourelles de la Bertaudière.

— Ainsi, lui avait-il dit en le quittant, tu es sûr de pouvoir emmancher tout cela?

— Oui, monsieur, fiez-vous-en à moi.

— Et pour quel jour?

— Pour le jour où M. le baron et M. Jean s'en iront de nouveau à Auxerre : ça pourrait bien être après-demain.

— Et tu auras le temps de tout préparer?

— Oui, monsieur.

— Comment m'avertiras-tu? car il ne faut pas que tu viennes à la Bertaudière; je me méfie de Jean-Pierre; s'il nous voyait ensemble trop souvent, il serait capable de tout deviner.

Le Héron parut réfléchir.

— En allant demain matin à Pré-Gilbert, dit-il, je saurai bien quel jour il faudra qu'ils retournent à Auxerre. Ça pourrait être demain, mais ça m'étonnerait.

— Mais enfin, si c'était demain?

— Voyez-vous ce chêne qui monte au long de ce mur?

— Oui.

— Eh bien, la grosse branche du milieu est creuse.

— Ah!

— Vous pouvez bien venir tous les jours, entre dix et onze, faire un tour par ici, mettre votre main dans le creux de l'arbre et voir si je n'y ai pas mis un bout de papier.

— C'est cela, dit M. Anatole, je viendrai demain soir, ou plutôt ce soir, car il y a longtemps que minuit est sonné.

— Voici quasiment le jour, dit le Héron. Il fait noir encore, mais j'ai un bout de chemin à faire d'ici ma maisonnette et l'aube pourrait bien me rattraper en route.

— Ainsi voilà qui est convenu?

— Oui, monsieur Anatole.

— La barque sera prête, le passeur absent?

— Oui! oui!

— Et vous attendrez qu'on aperçoive mademoiselle Josèphe dans le chemin de l'écluse?

— Pardine!

— Mais, dit encore M. Anatole, as-tu songé à une chose, compère?

— Laquelle?

— C'est que ce jour-là mademoiselle de Perne pourrait bien ne pas venir à l'écluse.

— Au contraire, monsieur.

— Pourquoi donc?

— Jules Mége s'est mal conduit avec le baron autrefois, ce qui n'empêche pas que mademoiselle Josèphe, depuis que la femme du pauvre diable est si malade, vienne la voir et lui apporter de l'argent et des secours; mais M. le baron grogne quelquefois et dit que Jules est une canaille. Si M. le baron est absent, ce sera une raison de plus pour qu'elle vienne à l'écluse.

— Tu as réponse à tout, dit M. Anatole.

— Et puis, ajouta le Héron, chaque fois que je vais à Pré-Gilbert, elle me demande des nouvelles de la femme de l'éclusier. Vous pensez bien que j'irai tout exprès, ce jour-là.

— Bon!

— Et que je lui dirai qu'elle va de plus en plus mal.

— Parfait!

Et M. Anatole donna une poignée de main à son complice avant de s'en séparer.

Le Héron avait ouvert ses longues jambes et tiré au travers des vignes, tandis que M. Anatole descendait tranquillement vers la Bertaudière en se disant :

— Bah! qui a terme ne doit rien. Et si j'épouse Josèphe, c'est elle qui payera les cent mille francs!

La nuit s'avançait, mais le jour était loin encore, et M. Anatole rentra à la Bertaudière sans éveiller personne.

Le chien de garde seul donna un coup de voix, mais en reconnaissant son jeune maître, il se tut.

Et M. Anatole regagna son lit, se coucha et dormit la grasse matinée.

A son réveil, il descendit chez le commandant.

M. de Perne avait passé une bonne nuit, et il se laissa prendre la main par son fils adoptif, qui continuait à jouer le repentir et se montrait d'une docilité parfaite.

La journée se passa sans autre incident. M. Anatole ne sortit pas.

Le soir, il se mit au lit de bonne heure; mais vers minuit, quand tout le monde fut endormi dans le château, il se releva, comme la nuit précédente, il s'habilla sans bruit, se laissa couler sur la rampe, gagna la petite porte du parc et, son fusil sur l'épaule, se dirigea de nouveau vers l'endroit où la veille il avait quitté le Héron. Quand il fut arrivé au mur en ruine, au lieu de s'asseoir, il monta dessus.

Grâce à ce marchepied, en allongeant le bras, M. Anatole put mettre la main dans le couronnement du vieux chêne et chercha dans la cavité indiquée le message du Héron.

Mais il n'y avait pas de message.

— Allons! murmura-t-il avec un accent de désappointement, ce sera pour demain sans doute. Mais j'aimerais mieux que ce soit plus tôt que plus tard, car le *vieux* reprend ses forces tous les jours; et il faut mener les affaires rondement, tandis qu'il est encore dans son lit.

Il rentra à la Bertaudière avec les mêmes précautions que la veille et se mit au lit.

Mais cette nuit-là il ne dormit pas. L'impatience le gagnait.

La journée du lendemain lui parut encore plus longue que celle de la veille.

Mais elle devait mieux finir pour lui.

A onze heures du soir, il avait de nouveau quitté furtivement le château, et, grimpé sur le vieux mur croulant, il fourrait sa main dans la branche creuse de l'arbre.

O bonheur! cette main retira un papier; le Héron donnait signe de vie.

La nuit était sans lune: mais M. Anatole n'eut pas la patience d'attendre qu'il fût de retour au château : il tira de sa poche un cigare et une boîte de ces allumettes anglaises qui ne flambent pas, mais qui brûlent au vent et répandent autour d'elles une odeur de musc.

Son cigare allumé, il l'approcha du billet qu'il s'était empressé d'ouvrir.

Ce billet contenait ces mots :

« C'est pour demain. Soyez exact au rendez-vous. »

— Enfin! murmura M. Anatole.

Et, déchirant le billet en petits morceaux, il les jeta au vent et redescendit vers la Bertaudière.

## XXII

Retournons maintenant au château de Pré-Gilbert.

Le mariage était donc décidé entre M. Jean de Mauroy et mademoiselle de Perne.

Il devait avoir lieu le 5 du mois suivant, c'est-à-dire dans trois semaines.

Comme on l'a vu, le père de Josèphe et son fiancé avaient fait une première fois le voyage d'Auxerre pour donner au notaire les documents et les bases nécessaires à la rédaction du contrat.

Ensuite il avait été convenu que le notaire ferait diligence et que ces messieurs reviendraient dans deux ou trois jours en entendre la lecture.

Comme on le voit, le Héron était bien renseigné.

Cet homme au long cou et aux longues jambes n'inspirait du reste aucune défiance ni à M. de Perne ni à sa fille, pas plus qu'au commandant, car il était à la fois, on s'en souvient, le garde forestier des deux châteaux.

Un seul homme peut-être se fût défié de lui, — Jean-Pierre, le vieux brosseur du commandant.

Mais Jean-Pierre ne parlait que rarement, et il n'avait jamais eu l'occasion de s'exprimer nettement sur le compte du Héron.

Ensuite, celui-ci avait donné en maintes circonstances des preuves de dévouement non équivoques à la famille de Perne.

Il était dans la maison depuis sa jeunesse et il était dans toute l'acception du mot ce qu'on appelle un vieux serviteur.

Aussi n'avait-on pas de secrets pour lui et parlait-on librement en sa présence.

Le Héron allait rarement à la Bertaudière; mais il venait presque tous les jours à Pré-Gilbert.

Ceci avait encore une raison toute naturelle : le commandant, presque toujours cloué dans son fauteuil par la goutte, ne chassait plus.

Le baron chassait encore et tous les jours, et l'habileté du Héron n'était pas à dédaigner, et le baron l'emmenait avec lui très-souvent.

Le Héron venait donc tous les jours à Pré-Gilbert; quand il n'entrait pas au salon, il descendait aux cuisines.

Ce jour-là, comme le jour baissait, il s'était présenté au château, son fusil en bandoulière et la carnassière gonflée de perdreaux.

Il avait laissé les perdreaux à l'office, puis il était venu frapper sans plus de façon à la porte du salon où le baron causait avec sa fille.

— Bonjour, lui avait dit M. de Perne, qu'y a-t-il de nouveau?

— Je vous apporte une nouvelle rare, monsieur, avait répondu le Héron.

— Ah! et laquelle?

— J'ai découvert une portée de louveteaux, il y en a six, et déjà forts.

— Ah! ah! fit le baron avec satisfaction. Eh bien, nous les chasserons.

— Il faut vous dire que j'ai tué la mère ce matin, reprit le Héron. Par conséquent, il faut prendre garde que ses petits ne filent; et si monsieur le baron veut m'en croire, il m'enverra faire l'enceinte cette nuit, et nous les attaquerons demain matin.

— Demain, non... mais après-demain... Demain, je vais à Auxerre, répondit le baron.

Le Héron ne fit pas d'objection. Il savait ce qu'il voulait savoir.

— Va pour après-demain, dit-il.

Et il sortit en saluant.

Ce soir-là le Héron fit bien des choses.

Au lieu de s'attarder dans le cabaret qui se trouve au bord de la route entre Pré-Gilbert et Sery, il s'en alla le long du canal, et entra comme par hasard, histoire de savoir des nouvelles de la bourgeoise, chez Jules Mége, l'éclusier, dont la femme était très-malade.

En effet, la malheureuse avait gagné la fièvre de marais, et depuis trois mois elle était entre la vie et la mort.

L'éclusier était un homme d'aspect dur et de mauvaise mine; il ne rendait pas sa femme heureuse au temps où elle était sur pied; il ne la soignait guère maintenant qu'elle était à la mort.

Ils avaient une fille de douze ans qui se multipliait dans la maison, éclusait les bateaux, de nuit et de jour, quand son père était au cabaret, ce qui arrivait toutes les fois qu'il y avait un peu d'argent dans la maison.

L'éclusier était, en outre, passeur.

A l'endroit où était posée son écluse, la rivière côtoyait le canal.

Les gens de Sery qui allaient à Crécy-sur-Yonne passaient le canal sur le barrage de l'écluse, mais ils ne pouvaient traverser la rivière qu'à l'aide du bateau de l'éclusier.

En cet endroit, l'Yonne fait un coude assez brusque; ce coude occasionne un remous, et le passage est dangereux. Jules Mége était souvent absent.

Il arrivait alors que les gens qui avaient besoin de passer la rivière prenaient son bateau; mais plus d'un avait chaviré : il n'y avait pas deux ans qu'un ivrogne s'était noyé.

Le Héron savait tout cela. Il entra donc à la brune, dans la maison d'écluse, et trouva Jules Mége au coin du feu, marmottant entre ses dents, tout en taillant son pain noir dans une écuellée de soupe.

La petite fille donnait à boire à sa mère.

— Eh bien! ça ne va donc pas mieux? dit le Héron en posant son fusil dans un coin.

— Ça va plus mal que jamais, grommela l'éclusier.

Le Héron s'approcha de l'alcôve où gisait la pauvre fiévreuse.

— Faut prendre du courage, Nanette, dit-il.

— Hélas! répondit-elle, je crois bien que c'est fini.

Et elle se mit à pleurer.

L'éclusier haussait les épaules avec cette dureté qui n'est, hélas! que trop commune chez les paysans.

La malade continua à pleurer.

— Qu'est-ce que deviendra ma pauvre petite quand je ne serai plus là? disait-elle.

— Faut pas se désespérer, ma Nanette, répondit le Héron. On ne meurt pas pour avoir les fièvres; et puis, s'il t'arrivait un malheur, mademoiselle Josèphe n'est-elle pas là?

— Ah! la chère demoiselle du bon Dieu! s'écria la fiévreuse en joignant les mains. Quand elle entre ici, il me semble que je vais mieux et que le mal s'en va.

— Elle viendra te voir demain.

— Bien sûr?

— Oh! pour sûr, dit le Héron.

Les gémissements de la femme agaçaient prodigieusement les nerfs de l'éclusier.

Il se leva brusquement et sortit.

Alors le Héron courut après lui :

— Tu as un mauvais cœur, Jules, lui dit-il.

L'éclusier continuait à hausser les épaules.

— Crois-tu pas, dit-il, que me voilà bien loti, avec une femme qui mange en un jour chez l'apothicaire le pain d'une semaine! elle ferait bien mieux de crever tout de suite.

— Mauvais cœur, répéta le Héron, tu ne mérites pas qu'on te fasse du bien. Tiens, voilà pourtant ce que la demoiselle du château de Pré-Gilbert m'a donné pour vous autres.

Et il mit dans la main de l'éclusier un peu confus quatre pièces de cent sous.

Jules Mége les prit et son œil s'alluma.

— Tu ne porteras pas tout chez l'apothicaire, pensa le Héron, le cabaret en aura sa part... et c'est sur quoi j'ai compté!...

Sur cette réflexion, il s'en alla et prit le chemin du moulin de la Toinon qui, elle aussi, sans doute, attendait le mot d'ordre.

## XXIII

La nuit était venue, — une de ces nuits un peu froides d'automne où le ciel est clair, parsemé d'étoiles et privé des rayons de la lune.

Grâce à ses longues jambes, le Héron n'en eut pas pour longtemps à franchir la distance qui sépare l'écluse du moulin.

Le moulin tournait.

Son tic-tac troublait seul le silence de la nuit et une lumière y brillait.

A trente pas de distance, le Héron s'arrêta et parut délibérer avec lui-même.

Le grand Jacques était un homme épais et naïf, mais le Héron était un homme prudent.

Parlerait-il à la Toinon devant lui?

Ou bien, comme l'autre nuit, attendrait-il que le meunier fût couché pour siffler sous la fenêtre de la Toinon qui ne manquerait pas de comprendre ce signal et de descendre aussitôt?

Après un moment d'hésitation, le Héron fit cette réflexion que le moulin pourrait bien marcher toute la nuit, et il prit le parti d'entrer.

Le grand Jacques était assis sur un sac de farine.

— Je viens me chauffer un brin, dit le Héron; je reviens de Moissy-la-Ville et il fait un froid de loup au bord du canal.

— Chauffez-vous, dit le meunier qui alla remuer quelques tisons à demi éteints dans l'âtre.

Le Héron tira sa pipe de sa poche et la bourra.

— Eh bien, dit-il en s'asseyant, où en es-tu avec ta bourgeoise, Jacques?

— Je n'en sais rien, répondit le meunier d'un ton d'humeur. Si elle veut trois cents francs de plus, je m'en vais. En ne mangeant que du pain et en ne buvant que de l'eau on n'y arriverait pas.

— La Toinon n'est pas si regardante, reprit le Héron. Veux-tu que je lui cause un brin?

— Je ne demande pas mieux, répondit le grand Jacques.

— Elle est peut-être bien couchée maintenant?

— Oh! pour ça, non, dit le meunier. C'est quasiment une dame, à présent, et cela n'a pas sommeil sitôt comme le pauvre monde. Elle soupe avec nous du bout des dents, puis elle couche son marmot; après quoi elle s'enferme, et elle met le nez dans des livres et des gazettes que le *postillon* apporte tous les matins. A minuit la chandelle brûle encore.

— Eh bien, je vas lui dire bonsoir, en ce cas, dit le Héron.

Le meunier lui ouvrit une porte donnant sur la petite cour qui séparait le moulin proprement dit du petit bâtiment construit par le père Dubarle en vue de sa fille.

Le Héron connaissait les êtres; il traversa la cour, grimpa le petit escalier et frappa à la porte sous laquelle filtrait un filet de lumière.

— Qui est là? dit une voix.

— Moi, répondit le Héron.

La Toinon vint ouvrir avec empressement.

— Ne faites pas de bruit, dit-elle, mon fils dort.

Le Héron entra sur la pointe du pied.

— Eh bien? fit madame Dubarle.

— Le beau-père et le gendre vont à Auxerre.

— Ah! alors c'est pour demain?

— Si tu le veux, certainement, fit le Héron; je m'arrangerai pour que mademoiselle Joséphine et moi nous soyons à l'écluse à neuf heures du matin.

— J'y serai à neuf heures un quart.

— Ah çà, fit madame Dubarle en le retenant, tu m'assures bien au moins qu'il n'y a pas de danger?

— Pour le petit, non... ni pour toi, si tu nages seulement un peu.

— Je nage comme un poisson, dit madame Dubarle.

— Et M. Anatole aussi nage bien.

— Alors, c'est convenu; bonsoir.

Et le Héron redescendit dans le moulin et dit au meunier :

— Ne te désole pas, Jacques, ça s'arrangera.

— Tu crois?

— Elle ne tient pas à l'argent, comme défunt le père Dubarle. N'aie pas peur, elle te renouvellera ton bail.

— Au même prix?

— Je le crois.

Et le Héron s'en alla, laissant l'espérance au cœur du grand Jacques, dont il n'avait pas même soufflé mot à la Toinon.

— Hé! hé! se dit-il en remettant en activité ses longues jambes, je n'ai pas de temps à perdre, maintenant, si je veux prévenir M. Anatole. Il est plus près de dix heures que de neuf.

Du moulin au village de Sery, il n'y avait qu'un pas.

— Allons boire un coup chez le cabaretier, se dit le Héron.

Le Héron entra chez lui, demanda un verre de vin et tira de sa poche un portefeuille gros et gonflé de paperasses.

En sa qualité de forestier et de garde particulier, le Héron avait toujours sur lui de quoi établir un compte.

— Excusez, dit-il au cabaretier, j'ai vendu trois cents bourrées aujourd'hui, dix à l'un, cinquante à l'autre, cent à un troisième. Je ne m'y reconnais plus, faut que je me débrouille un peu.

Il prit son crayon et un morceau de papier, eut l'air d'aligner des chiffres et écrivit, par le fait, le billet que M. Anatole devait trouver une heure plus tard dans le creux de l'arbre.

. . . . . . . . . . . . . . . . . . .

Le lendemain, à sept heures et demie du matin, le Héron était blotti sous une broussaille au bord de la route de Pré-Gilbert à Auxerre, les yeux tournés vers le château qui mirait ses tourelles dans l'Yonne.

Un quart d'heure après, il voyait descendre dans la grande avenue des vieux ormes le dog-cart de M. le baron Joseph de Perne.

Le gentilhomme campagnard avait à côté de lui Jean de Mauroy, son futur gendre.

Le dog-cart était traîné par une vigoureuse jument percheronne qui, une fois sur la route, prit un grand trot allongé.

Le Héron ne bougeait pas de sa cachette.

M. de Perne et Jean de Mauroy passèrent tout près de lui sans le voir.

Il attendit que le léger véhicule, rapidement entraîné, eût pris le contour que fait la route pour aller rejoindre le pont d'Accolay, et alors il sortit de son buisson et se dirigea vers le château.

— Tu n'es pas encore le mari de mademoiselle Josèphe ! murmura-t-il en faisant allusion à M. Jean de Mauroy, qui s'en allait à Auxerre entendre la lecture de son contrat de mariage.

## XXIV

Mademoiselle Josèphe de Perne était levée depuis longtemps. Elevée à la campagne, elle y avait contracté ces habitudes excellentes qui conservent la santé et prolongent la vie.

A six heures en été, à sept en hiver, Josèphe se levait, faisait sa toilette en un clin d'œil, allait entendre la première messe à la paroisse du village, faisait une promenade matinale qui, presque toujours, avait une bonne œuvre pour but, et revenait se mettre à la tête de la maison dont elle avait pris la direction depuis la mort de sa mère.

Josèphe était donc ce matin-là sur pied comme à l'ordinaire; mais elle n'avait point quitté le château, car elle avait voulu dire bonjour à son fiancé, qui était venu à la pointe du jour se mettre à la disposition de M. de Perne pour le voyage d'Auxerre.

Son père et Jean de Mauroy partis, elle était remontée dans sa chambre ; mais elle avait entendu, peu après, retentir sur les marches du perron les souliers ferrés du Héron, et elle s'était aussitôt approchée de la fenêtre.

Le Héron leva la tête et porta la main à son chapeau.

— Est-ce que c'est mon père qui a oublié quelque chose et qui te renvoie ? demanda-t-elle.

— Non, mademoiselle, dit le Héron, mais j'ai affaire à vous parler tout de même.

Josèphe descendit et reçut le Héron dans le grand vestibule du château, tout meublé de trophées cynégétiques, hures de sangliers avec leurs défenses, bois de cerfs et de broquarts adhérents au massacre, fusils de tous systèmes et de toutes grandeurs, depuis le patriarcal fusil à piston jusqu'à la canardière se chargeant par la culasse.

Le Héron s'était fait une mine assombrie et penaude.

— Tu m'apportes donc une mauvaise nouvelle ? lui dit Josèphe avec inquiétude.

— Oui et non, mademoiselle.

— De quoi s'agit-il donc?

— De votre protégée, la Nanette, la femme de l'éclusier.

Josèphe pâlit et crut que le Héron venait lui apprendre sa mort.

— Rassurez-vous, mademoiselle, dit le Héron, elle ne va pas pire, mais elle est bien mal. Avec ça son mari la brutalise, et je pense bien que si mademoiselle y allait, peut-être qu'elle ferait honte à ce brutal. Ça n'est pas méchant, au fond, mais c'est bestial en diable, cet homme-là.

— Quand as-tu vu la pauvre femme?

— Hier soir, en sortant d'ici.

Le Héron se gratta l'oreille comme un homme embarrassé, puis il ajouta :

— Je lui ai quasiment promis que vous viendriez la voir ce matin.

— Oh ! de grand cœur, dit Josèphe. Veux-tu m'attendre un quart d'heure ? tu m'accompagneras.

— Oui, mademoiselle.

Josèphe, qui était descendue en peignoir du matin, remonta lestement dans sa chambre et acheva sa toilette, tandis que le Héron l'attendait assis sur un de ces escabeaux de vieux chêne que les gens du château avaient toujours vus.

Il n'attendit pas longtemps.

Moins d'un quart d'heure après, Josèphe reparut. Elle tenait d'une main une bouteille poudreuse, de l'autre un de ces pots de vieille faïence bleue qu'on retrouve encore dans quelques maisons de province.

— Tiens, dit-elle, mets ça dans ton carnier; c'est de la gelée de groseilles et du ratafia très-vieux, qui est excellent pour les gens qui ont la fièvre.

Josèphe était habillée comme une petite reine de village : elle avait une robe d'alpaga gris lamé de larges bandes de velours bleu, les manches et un col plats, une petite cravate en grenadine cerise et un chapeau rond de paille brune, avec une plume de héron sur ses cheveux roulés en grosses nattes qui tombaient symétriquement sur ses épaules.

Elle se mit à cheminer à côté du Héron, lui disant :

— Prenons le sentier du parc, c'est plus court.

Le sentier dont elle parlait descendait du potager à la rivière en décrivant deux ou trois zigzags assez rapides et abrégeait en effet la distance.

La clôture du parc touchait au chemin de halage.

Le Héron souleva une claie en bois, qui fermait une brèche pratiquée dans la haie, et Josèphe passa en relevant les coins de sa robe pour la préserver des épines.

Puis elle prit le chemin de halage en continuant à monter à côté du Héron qui, vu ses longues jambes, ne faisait que des demi-pas.

Le chemin de halage est interdit aux voitures, mais l'administration des ponts et chaussées ferme quelquefois les yeux pour les cavaliers.

Ainsi, les chasseurs à courre qui reviennent de loin, le soir, les châtelains qui montent à cheval, le matin, suivent parfois le chemin de halage, et les éclusiers ne disent pas grand'chose.

Mademoiselle Josèphe cheminait depuis un quart d'heure, lorsqu'elle entendit derrière elle le galop d'un cheval.

Elle se retourna et vit un jeune homme qui montait une jolie jument grise, pleine d'énergie et d'action.

— Oh ! la jolie bête ! dit-elle.

Mais, comme le cavalier approchait, elle se tut.

Elle avait deviné plutôt que reconnu M. Anatole, qu'on disait être son cousin irrégulier.

M. Anatole faisait sa promenade du matin.

Il était vêtu comme un gentilhomme de province qui a quelques notions d'élégance : veste de velours, culotte blanche, bottes plissées, stick au lieu de cravache, et petit chapeau gris de forme basse.

Il passa en saluant jusqu'à terre, et dit bonjour de la main au Héron qui lui ôtait sa casquette.

M. Anatole montait fort bien à cheval et avec beaucoup de grâce.

Josèphe lui rendit son salut et continua son chemin, tandis que le jeune homme s'éloignait au petit galop de chasse.

— Quel dommage, murmura le Héron, que M. le baron et M. le comte soient brouillés!

Josèphe ne répondit pas; mais le Héron ne se tint pas pour battu.

Il fit quelques pas encore et continua :

— Il est bien joli garçon, M. Anatole.

— C'est vrai, répondit Josèphe avec l'accent d'indifférence d'une femme dont le cœur est pris et l'esprit ailleurs.

— Et il sera joliment riche.

Josèphe n'entendit pas ou ne parut pas entendre.

D'ailleurs, on apercevait à travers les grands peupliers qui bordent le canal la maisonnette de l'éclusier, et le bruit de l'eau coulant par-dessus le déversoir eût couvert la voix du Héron, s'il eût continué à parler.

Josèphe hâta le pas et le Héron la suivit.

Sur le seuil de la maison, la fille de Nanette épluchait des carottes et des pommes de terre.

— Fillette, lui dit le Héron, comment va ta mère?

Mon enfant est mort! mon enfant est mort! (Page 27.)

— Pas bien, répondit l'enfant en levant sur Josèphe ses grands yeux pleins de larmes.

— Ton père est-il là?

— Non, il est parti à Vermenton ce matin.

— Il est allé boire l'argent que je lui ai donné hier soir, pensa le Héron.

Et il entra dans la maison de l'éclusier sur les pas de mademoiselle Josèphe.

## XXV

La Nanette n'était pas mieux, mais elle n'était pas plus mal.

Au temps où elle se portait bien, c'était une grande et belle paysanne, jolie comme le sont les Bourguignonnes de l'Auxerrois, brune de cheveux, blanche de peau, les dents éblouissantes et les lèvres souriantes.

Maintenant, c'était un pauvre être amaigri, brisé par la fièvre, et qui n'avait conservé de sa beauté que de grands yeux châtain-clair pleins de mélancolie.

Quand elle vit entrer Josèphe, elle se prit à sourire et étendit ses deux mains vers elle.

C'est ainsi qu'on salue l'apparition des anges.

Puis Josèphe s'étant approchée du lit, ses yeux s'emplirent de larmes et le sourire disparut.

La jeune fille s'assit à son chevet; elle lui prodigua mille consolations : elle lui dit qu'on guérissait toujours de la fièvre, que c'était une question de temps et de soins; puis, comme elle s'étonnait que Jules Mége ne fût pas là, et qu'à cette question la malade avait un redoublement de larmes, le Héron dit avec humeur :

— S'il n'est pas là, c'est bien ma faute, mademoiselle.

Josèphe le regarda avec étonnement.

— Oui, poursuivit le Héron, c'est de ma faute, voyez-vous. Je suis venu hier soir, et comme il se plaignait que les remèdes coûtent cher, je lui ai donné un peu d'argent de votre part.

— Tu as bien fait, dit Josèphe.

— Non, j'ai mal fait au contraire, reprit le Héron d'un ton bourru, car le *feignant*, en place d'aller chercher des remèdes chez l'apothicaire, est allé boire l'argent chez le cabaretier de Sery ou d'Accolay.

Josèphe ne répondit rien au Héron, mais elle appela la petite fille qui se tenait discrètement à l'écart, et pleurait en voyant pleurer sa mère.

— Viens ici, Suzette, dit-elle.

L'enfant s'approcha.

— Tu es une grande fille, maintenant, reprit Josèphe en lui prenant la main, et tu comprends bien ce qu'on te dit, n'est-ce pas?

— Oui, mademoiselle.

— Prends cela, poursuivit Josèphe en glissant deux louis dans la main qu'elle tenait, et ne le montre pas à ton père... Puis, quand le médecin viendra, tu lui donneras cet argent et tu le prieras de commander lui-même les remèdes dont ta mère a besoin.

— Ah! mademoiselle, murmura la fiévreuse en fondant en larmes, il y a pourtant des gens qui disent qu'il n'y a pas de paradis! et le bon Dieu nous envoie ses anges pourtant...

Josèphe rougit, mais elle n'eut pas le temps de répondre

à ce naïf compliment, car on entendit au dehors une voix qui disait :

— Hé !... le passeur... On a besoin de vous.

C'était une voix de femme, une voix suave, harmonieuse.

Presque au même instant, deux personnes se montrèrent sur le seuil, une jeune femme et un enfant de neuf ou dix ans.

La femme répétait :

— Où est donc le passeur ?

Le Héron avait porté la main à son chapeau et Josèphe regardait cette femme avec étonnement et curiosité.

C'était la Toinon.

Mais la Toinon redevenue Antoinette du Barle ; en deux mots, la Toinon éblouissante de beauté et d'élégance dans sa fraîche toilette de châtelaine dans ses terres.

Son fils, qui avait de beaux cheveux blonds qui lui tombaient à profusion sur les épaules, portait un de ces costumes charmants comme en ont les enfants riches de notre temps : culotte de velours noir à larges plis, serrée au genou, veste à la zouave de même étoffe et de même richesse, chemisette à petits plis, bas rouges, petite toque ornée d'une plume de faucon.

Et avec cela, des airs de petit prince et de chérubin tout à la fois, un mélange de timidité et de hardiesse, et les apparences d'un fils de famille.

Il avait ôté sa toque, en enfant bien élevé, et il saluait Josèphe qui attachait sur lui un regard naïvement admirateur.

La Toinon avait pris ses airs du meilleur monde, et elle s'était inclinée devant Josèphe avec une nuance de respect.

— Je vous demande pardon, mademoiselle, dit-elle, je ne savais pas... je ne m'attendais pas, poursuivit-elle avec un embarras charmant... cette pauvre femme est donc malade... et son mari... où est-il ?... Il faut que je passe de l'autre côté de la rivière.

L'éclusière la regardait avec non moins de curiosité que Josèphe.

Elle n'était pas du pays, et quand elle s'était mariée, la Toinon était déjà partie.

— Si vous n'êtes pas pressée, ma petite dame, dit la mère, attendez un peu, Jules Mége ne peut pas tarder à revenir.

La fille de l'éclusier leva les yeux au ciel. Cela voulait dire que le Héron avait des illusions et que, si son père rentrait, il serait tellement ivre qu'il ne serait bon à rien.

— Mais c'est que je suis très-pressée, mon brave homme, dit la Toinon. Je voudrais prendre la voiture d'Auxerre, qui va passer dans une demi-heure à Trucy.

— Alors, dit le Héron, je vais vous passer.

— Ah ! vous seriez bien aimable, dit-elle.

Josèphe la regardait toujours et semblait se dire :

— Je connais pourtant tous nos voisins, mais je n'ai jamais vu cette dame. Qui donc ce peut-il être ?

Comme le Héron s'offrait à passer la belle inconnue, la fiévreuse se souleva péniblement sur son lit.

— Faut prendre garde ! dit-elle.

— Garde à quoi ? dit le Héron.

— La rivière est mauvaise en cet endroit. Il y a un fort courant, dit encore la malade.

— Bah ! bah ! fit le Héron, où est la clef du cadenas du bateau ?

— Là, dit la fille de l'éclusier.

— Et puis, dit encore la malade, l'eau est très-haute en ce temps-ci, et elle couvre les pieux du barrage.

— Ça me connaît, dit le Héron. Venez, madame.

La Toinon fit de nouveau un beau salut, son fils l'imita, et tous deux suivirent le Héron.

Josèphe se rassit au chevet de la fiévreuse.

Elle aurait bien voulu savoir quelle était cette dame, car si elle était ange, elle était femme aussi, et partant curieuse, mais elle n'osait pas le demander.

La fiévreuse dit à sa fille :

— Qui donc que c'est cette dame ?

— Je ne sais pas, dit l'enfant.

— Ce serait peut-être bien la femme du nouveau médecin de Mailly-le-Château, dit encore l'éclusière, dont la curiosité avait séché les larmes.

— Je ne sais pas, répéta l'enfant.

— Il y a donc un nouveau médecin à Mailly-le-Château ? dit Josèphe.

— Il paraît que oui, mademoiselle.

Tout à coup on entendit un cri de détresse, puis les cris :

— Au secours ! au secours !...

Et Josèphe épouvantée se précipita vers le seuil de la porte. La barque, mal dirigée par le Héron, venait de chavirer, et les trois personnes qui la montaient se débattaient à la surface de l'eau.

## XXVI

Josèphe avait été élevée comme une femme destinée à vivre en province et à y remplir tous les devoirs modestes de son sexe ; c'est dire qu'elle ne ressemblait en aucune façon à une Diana Vernon ; que, si elle montait à cheval, elle ne tirait pas le pistolet, ne fumait pas la cigarette et ne savait pas nager.

Cependant, obéissant à un premier élan de générosité, elle s'élança sur le barrage de l'écluse, et sur ce pont étroit traversa le canal.

La rivière dans laquelle les trois victimes se débattaient n'en était séparée que par une étroite bande de terre à peu près large comme le chemin de halage.

Peut-être, au péril de sa vie, se fût-elle précipitée dans l'eau ; mais elle n'en eut pas le temps.

Comme au cinquième acte d'un mélodrame, un *deus ex machina* venait d'intervenir.

Ce sauveteur inattendu, c'était M. Anatole.

Arrivé au galop sur le chemin de halage, il avait mis pied à terre, abandonné son cheval, franchi le barrage de l'écluse, et, prenant à peine le temps de se dépouiller de son habit et de ses bottes à l'écuyère, il se jeta à l'eau avec l'aplomb et le sang-froid d'un homme sûr de lui-même.

Josèphe put assister alors à un spectacle à la fois terrible et grandiose.

La Toinon nageait vigoureusement, soutenant son enfant qui poussait des cris affreux ; mais le courant était rapide et les entraînait.

Quant au Héron il paraissait barboter et avoir bien de la peine à se tirer d'affaire lui-même.

Alors M. Anatole, fendant l'eau avec rapidité, arriva jusqu'à ce groupe étroitement enlacé de la mère et de l'enfant.

La mère était belle nageuse et sa crinoline la soutenait du reste sur l'eau, mais l'enfant éperdu se cramponnait à elle, et peut-être bien qu'il aurait fini par paralyser ses mouvements si le sauveteur ne fût arrivé.

Alors on le vit saisir l'enfant par les cheveux, l'arracher à sa mère, lui plonger trois ou quatre fois la tête sous l'eau pour l'étourdir, et quand le pauvre petit à demi asphyxié ne donna pour ainsi dire plus signe de vie, il le chargea sur son dos et nagea vigoureusement vers la berge où il le déposa.

Ce fut l'histoire d'une minute qui eut pour Josèphe défaillante la longueur d'un siècle.

M. Anatole s'était remis à l'eau et se dirigeait maintenant vers la mère dont les forces paraissaient épuisées.

Le courageux M. Anatole opéra le sauvetage de la Toinon avec le même sang-froid et la même habileté qu'il avait déployés pour sauver l'enfant. Puis, la laissant auprès de son fils, il alla au secours du Héron.

Le Héron, qui en toute autre circonstance se fût parfaitement débrouillé, avait l'air d'un homme qui se croit perdu et criait comme un beau diable tout en se soutenant parfaitement sur l'eau.

M. Anatole arriva vers lui et lui dit tout bas :

— Aie l'air de t'appuyer sur moi, et ne nous pressons pas, nous causerons en chemin.

Le Héron obéit.

— Eh bien, monsieur Anatole, dit-il, je crois que le tour est bien joué.

— Hum! dit Anatole qui nageait maintenant comme un homme épuisé, je ne sais pas si elle se serait tirée toute seule d'embarras.

— D'abord, j'étais là, dit le Héron, mais croyez bien qu'elle a fait comme moi, elle a eu l'air de ne pas savoir nager, c'est une gaillarde!

— Il n'y a que le pauvre petit qui n'était pas dans la confidence, reprit Anatole. Je lui ai fait boire un bon coup et le voilà évanoui. L'essentiel est qu'il reste à l'écluse une couple de jours, n'est-ce pas?

— Dame!

M. Anatole était tout près de la berge et paraissait avoir toutes les peines du monde à y ramener le Héron.

En ce moment il leva la tête :

— Ah! ah! murmura-t-il, la connaissance est faite, je le vois.

En effet, Josèphe était auprès de la Toinon qui pleurait et poussait des cris, et elle était penchée comme elle sur l'enfant évanoui.

— Mon Jean, mon bien-aimé, mon enfant chéri, disait la Toinon avec des sanglots.

L'enfant s'appelait Jean.

Et la Toinon s'arrachait les cheveux, et tordait ses mains et s'abandonnait au plus violent désespoir.

Josèphe prit l'enfant dans ses bras, disant :

— Il faut le porter dans la maison, auprès du feu.

Et la frêle jeune fille eut assez de force en ce moment pour soulever l'enfant et pour l'emporter.

Elle passa sur l'étroite plate-forme du barrage avec assurance, et en deux bonds elle fut dans la maison d'écluse.

La fiévreuse avait essayé de se lever, mais elle n'en avait pas eu la force.

Sa fille ne cessait depuis cinq minutes d'appeler au secours, mais il n'y avait personne dans les champs environnants, et sa voix n'avait pas été entendue.

Josèphe déposa l'enfant à terre, devant le feu, et fit un signe que la fille de l'éclusier comprit, car elle alla prendre dans un coin une brassée de bois mort et la jeta sur les charbons à demi consumés.

La Toinon avait suivi Josèphe et continuait à manifester un désespoir plein d'égarement, répétant :

— Mon enfant est mort! mon enfant est mort!

— Mais non, madame, répondit Josèphe qui avait dégrafé la veste du petit, ouvert sa chemise pour lui donner de l'air, mais non, madame, voyez, son cœur bat!

La Toinon posa la main sur le cœur de l'enfant évanoui et jeta un cri de joie.

Ce fut alors que M. Anatole et le Héron ruisselants entrèrent à leur tour.

M. Anatole s'approcha de l'enfant, s'agenouilla devant lui et dit à Josèphe de sa voix la plus douce et la plus harmonieuse :

— Voulez-vous me permettre, mademoiselle?

Puis il se mit à frapper dans les mains de l'enfant, à lui frictionner le creux de l'estomac, et demanda du vinaigre.

Ce fut Josèphe qui le lui en apporta.

Il prit la burette des mains de la jeune fille, et commença par frotter les tempes avec son mouchoir imbibé de vinaigre, puis les lèvres et les narines.

Alors l'enfant poussa un soupir.

Ses yeux restèrent clos, mais ses lèvres s'entr'ouvrirent et murmurèrent un seul mot :

— Maman!

— Maintenant, dit M. Anatole en se levant, rassurez-vous, madame; rassurez-vous, mademoiselle, il est sauvé!

Il y avait deux lits dans l'alcôve, l'un occupé par la malade, l'autre dans lequel couchait l'éclusier.

M. Anatole prit l'enfant et le porta sur ce dernier. Puis, se tournant vers la mère :

— Il faut le déshabiller et le coucher, dit-il, amener une transpiration abondante, et tout ira bien.

Josèphe avait toujours répondu avec une froide dignité aux saluts respectueux de son pseudo-cousin; mais, en ce moment, elle ne put s'empêcher de lui adresser un regard de reconnaissance.

— Me voici passé héros de roman, pensa le sacripant.

## XXVII

Un quart d'heure après, Josèphe était installée au chevet de l'enfant, qui rouvrait les yeux et revenait à lui peu à peu. La fille de l'éclusier avait emmené la Toinon dans une chambrette où elle avait pu quitter ses vêtements mouillés et revêtir une robe appartenant à Nanette.

Quant à M. Anatole, il avait remis ses bottes, repris sa veste de velours, et il dit à la jeune fille :

— Pensez-vous, mademoiselle, que je doive aller chercher un médecin? J'ai un bon cheval, en un temps de galop, je puis aller à Mailly-la-Ville.

— Mais, monsieur, dit Josèphe avec douceur, vous êtes vous-même tout mouillé. Ne pourriez-vous auparavant changer d'habit?

— Bah! fit-il avec indifférence, ne parlons pas de moi. Je ne crois pas, du reste, que la présence d'un médecin soit très-utile. Voyez, le pauvre petit est tout à fait revenu à lui. Avec une bonne transpiration et un ou deux jours de repos il n'y paraîtra plus. Du reste, ajouta-t-il, j'aurai aussitôt fait d'aller à la Bertaudière. C'est l'heure où le docteur J... vient voir mon oncle, et je pourrai l'envoyer.

Ces mots causèrent une impression pénible à Josèphe.

Son oncle!

Mais cet oncle n'était-il pas le sien aussi?

— Oui, dit-elle, je sais que... votre oncle... est malade...; mais il va mieux, n'est-ce pas? Le Héron nous en apporte chaque jour des nouvelles.

— Il est hors de danger maintenant, répondit Anatole avec émotion; mais nous avons failli le perdre.

Et il eut comme un tremblement dans la voix.

Puis il prit son chapeau, salua profondément Josèphe et sortit, disant au Héron :

— Tu es plus près de la Bertaudière que de chez toi; viens avec moi, tu te changeras là-haut, et tu as d'assez bonnes jambes pour suivre une jument au trot.

— Pour ça, oui, dit le Héron; ça me réchauffera.

La porte de la maison était ouverte, et sans changer de place Josèphe put voir le jeune homme rejoindre sa jument, qui était demeurée en liberté sur le chemin de halage et tondait un peu d'herbe sur le bord.

Il mit le pied à l'étrier, rassembla ses rênes, repassa devant la porte, salua de nouveau et partit au galop de chasse.

Le Héron avait ouvert ses compas et marchait à côté.

Quand ils furent à une certaine distance de la maison d'écluse, il regarda M. Anatole.

— Ça commence bien, dit-il; vous devez être content.

— Maintenant, répondit Anatole, tout dépend de la Toinon; si elle sait bien jouer son rôle, maître Jean est flambé.

— Ne vous inquiétez pas, dit le Héron; c'est une gaillarde, allez! et elle n'a pas joué aussi gros jeu pour perdre ensuite la partie.

— Ce pauvre petit, dit encore M. Anatole, faisant allusion au fils de la Toinon, criait-il, hein?

— Ah! dame, répliqua le Héron, vous pensez bien que la mère ne lui avait pas dit de quoi il retournait. C'est égal, c'est bien joué!

— Pas mal, murmura Anatole.

— Et jamais je ne me serais cru capable, poursuivit le Héron, moi qui suis un honnête homme et qui m'en vante, de faire un tour comme ça à mademoiselle Josèphe, un ange du bon Dieu pour qui je donnerais la dernière goutte de mon sang. Mais, voyez-vous, monsieur Anatole, ajouta le Héron, tout ce que j'en fais, c'est pour le bien de la maison de Perne qui ne doit pas être en deux morceaux. Faut que le bien retourne au bien, que la Bertaudière et Pré-Gilbert aient le même maître, et que les gens de votre nom continuent à être les plus riches de tout le pays.

— Je crois, dit M. Anatole, que j'ai fait bon effet sur *elle*.

— Ça, j'en suis sûr.

— Et que, si elle n'aimait pas ce *sans le sou* de Mauroy, je ne lui déplairais pas.

— Soyez tranquille, elle ne l'aimera pas longtemps. Je connais mademoiselle Josèphe. C'est fin et c'est simple tout à la fois. Quand elle saura que M. Jean est le père de l'enfant, tout sera rompu.

— Oui, mais elle peut avoir un grand chagrin et en mourir.

— Bah! on ne meurt pas de ces choses-là. Ah! dame, vous dire qu'elle se consolera en huit jours et que vous l'épouserez dans deux mois... non... ce serait de la folie. Mais je connais ça, moi. Avec de la patience, on vient à bout de tout. D'abord, je vais vous dire ce qui va arriver.

— Voyons.

— M. Jean sera pris de désespoir, et il se tuera ou il quittera le pays.

— J'aimerais autant qu'il se tuât, dit M. Anatole avec cynisme, les morts ne sont plus à craindre.

— Mademoiselle Josèphe, reprit le Héron, aura, elle aussi, un grand désespoir; mais il sera muet et elle ne fera pas d'embarras. . Et puis je serai là, moi, et, comme elle m'écoute, je la consolerai peu à peu... et puis... nous verrons...

Tout en causant, ils étaient arrivés à un endroit où le chemin de halage se bifurquait avec un autre chemin qui grimpait au flanc du coteau, à travers les vignes.

— Voilà votre route, dit le Héron.

— Comment! tu ne viens pas avec moi?

— Non, je suis à moitié sec déjà et je vais aller à l'autre écluse, celle de Pré-Gilbert, où je prendrai un air de feu; autant vaut qu'on ne me voie pas à la Bertaudière.

— Comme tu voudras, mais tu me tiendras au courant.

— Soyez tranquille, tous les soirs il y aura un mot dans le creux du chêne.

— Au revoir donc, dit M. Anatole.

Et il poussa son cheval dans le chemin qui montait à travers les vignes.

Le Héron continua à suivre le chemin de halage.

M. Anatole était ivre de joie.

Pour la première fois, Josèphe l'avait regardé avec un certain intérêt; elle lui avait même souri. Elle avait été la dupe de son émotion, quand il avait parlé de son oncle.

Enfin, comme l'avait dit le Héron, si la Toinon jouait aussi bien le second acte que le premier de cette comédie bizarre qu'ils avaient imaginée, Josèphe deviendrait sa femme tôt ou tard.

Et comme il se disait tout cela, il arriva auprès d'une maison qui se trouvait au milieu de ce fouillis de vignes qui couvrait le coteau.

Deux enfants et une femme étaient sur le seuil, un tonnelier cerclait ses tonneaux à quelques pas, et un homme qui portait devant lui une grande boîte carrée venait de s'arrêter devant ces quatre personnages.

C'était le joueur d'orgue à qui, huit jours auparavant, M. Anatole avait jeté dix sous et qui, en tournant la manivelle de son instrument, l'avait fait pleurer.

## XXVIII

Tandis que M. Anatole s'en retournait à la Bertaudière, mademoiselle Josèphe et la Toinon demeuraient, dans la maison d'écluse, au chevet de l'enfant.

Les deux femmes n'avaient d'abord échangé que quelques mots nécessaires, indispensables, à propos des soins à donner à l'enfant.

Mais la Toinon avait acquis un grand charme dans cette nébuleuse existence qu'elle avait menée si longtemps à Paris. Elle s'était étudiée dès longtemps à avoir la voix harmonieuse et douce et les manières enchanteresses. Il n'y avait pas un quart d'heure que la jeune fille était avec elle que déjà elle subissait comme une mystérieuse fascination.

Mademoiselle Josèphe avait pris dans ses mains les petites mains transies de l'enfant qui, au milieu de son effroi rétrospectif, souriait à sa mère et lui disait :

— Oh! maman, j'ai eu bien peur, va...

— Moi aussi, pauvre enfant, répondit la Toinon d'une voix émue.

Et, regardant Josèphe avec reconnaissance :

— Comme vous êtes bonne, mademoiselle! dit-elle.

Et, par un mouvement furtif et plein de grâce, elle lui prit vivement la main, la porta à ses lèvres et la baisa.

Josèphe se sentit émue jusqu'aux larmes.

Et ne pouvant ou n'osant rendre cette caresse à la mère, elle mit un baiser au front de l'enfant.

— Pauvre petit, dit-elle.

Une larme brilla dans les yeux de la Toinon et un gros soupir souleva sa poitrine.

Josèphe ajouta :

— Comme son père sera heureux en le revoyant!

La Toinon détourna brusquement la tête.

Josèphe étonnée la regarda.

Cette larme, qui tout à l'heure brillait dans les yeux de la Toinon, roula lentement sur sa joue. Mais, au lieu de parler, de répondre indirectement aux dernières paroles de Josèphe, elle se pencha sur son fils et l'embrassa avec transport.

— Maman, murmura l'enfant, oh! je t'aime bien, va!...

— Pauvre petit, répéta Josèphe émue de cette tristesse mystérieuse qui venait de s'emparer de la mère.

Cependant elle n'osait la questionner ; et, toute tremblante, elle se demandait sans doute pourquoi cette belle jeune femme détournait tristement la tête quand on lui parlait du père de son enfant.

Mais la Toinon, profitant d'un moment où la fille de l'éclusier donnait à boire à sa mère, prit vivement la main de Josèphe :

— Mademoiselle, dit-elle tout bas, au nom de mon fils à qui vous avez prodigué vos soins, oserai-je vous faire une prière ?

Sa voix était suppliante et comme voilée par une immense douleur.

Josèphe se sentit remuée au plus profond de ses entrailles.

Elle regarda cette femme qui lui était inconnue, et vers laquelle cependant l'attirait une mystérieuse sympathie.

— Parlez, dit-elle.

La Toinon osa lui reprendre la main, et Josèphe ne la retira point.

Elle l'entraîna vers le seuil de la porte, et Josèphe ne fit aucune résistance.

L'enfant les suivait du regard avec anxiété.

Alors, d'une voix tremblante et presque effrayée, la Toinon lui dit :

— Vous êtes, on me l'a dit tout à l'heure avant l'accident qui nous est arrivé, vous êtes mademoiselle de Perne, du château de Pré-Gilbert ?

— Oui, madame, répondit Josèphe.

— Mon nom à moi ne vous apprendrait rien, poursuivit la Toinon. Bien qu'originaire de ce pays, je lui suis maintenant étrangère, et personne ne se souvient de moi, car je n'avais pas dix-huit ans quand je l'ai quitté. Lorsque je suis entrée ici, il y a une heure, tenant mon fils par la main, j'allais à Tracy joindre la voiture publique qui m'aurait conduite au chemin de fer. Sans l'accident qui nous est arrivé, nous aurions quitté le pays pour toujours, mademoiselle, et personne ne nous eût jamais revus... tandis qu'à présent il va me falloir rester ici un ou deux jours, trois peut-être, jusqu'à ce que mon fils puisse se remettre en route sans danger.

— Vous êtes donc bien pressée de partir, madame? demanda naïvement Josèphe.

— Oh! oui, répondit-elle avec une émotion croissante... très-pressée... maintenant surtout...

Josèphe ne comprit pas, ne put pas comprendre le sens mystérieux de ces paroles.

La Toinon reprit :

— C'est pour cela, mademoiselle, que je vous supplie d'être bonne pour moi jusqu'au bout.

— Que voulez-vous dire ?

— Tout à l'heure, vous allez retourner dans votre château.

— Eh bien ?

— Vous verrez M. le baron votre père, M. de Mauroy... votre... fiancé...

Josèphe eut un geste d'étonnement.

Cette femme, dont elle ne savait pas même le nom, savait donc, elle, tout ce qui pouvait la concerner ?

La Toinon poursuivit :

— Au nom de mon fils, mademoiselle, je vous en supplie, faites-moi une promesse, car il y va d'un grand intérêt, d'un intérêt respectable et sacré...

— Mais parlez donc, madame, dit Josèphe impressionnée de l'accent solennel qu'avait pris tout à coup la voix de cette femme.

— Ne parlez de moi à âme qui vive... pas même à votre père... pas même à votre fiancé...

Elle avait des larmes dans la voix en parlant ainsi.

— Je vous le jure, dit Josèphe, sans trop savoir pourquoi elle exigeait d'elle un pareil serment.

Alors le calme sembla renaître sur le visage bouleversé de la jeune femme.

— Oh ! merci, merci ! dit-elle, vous êtes un ange de bonté !

Elle lui prit la main une seconde fois et la porta encore à ses lèvres.

Josèphe la regardait avec un étonnement qui allait croissant de minute en minute.

La Toinon ajouta:

— Si mon fils va mieux, ce soir nous partirons, et on ne nous reverra plus, je vous le jure...

— Mais, madame...

— Oh ! mademoiselle, dit-elle encore, ne m'interrogez pas... je suis une pauvre femme bien malheureuse... mais résignée... et dont tout l'amour, tout l'espoir de l'avenir sont maintenant concentrés sur cet enfant à qui vous avez bien voulu vous intéresser.

Josèphe comprit que cette femme avait un secret, qu'elle ne le confierait pas, et elle n'insista point.

Toutes deux retournèrent auprès de l'enfant.

## XXIX

Mademoiselle Josèphe de Perne n'avait donc pas insisté.

La Toinon paraissait vouloir garder son secret, et elle avait même su prendre un air de mélancolie profonde et de résignation qui donnait à penser qu'elle avait un grand malheur dans sa vie.

Quand Josèphe avait parlé du père de l'enfant, elle avait détourné la tête et une larme avait brillé dans ses yeux.

Le père était donc mort ?

Ce fut la première pensée qui se présenta à l'esprit de mademoiselle de Perne.

Mais en lui demandant sa parole de ne parler à personne de sa présence à l'écluse, la Toinon venait d'ouvrir une voie nouvelle à la curiosité naïve de la jeune fille.

Néanmoins, mademoiselle de Perne sut contenir cette curiosité, et elle n'adressa plus aucune question à la Toinon.

La matinée s'était écoulée tout entière, et Josèphe était encore au chevet de l'enfant lorsque celui-ci s'endormit.

Alors la jeune fille se leva et dit à la mère:

— Permettez-moi de vous quitter, madame. Je reviendrai dans la soirée voir comment va votre enfant et ce qu'aura dit le médecin, qui ne peut tarder à venir.

Josèphe était persuadée, en parlant ainsi, que M. Anatole, n'ayant plus trouvé le docteur J... à la Bertaudière, l'aurait envoyé chercher.

Elle quitta donc l'écluse, emportant les remercîments et l'effusion de reconnaissance de la Toinon, et reprit à pied le chemin de Pré-Gilbert.

Durant tout le trajet, Josèphe se posa cette question qui lui paraissait insoluble :

— Qu'est-ce donc que cette femme ?

En promettant à la Toinon de ne parler d'elle à personne, Josèphe s'était enlevé tout moyen de satisfaire sa curiosité.

Pourtant, comme elle arrivait à la grande allée d'ormes qui conduisait au château, elle poussa comme un cri de joie.

Elle venait d'apercevoir le Héron qui cheminait dans cette même allée en se dandinant, son fusil sur l'épaule et sa carnassière bien remplie.

Peut-être Josèphe aurait pu se poser cette question singulière : autrefois, le Héron ne venait à Pré-Gilbert que deux ou trois fois par semaine ; maintenant on l'y voyait tous les jours et souvent deux fois.

Mais Josèphe ne fit point cette réflexion.

Au contraire, elle doubla le pas, afin de rejoindre le garde-chasse.

Josèphe s'était dit :

— Le Héron sait peut-être quelle est cette femme, et il est la seule personne avec qui je ne me sois pas interdit d'en parler, puisqu'elle nous a vus ensemble.

Cela était rigoureusement logique, et Josèphe ne considéra même pas ce biais que prenait sa curiosité comme une transaction de conscience.

Elle rejoignit donc le Héron.

Celui-ci l'entendant marcher derrière lui, se retourna et lui dit, en ôtant son chapeau :

— C'est encore moi, mademoiselle, mais si le proverbe : « Bien venu qui apporte » est vrai, vous ne serez pas fâchée de me revoir.

En même temps, il fit passer son carnier de son dos sur son abdomen, et Josèphe put voir six belles perdrix rouges au travers de la filoche.

— Voilà une belle chasse, dit-elle naïvement.

— Vous pensez que, ce matin, après le bain que j'ai pris, poursuivit le Héron, je n'avais pas un fil de sec. Alors je suis allé chez l'éclusier, qui est auprès de l'église, et qui m'a donné les habits que vous voyez. Comme je sortais de chez lui, j'ai rencontré un vigneron qui m'a indiqué une compagnie de perdreaux rouges entre le canal et Sainte-Pallaye. J'y suis allé et me voilà. J'en ai six, et des belles ! grosses comme des bartavelles, n'est-ce pas ?

Je vas les porter à la cuisine.

Le Héron voulut doubler le pas et s'éloigner respectueusement, mais Josèphe le retint.

— Sais-tu que tu es plus habile chasseur, dit-elle en souriant, que bon marinier ?

— Ça, c'est vrai, dit le Héron. Je suis un fier maladroit, et sans M. Anatole nous étions tous noyés. Vous revenez de l'écluse, mademoiselle ?

— Oui.

— Comment va le petiot?

— Il a fini par s'endormir, mais il a eu la fièvre.

Le Héron soupira :

— Il ne manquait plus que ce coup-là pour achever la mère.

Ces mots firent tressaillir Josèphe.

— Tu la connais donc ? fit-elle.

— Ça se peut bien.

— D'où venait-elle?

— De chez elle donc.

— C'est donc une personne des environs ?

— Oui et non.

— Singulière réponse !

Et Josèphe leva sur le Héron son regard limpide.

Mais celui-ci fronça les sourcils :

— Mademoiselle, dit-il, il y a des choses dont on n'aime pas à parler.

— Pourquoi ?

— Des choses qu'une demoiselle de haut rang comme vous n'a pas besoin de savoir.

— Que veux-tu dire ?

— Suffit ! Je m'entends...

Et comme l'étonnement de Josèphe se changeait en véritable stupeur, le Héron ajouta :

— Quand vous serez mariée, mademoiselle, je vous

dirai tout cela. Mais pour le moment, ce n'est pas la peine.

Et dès lors le Héron se retrancha dans un mutisme dont rien n'aurait pu le faire sortir.

Josèphe cessa de le questionner.

Elle rentra au château, se fit servir à déjeuner, mangea du bout des dents et s'enferma dans sa chambre, où elle prit un ouvrage de broderie.

Vers trois ou quatre heures de l'après-midi, elle descendit, donna ses ordres pour le dîner.

Comme elle se livrait à ses devoirs de maîtresse de maison, le trot de la jument se fit entendre dans l'avenue.

Josèphe pensa que c'était son père et Jean de Mauroy qui revenaient.

Josèphe courut donc au perron et vit descendre de voiture Jean de Mauroy tout seul.

— Où donc est mon père? lui dit-elle.

— Ma chère Josèphe, répondit Jean, votre père est resté à Auxerre, où il a reçu une dépêche de M. d'A..., le parent que vous attendez de Provence.

— Ah! fit Josèphe.

— M. d'A... arrivera dans la soirée, par le train de dix heures, et votre père m'a envoyé pour vous prévenir, afin que vous ne soyez pas inquiète.

En parlant ainsi, il jeta les rênes à un domestique et vint baiser la main de la jeune fille.

## XXX

En jetant les rênes au domestique, un petit groom vêtu d'une jaquette rayée et coiffé d'une casquette plate à visière de gros cuir, le jeune homme lui avait dit :

— Mène Cocotte à l'écurie et donne-lui une bonne avoine. Ensuite tu l'attelleras à deux avec le vieux cheval hongre sur le char-à-bancs.

— Ah! vous repartez, Jean? dit mademoiselle de Perne en souriant.

— Il faut bien que je retourne chercher votre père et son ami, répondit le jeune homme, et le char-à-bancs ne sera pas trop vaste, pour peu que M. d'A... ait quelques bagages et soit suivi d'un valet de chambre.

— Mais vous emmènerez Jacques, en ce cas?

Jacques était le petit groom.

— Pour quoi faire?

Un nouveau sourire glissa sur les lèvres de Josèphe :

— Oh! les naïfs et les simples! dit-elle, faisant allusion du même coup à son père et à son fiancé. Vous êtes bien des gens du bon vieux temps, papa et vous!

— Vraiment!

— Il y a de pauvres petits propriétaires des environs qui ne voyagent qu'avec des gens en livrée, continua Josèphe de son ton de belle humeur; mais mon père, avec ses trente mille livres de rente, est plus simple, il ferait au besoin sa cuisine, et il use déjà de vous, mon ami, comme si vous étiez mon mari...

— Cela vous déplairait-il, ma chère Josèphe? fit Jean de Mauroy, souriant à son tour.

— Oh! non, certes.

Elle le prit par la main et l'emmena dans la salle à manger.

— Vous devez avoir soif, peut-être, hein? Je vous ai attendu pour goûter, dit-elle encore.

Et la belle enfant, qui blâmait son père de sa simplicité s'empressa d'ouvrir les bahuts et d'en tirer du pain, du fromage, un pot de confitures, une bouteille de vin blanc et, pour le voyageur, un flacon de vieux rhum.

Ils s'assirent côte à côte à un coin de la grande table séculaire, toujours dressée au milieu de la salle, mangeant du bout des dents, car ils n'avaient faim ni l'un ni l'autre, mais se racontant mille riens, riant de bon cœur et se regardant comme des gens parfaitement heureux se regardent.

Jean eut peut-être deux ou trois soupirs; il lui était bien permis, après tout, d'être impatient, mais son bonheur était si près!

Ah! si Josèphe n'avait pas, le matin, fait à la Toinon le serment de ne point parler d'elle, pas même à son père, pas même à son fiancé, comme elle eût raconté à M. de Mauroy l'aventure à moitié tragique de l'écluse!

Et comme elle l'eût questionné sur cette femme mystérieuse, que peut-être il connaissait!

Mais Josèphe était une fille bien née, élevée dans la religion du serment, et elle ne souffla mot.

Elle caqueta bien deux heures pleines avec son fiancé, et pas un mot ne lui échappa qui pût mettre Jean sur la voie.

Puis celui-ci consulta sa montre.

— Hé! dit-il, vous allez être seule encore le reste de cette grande journée, ma Josèphe. Votre père m'attend à l'hôtel du *Léopard* pour dîner à sept heures; il en est près de six, et voilà quarante minutes que le brack est attelé.

— Adieu donc et à ce soir, dit Josèphe qui lui laissa prendre sa main et la baiser.

— A ce soir, non, mais à demain matin.

— Pourquoi pas ce soir?

— Mais, cher ange, dit Jean de Mauroy, il sera près de minuit quand nous arriverons, et vous serez couchée, votre père le veut. Et puis, si je monte jusqu'ici, je m'allonge mon chemin d'une lieue, tandis qu'au pont d'Accolay je prends le sentier qui descend à travers les vignes.

— C'est juste, dit Josèphe. Eh bien, à demain.

Et M. de Mauroy partit.

Josèphe n'avait pas dit un mot de la belle inconnue; mais sa curiosité n'en était que plus surexcitée.

Et puis, à cette curiosité se joignait un autre sentiment : une sollicitude pleine de sympathie pour cet enfant qui avait failli se noyer le matin et dont le joli visage lui plaisait.

Elle dîna toute seule, comme elle avait déjeuné, puis elle se dit :

— J'ai bien le temps de revenir avant que mon père ne soit de retour; allons voir comment va l'enfant.

Il faisait encore jour, mais la nuit était proche.

Une autre que Josèphe eût peut-être hésité à se mettre en route toute seule, le long du canal, par une froide soirée d'octobre.

Mais la peur était inconnue à mademoiselle de Perne; et puis, quel danger pouvait-elle donc courir, elle que toute la contrée aimait et vénérait comme un ange sauveur?

Elle s'enveloppa donc dans sa mante et sortit par le parc sans dire où elle allait.

Ce que personne, au château, ne lui demanda du reste.

N'était-on pas habitué à la voir courir les environs pour porter des consolations et des services à quiconque en avait besoin?

Un vieux valet qui la vit partir se dit :

— La chère demoiselle... pour sûr, elle s'en va voir la Nanette, la femme de l'éclusier.

Et ce fut tout.

Josèphe se mit en route de son petit pas alerte et régulier, et les talons de ses bottines résonnèrent bientôt sur le sol uni et dur du chemin de halage.

Moins d'une heure après elle arrivait à la porte de la maison d'écluse.

Ce que le Héron avait prévu le matin était arrivé.

Jules Mége, l'éclusier ivrogne, avait passé sa journée au cabaret.

Il était allé d'abord à Accolay, puis à Vermenton, puis à Cravant, et il était revenu vers le soir dans un état d'ivresse et d'abrutissement tel, qu'en rentrant chez lui il n'avait pas même demandé ce que cette femme inconnue et cet enfant couché dans son lit faisaient là.

Voyant que son lit était occupé, il avait battu en retraite sans mot dire, se heurtant aux murs, et il était allé se jeter sur un tas de foin dans la grange.

Josèphe n'entendit donc aucun bruit à l'intérieur, mais elle vit passer un filet de lumière sous la porte.

Et ayant mis la main sur le loquet, elle ouvrit cette porte et entra.

La Nanette était si faible qu'elle ne put même pas se soulever comme le matin.

Mais ce ne fut pas la Nanette qui attira tout d'abord l'attention de Josèphe, ce fut un spectacle autrement dramatique et saisissant que l'aspect de la fiévreuse.

L'enfant, si calme le matin, avait maintenant le délire.

Auprès de lui, les yeux enflammés, le visage inondé de larmes, la mère se tenait debout et ressemblait à la statue de la Douleur.

Josèphe était entrée, mais elle ne voyait pas Toinon ou ne paraissait pas la voir.

Elle appelait son fils qui la regardait et ne la reconnaissait pas.

Et elle se tordait les mains de désespoir et disait :

— Mon fils va mourir... il va mourir!

Et l'enfant, dans son délire, balbutiait des mots sans suite, et tout à coup il dit :

— Pourquoi donc qu'on n'a jamais voulu me dire où était mon père?

A ces mots, la mère se retourna frissonnante, aperçut Josèphe, jeta un cri et recula jusqu'au fond de l'alcôve, comme si elle eût vu se dresser devant elle quelque apparition terrible et inattendue...

## XXXI

Que s'était-il donc passé depuis le matin, pour que le fils de la Toinon, que mademoiselle Josèphe de Perne avait laissé endormi, eût le soir une fièvre ardente et pouvant inspirer à sa mère éperdue un véritable désespoir?

Presque rien.

La mère avait préparé à son enfant une tisane qu'elle lui avait donnée.

La tisane était insignifiante ; mais elle l'avait additionnée d'une décoction de feuilles de noyer.

Ce mélange devait amener une fièvre ardente, sans danger aucun, mais qui ne pouvait que manifester les symptômes les plus alarmants.

Comme elle préparait ce singulier breuvage, la Toinon s'était dit :

— Il faut convenir que je martyrise mon pauvre petit. Ce matin, je l'ai noyé à moitié, ce soir je lui donne la fièvre. Mais dame ! dans mon état, on n'est jamais sûr du lendemain, et ces cent mille francs qu'il m'aide à gagner lui resteront.

Ce désespoir, cet égarement de la Toinon constituaient donc le deuxième acte de la comédie dont mademoiselle Josèphe et M. de Mauroy devaient être victimes.

Josèphe fut effrayée.

La Toinon avait jeté un cri en la voyant; puis elle s'était réfugiée au fond de l'alcôve :

— Oh ! mademoiselle, vous, vous, encore ! s'était-elle écriée.

Et il y avait de la colère et de la menace dans cette exclamation.

Et Josèphe interdite répondit :

— Mais, madame, je venais savoir des nouvelles de votre fils.

La Toinon eut comme un rugissement de bête fauve.

— Mon fils? dit-elle, eh bien, vous le voyez, il a la fièvre... il va mourir...

— Mourir ! s'écria Josèphe avec terreur.

La Toinon, dont le visage était baigné de larmes, eut alors un éclat de rire nerveux.

— Hé ! le sais-je? dit-elle. Il y a des gens qui sont marqués au sceau de la fatalité. Heureusement la rivière est là...

Et elle tourna les yeux vers la porte demeurée ouverte avec une expression farouche.

Josèphe épouvantée n'osait faire un pas vers le lit.

La Toinon continua :

— Vous ne savez donc pas qui je suis, madame, qui nous sommes, que vous vous intéressez à nous? Moi, je suis une pauvre fille séduite. Mon enfant n'a pas de père. Ou plutôt si, il en a un... Mais ce père, qui est presque riche, ce père qui est noble... ce père qui jouit de la considération universelle, le repousserait comme il a repoussé sa malheureuse femme.

Elle avait prononcé ces mots avec une sombre exaltation.

Tout à coup un brusque revirement s'opéra.

Elle prit les mains de Josèphe, elle les pressa avec transport.

— O mademoiselle, mademoiselle, dit-elle d'une voix suppliante, pardonnez-moi... car je suis folle, folle et impie de tenir un pareil langage devant un ange comme vous !...

L'enfant avait un délire effrayant.

La Toinon se jeta sur lui, le couvrit de baisers, l'arrosa de ses larmes.

Alors, subissant à son tour le contre-coup de cette douleur, Josèphe se pencha, elle aussi, sur le petit malade, et se mit à le couvrir de baisers.

La Toinon ne criait plus, ne parlait plus ; sa douleur était redevenue muette.

Une heure se passa ainsi, pendant laquelle les deux femmes ne prononcèrent pas un mot.

Penchées sur le petit malade, elles lui tinrent chacune une main.

Enfin la fièvre se calma, l'enfant cessa de délirer, il regarda d'abord sa mère, puis Josèphe, et il eut un sourire.

— Oh ! vous êtes bien bonnes pour moi, dit-il.

La Toinon répondit à ces paroles de son fils par un torrent de larmes.

Puis elle prit les mains de la jeune fille.

— Mademoiselle, lui dit-elle, vous avez été bonne pour nous, pauvres créatures, et nous ne l'oublierons jamais... Il est tard, bien tard, je vous en supplie, rentrez chez vous...

— Non, répondit Josèphe ; qui que vous soyez, madame, je ne vous abandonnerai pas ainsi. Il y a un peu de calme chez votre fils en ce moment, mais la fièvre peut revenir.

La Toinon cacha sa tête dans ses deux mains.

— O mon Dieu ! dit-elle, et dire que c'est vous... vous qui me parlez ainsi !

— Mais que voulez-vous dire, madame? murmura Josèphe étonnée.

— Rien, dit la Toinon... absolument rien... je perds la tête... je suis folle...

Elle se renferma de nouveau dans un silence farouche ; mais Josèphe voulait savoir maintenant.

Un de ces pressentiments bizarres, et que rien ne saurait expliquer, venait de s'emparer d'elle.

Quelque chose lui disait vaguement que cette femme, inconnue le matin, tenait à sa propre destinée par un lien mystérieux.

Et, lui prenant la main à son tour, elle lui dit d'une voix douce, mais ferme et comme empreinte d'une magnétique autorité :

— Madame, vous m'avez dit que vous êtes malheureuse et que vous souffriez. Depuis mon enfance, j'ai pris l'habitude de me faire la sœur de ceux qui souffrent. Au nom de Dieu, madame, au nom de votre enfant, dites-moi comment et par qui vous avez souffert. Qui sait? peut-être sera-t-il en mon pouvoir de vous consoler.

La Toinon eut une nouvelle averse de larmes.

— Non, dit-elle, je ne puis être consolée par vous ; c'est impossible !

Puis elle eut un rire amer.

— Vous voulez savoir mon histoire? dit-elle.

— Je vous en prie, insista Josèphe.

— Elle est simple et banale, reprit la Toinon avec un accent de tempérance dédaigneuse. « J'ai été séduite ; mon séducteur était noble, il a refusé de m'épouser ; je n'étais alors qu'une paysanne... il rougissait de moi. Mon père était à son aise, il me donna quelque argent, j'allai à Paris cacher ma honte; puis je me mis à étudier, et en moins de deux ans j'étais assez instruite pour entrer dans un pensionnat comme sous-maîtresse.

« L'année suivante, j'entrai au service d'une famille russe fort riche, et je la suivis à Pétersbourg. Là, je fis l'éducation de la fille aînée, qui s'est mariée il y a un an et qui, en se séparant de moi, m'a donné deux cent mille francs.

De l'autre côté de la route un chasseur, perché sur un rocher, avait vu le danger. (Page 34.)

« J'étais riche, j'avais élevé mon fils; j'aimais toujours celui à qui j'avais tout sacrifié.

« Si je suis riche, je suis honnête; je suis devenue une femme d'éducation, me dis-je. Qui sait? Il a repoussé la paysanne, mais il voudra peut-être de moi...

« Et, folle que j'étais, je suis revenue en France, puis j'ai pris le chemin de fer et me suis dirigée vers le pays qu'il habitait.

« Fatalité ! dérision du sort! il allait se marier!... »

Et de nouveau elle eut un rire nerveux.

— Mais il est donc dans ce pays-ci? demanda Josèphe avec un tremblement dans la voix.

La Toinon ne répondit pas.

— Peut-être le connais-je? dit encore la jeune fille, qui sentait son cœur se serrer.

La Toinon gardait un morne silence.

— Dites-moi son nom, dit encore la jeune fille.

En ce moment la Toinon se leva l'œil en feu.

— A vous? dit-elle, à vous? jamais! jamais!...

Et Josèphe se sentait mourir...

## XXXII

Pendant ce temps, M. le baron Jean de Mauroy revenait d'Auxerre.

Comme il l'avait annoncé à Josèphe le matin, il n'était pas allé jusqu'à Pré-Gilbert.

Arrivé au pont d'Accolay, qui était comme le sommet d'un triangle dont Pré-Gilbert et son manoir à lui, Jean de Mauroy, étaient comme les deux autres côtés, il avait pris congé de M. de Perne et de son hôte en leur promettant de venir déjeuner le lendemain.

Au bout du pont, il y avait un chemin creux, un sentier plutôt, qui montait dans les vignes, grimpait au sommet du coteau, laissait le parc de la Bertaudière à droite, et, parvenu en haut de la colline, se trouvait comme à cheval sur la vallée de la Cure et celle de l'Yonne.

Dès lors, le même sentier descendait en pente rapide jusqu'au canal du Nivernais, et là Jean de Mauroy n'avait plus qu'un quart de lieue à faire en suivant le chemin de halage pour être chez lui.

On s'en souvient, trois ou quatre jours auparavant, Jean avait éprouvé une véritable épouvante quand Merlinet lui avait appris la présence de la Toinon dans le pays.

Mais il n'avait pas rencontré cette femme; il n'en avait plus entendu parler; son mariage se trouvait rapproché de quinze jours; que pouvait-il donc avoir à craindre?

A cet effroi du premier moment avait succédé pour lui cette quiétude perfide qui fait perdre les batailles.

Ne serait-il pas marié dans quinze jours?

Et Jean, ivre de bonheur, s'en revenait d'un pas leste, et il tomba au chemin de halage, à un demi-kilomètre environ de la maison d'écluse de Jules Mége, laquelle avait été le théâtre des événements dramatiques que nous racontions naguère.

La nuit était tiède comme une nuit de septembre; les étoiles brillaient au ciel, et la lune, dans son plein, apparaissait rougeâtre au-dessus des collines boisées de Fouronne et de Mailly-le-Château.

On n'entendait d'autre bruit que le clapotement de

Mais il pourrait bien se faire que j'eusse un billet de mille francs à vous donner. (Page 42.)

l'eau contre le barrage de l'écluse, et, de temps à autre, le houhoulement d'une chouette s'envolant d'un buisson en poursuivant une chauve-souris.

Jean avait allumé un cigare et il cheminait tranquillement, lorsqu'un pas rapide se fit entendre derrière lui.

Quand la lune est pleine, elle ne projette pas une grande clarté et ressemble assez à une vieille lanterne rouge qui ne répand autour d'elle qu'un rayonnement confus.

Jean eut donc quelque peine à voir la silhouette d'un homme se découpant en noir sur le chemin de halage. Quelque paysan attardé, sans doute, qui rentrait chez lui. Cependant, comme la silhouette avançait rapidement, il s'arrêta.

Bientôt il entendit une voix jeune et sonore qui fredonnait un refrain, et alors il reconnut cette voix. C'était celle d'un enfant, et cet enfant, c'était Merlinet. Comme Merlinet demeurait au bord du canal, avec ses parents, sa présence sur le chemin de halage était toute naturelle.

En Bourgogne, tout le monde est peu ou prou braconnier, et Merlinet venait peut-être de tendre quelques collets.

Jean s'était arrêté.

Pourquoi? Il eût été bien embarrassé de se l'expliquer à lui-même; il n'avait pas affaire à Merlinet le moins du monde, et pourtant il eut comme un pressentiment que l'enfant avait quelque chose à lui dire.

S'il avait reconnu le gamin à la voix, celui-ci, qui avait de bons yeux, l'avait reconnu à sa tournure et à sa démarche.

— Hé! monsieur Jean! cria-t-il.

Le jeune homme répondit :

— Bonsoir, Merlinet. Tu viens de poser des collets petit drôle.

— Pour ça, non, monsieur.

— Alors d'où viens-tu aussi tard?

— Je suis allé faire la conduite à ma grand'mère qui est venue chez nous et qui reste à Sainte-Pallaye, comme vous savez peut-être, monsieur Jean?

— Ah! sais-tu qu'il est près de minuit, Merlinet?

— Oui, monsieur Jean, mais on est resté à jaser tard chez la grand'mère. Le Héron, qui passait par là, nous a conté l'histoire de l'écluse.

— Qu'est-ce que c'est que ça? dit Jean de Mauroy surpris.

— Comment! vous ne savez rien?

— Quoi donc?

— La Toinon a manqué se noyer, elle et son petiot.

A ces mots Jean de Mauroy se trouva planté sur ses jambes, comme si une force mystérieuse l'eût cloué au sol, et il sentit sa gorge se serrer.

Il eût voulu parler qu'il ne l'aurait pas pu.

— C'est le Héron qui nous a conté la chose, poursuivit Merlinet. Paraît que c'est de sa faute à lui.

Jean écoutait, haletant.

— La Toinon, qui est quasiment une dame aujourd'hui, poursuivit Merlinet, est venue à l'écluse. Le Héron y était. Jules Mége n'y était pas. Elle voulait passer pour aller à Tracy. Le Héron a dit : « Je vais vous passer, moi. » Et il les a passés; mais en route, patratas! la barque a chaviré, et sans M. Anatole, du château de la

Bertaudière, qui passait par là en ce moment, et qui est aussi bon nageur qu'un poisson, ils se seraient noyés tous les trois.

— Ah ! balbutia enfin Jean de Mauroy.

Et il se remit en marche.

Merlinet se prit à marcher auprès de lui.

On apercevait distinctement, à présent, le toit d'ardoises de la maison d'écluse sur lequel ricochaient les rayons de la lune, et ils n'en étaient pas à cent mètres.

— Hé ! fit Merlinet, il y a encore de la lumière chez Jules Mége. Faut croire que le petit, qui a été malade tout le jour, à preuve que mademoiselle Josèphe y a passé la journée...

A ces mots, Jean de Mauroy s'arrêta de nouveau brusquement en interrompant Merlinet.

— Qu'est-ce que tu dis là ? fit-il d'une voix rauque.

— Que le petit de la Toinon a eu une si grande frayeur de se noyer qu'il en a la fièvre.

— Après ?

— Et qu'on l'a couché à l'écluse.

— Après ? après ?

— Mademoiselle Josèphe, qui était venue pour voir la Nanette qui tremble la fièvre, comme vous savez, elle aussi, se trouvait là quand M. Anatole a sauvé la Toinon, et elle a aidé à soigner le petit.

Une tempête de colère, d'épouvante, d'indignation et de désespoir monta au cerveau de Jean de Mauroy. Dans tout ce que venait de lui dire Merlinet, il ne vit, il ne comprit qu'une chose, c'est que Josèphe, cet ange de vertu et de pureté, avait été en contact avec la Toinon.

Et sans vouloir écouter un mot de plus de ce que lui disait Merlinet, il prit sa course vers la maison d'écluse.

## XXXIII

Que se disait Jean de Mauroy pendant le court trajet qu'il avait à faire pour arriver à la maison d'écluse ?

Rien.

Ses pensées confuses bourdonnaient dans son cerveau ; son cœur battait avec violence, et, révolté par cette idée que Josèphe avait pu donner la main à la Toinon, il sentait un flot de haine monter de son cœur à sa gorge et l'étouffer.

Cependant, quand il fut à dix pas de la maison d'écluse, il s'arrêta.

Pourquoi s'arrêtait-il ? Il ne le savait pas davantage.

Il y avait de la lumière à l'unique croisée du rez-de-chaussée de la maison.

Mais aucun bruit ne se faisait entendre au dedans.

Ce silence calma à demi la fièvre de Jean de Mauroy.

Un éclair de raison traversa même son esprit affolé.

Il était minuit. Il était donc improbable, pour ne pas dire impossible, que Josèphe fût encore là.

Toinon seule devait se trouver auprès de son fils.

Eh bien ! quel rôle avait-il à jouer, lui qui jadis avait aimé cette femme ?

Entrerait-il pour la traiter avec mépris ? Lui reprocherait-il d'avoir accepté les bons offices de mademoiselle de Perne ? Cela était inadmissible.

Et si Josèphe s'était trouvée là par hasard et avait donné carrière à ses instincts généreux en venant en aide à cette mère éplorée, quel crime avait donc commis cette dernière ?

M. Jean de Mauroy s'était dit tout cela en moins de temps qu'il n'en faut pour l'écrire.

C'est pourquoi il s'était arrêté à dix pas de la maison, pourquoi sa colère était tombée pour faire place à une grande douleur et à une sombre épouvante.

Qui pouvait dire, à cette heure, que la Toinon n'eût pas parlé de lui, et que Josèphe ne fût pas au courant de l'unique faute de sa jeunesse ?

Et, comme il s'était arrêté, Merlinet le rejoignit et voulut reprendre la conversation.

Mais Jean lui mit la main sur la bouche, l'autre sur l'épaule, et lui dit d'une voix étouffée :

— Tais-toi... et va-t'en au plus vite sans regarder derrière toi.

Moitié par crainte, moitié par respect aussi, l'enfant obéit, et Jean, toujours immobile, le suivit des yeux jusqu'à ce qu'il se fût perdu dans la grande ombre que les peupliers du bord du canal projetaient au loin sur le chemin de halage.

Cela dura deux minutes, deux siècles, pendant lesquels Jean de Mauroy descendit au fond de sa conscience ; le chevaleresque et le preux qu'il était, il se demanda s'il n'était pas doublement coupable.

Coupable envers cette femme dont il avait payé la honte avec une poignée d'or.

Coupable envers cette jeune fille au regard limpide, au front angélique, dont il avait fait sa fiancée et à qui il avait caché le passé.

[illegible] se put [illegible] à songer [illegible].

Mais où aller ?

Revenir en arrière, c'était aller vers Pré-Gilbert.

S'il voulait rentrer chez lui, il fallait qu'il passât devant la maison d'écluse.

Et il se remit à marcher d'un pas chancelant et comme si ses jambes eussent refusé de le porter.

Devant la porte close, il s'arrêta encore.

Une infernale tentation, une curiosité âpre et sauvage s'empara de lui.

Au lieu de continuer son chemin, il s'approcha de la fenêtre.

Ce qui l'attirait, ce qu'il voulait voir, c'était cette femme qui menaçait son bonheur.

On eût dit qu'il voulait établir par ses propres yeux une comparaison entre l'ange et le démon.

La fenêtre était sans rideaux à l'intérieur, et on n'avait pas songé à fermer les volets.

Jean s'approcha donc...

Jean regarda !

La décharge électrique d'une bouteille de Leyde n'est pas plus foudroyante.

Le jeune homme se trouva projeté en arrière, comme si quelque projectile invisible, quelque machine de guerre inconnue l'eût frappé en pleine poitrine.

Jean avait vu.

Il avait vu Josèphe et la Toinon assises l'une auprès de l'autre, le visage baigné de larmes.

Josèphe tenait dans ses deux mains la main de la créature souillée, et, pauvre ange abusé par Satan, elle la regardait avec compassion et presque avec tendresse.

Oh ! certes, si en ce moment Jean de Mauroy avait eu une lueur de raison, un éclair de courage, s'il eût brisé la porte, s'il fût tombé comme la foudre dans cette maison et qu'il eût crié à Josèphe : « Quoi que vous ait dit cette femme, quoi qu'elle ait pu dire, elle a menti ! » Jean était sauvé. Josèphe ne se serait pas trompée à cet accent ; elle lui aurait sauté au cou, elle lui aurait dit :

— Je te pardonne, je te crois et je t'aime !

Mais Jean de Mauroy perdit la tête, Jean de Mauroy eut peur...

Et il prit la fuite.

Presque vis-à-vis le manoir où Jean de Mauroy était né et où s'était écoulée sa tranquille jeunesse, l'Yonne, qui s'éloigne un peu du canal, forme un coude assez brusque.

On appelle cela le *Tournant du noyé*, et ce lieu est consacré par une funèbre légende, comme son nom l'indique.

Il y a quarante ans environ, un pêcheur qui traversait la rivière dans un chaland fut pris par un tourbillon que les gens du pays connaissent maintenant et qu'ils évitent avec soin, et l'homme et le chaland disparurent.

Il y a là un gouffre que personne n'a osé sonder, même en été, quand les eaux sont très-basses ; un gouffre qui ne rend pas toujours ses victimes, car le pêcheur ne reparut jamais à la surface.

Et Jean de Mauroy, à six heures du matin, quand les premières lueurs de l'aube glissaient indécises au-dessus des collines lointaines, Jean, qui avait passé la nuit à sa fenêtre, brûlé par une fièvre ardente, en proie à un sombre et vertigineux délire, Jean de Mauroy put contempler le gouffre à une demi-portée de fusil au-dessous de lui, et lui sourire comme à un ami qui vous offre le repos et l'oubli...

Et pendant que le *Tournant du noyé* fascinait le malheureux, un homme, le Héron, gravissait d'un pas tranquille le sentier qui montait du chemin de halage au petit manoir de la Briquerie...

## XXXIV

Le Destin que les anciens avaient personnifié devait marcher de ce pas dont le Héron montait le sentier qui mène à la Briquerie.

Jean de Mauroy avait toujours les yeux fixés sur le gouffre.

Cependant, quand le Héron fut tout auprès du petit manoir, soit qu'il eût entendu le bruit de ses pas, soit qu'un de ces courants magnétiques dont la cause est toujours inconnue lui eût fait tourner brusquement la tête, Jean le regarda fixement.

Le Héron était venu rarement à la Briquerie, et jamais à une pareille heure.

Jean sentit son cœur battre un peu plus vite, mais il ne bougea pas.

Le Héron essaya d'ouvrir la porte de la petite cour qui se trouvait devant le château et que clôturait un mur à hauteur d'appui surmonté d'une claire-voie peinte en vert.

La porte était fermée en dedans.

Alors Jean lui fit un signe, car il eût peut-être vainement essayé de parler.

Ce signe voulait dire :

— Attendez-moi, je vais vous ouvrir.

Il descendit en effet.

Une statue de marbre ne paraît pas plus blanche, au milieu d'un massif de verdure, que M. de Mauroy l'était en ce moment.

Le Héron lui dit :

— Je vous apporte un mot de mademoiselle, monsieur.

L'homme aux longues jambes était impassible.

Il fit tourner son carnier devant lui, de façon à y fouiller plus aisément, et tout en paraissant chercher la lettre, il dit :

Mademoiselle Josèphe est partie à trois heures du matin pour Auxerre. Je crois bien que M. le baron n'en sait rien ; mais auparavant, elle m'a remis cela pour vous.

Ce disant, il tendit la lettre d'une main, porta l'autre à sa casquette et fit un pas de retraite.

Jean, hébété, prit la lettre, mais il ne l'ouvrit point; il ne prononça même pas un mot.

Seulement il fit un signe qui voulait dire :

— Votre message est rempli, vous pouvez vous en aller.

Et le Héron salua et s'en alla.

Appuyé au mur de la cour, Jean de Mauroy, pâle, muet, le regarda s'éloigner.

Il le suivit des yeux dans le sentier, il le suivit encore dans le chemin de halage; il ne le quitta du regard que lorsque les peupliers le dérobèrent entièrement.

Alors ses yeux se reportèrent sur la lettre qu'il tenait toujours dans ses mains fiévreuses.

Mais cette lettre, il ne l'ouvrit point.

Le condamné à mort à qui l'on remettrait un pli qui pourrait être aussi bien sa grâce que le rejet de son pourvoi, ne le regarderait pas autrement.

Jean tournait et retournait machinalement cette lettre dans ses doigts, et il ne l'ouvrait point.

Que contenait-elle?

Il l'ignorait.

Tout ce qu'il savait, c'était que Josèphe avait dû partir pour Auxerre en pleine nuit.

Pourquoi?

Cette lettre devait le dire; mais elle était toujours sous son enveloppe intacte, et les doigts crispés de Jean de Mauroy se promenaient sur le cachet de cire bleue sans oser le briser.

Tout le monde dormait encore dans le petit manoir. Nous l'avons dit, les premières lueurs de l'aube éclairaient à peine l'horizon.

Jean était descendu tête nue; il ne remouta point chercher son chapeau. Il franchit le seuil de la cour, et à son tour il prit le sentier que le Héron avait suivi.

De temps en temps il s'arrêtait, semblait faire un effort suprême, essayait d'ouvrir la lettre; puis une force inconnue, mystérieuse, l'en empêchait, et il se remettait en chemin.

En face du sentier était une écluse; Jean alla passer sur le déversoir et se trouva de l'autre côté du canal, au bord de la rivière.

Arrivé là, il s'arrêta encore et regarda autour de lui.

Les champs étaient déserts; il n'y avait personne au bord du canal, personne sur la route, personne aux fenêtres de la Briquerie.

Jean se remit en route et remonta ainsi jusqu'au Tournant du noyé.

Là, il s'assit au pied d'un saule dont les racines plongeaient dans l'eau, et que la rivière dans sa brusque impulsion arrachait peu à peu de son alvéole de terre.

Alors seulement il ouvrit la lettre de Josèphe.

La jeune fille s'exprimait ainsi :

« Mon ami,

Il est deux heures du matin. Mon père dort; il me croyait couchée quand il est revenu. Pauvre père! Je viens de lui écrire mes adieux, mes adieux éternels. Le petit groom vient de donner un peu d'avoine à un cheval et de sortir la voiture de la remise. La chambre de mon père donne sur le parc, et il ne m'entendra point partir. Jean, mon ami, vous que j'ai aimé, vous que j'aime encore et que je ne reverrai jamais, je vous fais aussi des adieux éternels.

Quand le jour viendra, j'aurai franchi la distance qui sépare Pré-Gilbert d'Auxerre, et la porte du couvent des Carmélites se sera refermée sur moi.

Je serai morte au monde, morte pour mon père, morte pour vous.

Jean, vous avez un devoir à remplir, un devoir sacré, un fils à qui vous devez votre nom, une pauvre femme que vous avez perdue et que vous devez réhabiliter.

Adieu, mon ami; du fond de ma tombe je prierai pour vous.

JOSÈPHE. »

Jean de Mauroy ne jeta pas un cri, ne versa pas une larme.

Il se contenta d'appuyer ses lèvres fiévreuses sur cette lettre.

Puis il se leva, prit son élan et se précipita dans l'Yonne.

Le gouffre était là, guettant sa proie.

Jean nagea jusqu'au tourbillon.

Le tourbillon le prit comme il eût fait d'un fétu de paille et le fit tournoyer un moment.

Un moment l'eau bouillonna écumeuse ; puis le calme revint à la surface et la rivière continua à couler silencieuse entre ses deux rives de collines aux pampres dorés et de vertes prairies.

. . . . . . . . . . . . . . . . . . . .

## XXXV

— Eh bien, monsieur Anatole, disait le Héron en se frottant les mains, voilà que ça y est, tout à l'heure.

— Hum ! répondit M. Anatole, tout va bien, c'est vrai, mais rien n'est fini.

— Dans trois semaines au plus tard nous serons de noces pourtant.

Anatole fronçait le sourcil.

— Je crains mon oncle, dit-il.

— Le commandant?

— Oui.

— Oh! c'te bêtise ! fit le Héron avec étonnement.

— Tu verras... Au dernier moment, le vieux ne voudra pas, et s'il pouvait sortir de sa chambre, et si on le tenait au courant de ce qui se passe, il nous ferait quelque tour, dit encore M. Anatole.

Le Héron l'écoutait avec étonnement.

Or cette conversation, plus étonnante encore, si on se souvient des derniers événements, avait lieu au pied même de cet arbre dont la branche creuse avait servi de boîte aux lettres, et le vaurien et son complice, assis sur le pan de mur, leurs fusils entre les jambes, s'étaient arrêtés là pour se reposer sans doute, car on était en plein jour, et il n'était pas probable qu'ils s'y fussent donné quelque mystérieux rendez-vous comme autrefois.

Nous disons autrefois, car ce n'était pas précisément le lendemain des événements que nous racontions naguère, et qui avaient eu pour dénoûment la disparition de Jean de Mauroy dans les flots de l'Yonne, et l'entrée de mademoiselle Josèphe de Perne au couvent des Carmélites.

Il s'était écoulé près de deux années, c'est-à-dire que Jean de Mauroy s'était jeté dans l'Yonne, à la fin d'octobre de l'autre année, et que maintenant, à l'heure où le Héron et M. Anatole échangeaient les quelques mots que nous venons de rapporter, on était aux premiers jours de septembre et au surlendemain de l'ouverture de la chasse.

Le Héron paraissait satisfait et parlait du prochain mariage de M. Anatole.

Avec qui donc? Josèphe n'était-elle pas au couvent?

Il me faut donc, pour rendre compréhensibles les dernières paroles du Héron, raconter sommairement ce qui s'était passé durant ces deux années.

On a écrit une foule de livres dans lesquels les portes d'un cloître se referment et ne se rouvrent jamais pour les cœurs meurtris; on a volontiers dépeint les supérieurs de couvents comme encourageant plus que de raison ces vocations instantanées qui sont l'œuvre du désespoir.

Ceux qui ont écrit cela étaient-ils bien renseignés? Nous n'en savons rien; mais nous allons vous dire ce qui se passa pour mademoiselle Josèphe de Perne.

Comme elle l'avait écrit à Jean de Mauroy, la jeune fille était partie du château de Pré-Gilbert en pleine nuit, et elle était arrivée à Auxerre avant le jour.

Le couvent des Carmélites se trouvait à la porte des Glainies et à l'extrémité de la rue de ce nom.

Pendant tout le voyage, Josèphe avait pleuré abondamment, au point que le petit groom qui conduisait la voiture en avait le cœur brisé, bien qu'il ne pût deviner la cause de ce subit désespoir.

A la porte du couvent, Josèphe l'avait renvoyé et il s'en était allé sans avoir essayé de la dissuader de cette résolution extrême.

Bien que le jour fût loin encore, les saintes filles étaient levées et priaient à la chapelle.

Josèphe attendit au parloir que la supérieure pût la recevoir.

La supérieure se nommait sœur Marthe; c'était une femme de grande naissance que l'amour de Dieu avait jetée à vingt ans dans le cloître et qui n'en était jamais sortie.

Elle écouta Josèphe, elle se fit la confidente de son désespoir, puis elle lui dit qu'elle n'avait pas le droit de la recevoir, que son père, le baron de Perne, n'eût donné son consentement.

Et Josèphe courba la tête devant cette femme en cheveux blancs qui plaçait au-dessus de tous les devoirs, le devoir filial.

Elle resta au couvent ce jour-là; mais dans la soirée M. de Perne, prévenu par la supérieure, arriva tout en larmes.

Il se jeta aux genoux de sa fille, il pleura et supplia, et Josèphe consentit à retourner à Pré-Gilbert.

Pendant une année tout entière, la pauvre fille, vêtue de noir, avait vécu renfermée.

Si parfois elle sortait à la nuit tombante, c'était pour aller porter ses consolations aux pauvres et aux malades.

M. de Perne respectait cette douleur profonde; mais il espérait que le temps finirait par en triompher.

Jean de Mauroy n'avait plus reparu.

Un pâtre qui gardait ses chèvres sur le coteau avait été témoin de la catastrophe, et soutenait qu'il s'était noyé.

Cependant on n'avait jamais retrouvé son corps, et comme on n'avait pu dresser son acte de décès, l'autorité avait mis ses biens sous le séquestre et les faisait administrer. Mais pour M. de Perne, pour Josèphe, Jean de Mauroy était mort.

Au bout d'un an, le désespoir de Josèphe s'était changé en une profonde mélancolie; réfugiée dans l'amour de Dieu, elle vivait pour son père, et s'était fait le serment de retourner au couvent quand elle l'aurait perdu, car M. de Perne avait vieilli de dix années en quelques mois; ses cheveux avaient blanchi, et la douleur de sa fille devenue sa propre douleur s'augmentait encore de cette pensée que Josèphe ne consentirait jamais à se marier et que sa postérité s'éteindrait.

Cependant, au mois d'avril de l'année suivante, un événement était survenu qui avait modifié la face des choses.

Josèphe et son père se promenaient en voiture, un soir, sur la route de Pré-Gilbert à Vermenton.

Ils étaient dans un léger tilbury, attelé d'un cheval fringant, récemment acheté.

Il y avait eu foire à Cravent et la route était littéralement couverte de charrettes, de piétons, de troupeaux de bœufs et de moutons.

Le tilbury se trouva tout à coup au milieu d'une trentaine de bœufs que conduisait à grand'peine un boucher d'Avallon escorté de ses deux chiens.

M. de Perne modérait le plus possible l'allure du cheval, qui commençait à s'effrayer, lorsque l'animal reçut un coup de corne.

Alors il s'effraya, s'emporta, brisa les harnais et s'élança sur une pente rapide au bout de laquelle la route avait un tournant assez brusque.

Le tournant dominait un précipice; quelques pas encore et le cheval, fou de douleur et d'effroi, sautait la rampe avec le tilbury, et c'était la mort pour le baron et sa fille.

Josèphe fit un signe de croix et recommanda son âme à Dieu; le baron jeta un cri :

— Ma fille!

Soudain une détonation se fit entendre, et le cheval s'abattit.

De l'autre côté de la route, un chasseur, perché sur un rocher, avait vu le danger, et, avec une merveilleuse adresse et un prodigieux sang-froid, à quatre-vingts pas de distance, il avait envoyé une balle au cheval et lui avait cassé la tête.

Il était temps!

Le cheval était tombé à deux mètres du tournant, et le baron et sa fille, échappés ainsi miraculeusement à la mort, en avaient été quittes pour quelques contusions.

Ce chasseur n'était autre que M. Anatole, et, cette fois, le hasard seul s'était mis dans son jeu. Le Héron n'y était pour rien...

Ce qui s'était passé, on le devine.

M. Anatole savait assez bien son métier de don Juan.

Il était descendu du haut des rochers, avait aidé le baron et sa fille à se relever, avait accepté avec une réserve pleine de dignité leurs remercîments, et s'était retiré ensuite avec une discrétion parfaite.

Le lendemain, il avait reçu du baron une lettre de chaleureux remercîments.

Le baron s'excusait de ne le point aller voir, disant que la froideur qui régnait depuis plus de vingt ans entre lui et son frère lui interdisait l'accès de la Bertaudière; mais il ajoutait que si les hasards de la chasse amenaient M. Anatole aux environs du château de Pré-Gilbert, il serait heureux de recevoir sa visite.

M. Anatole, en homme habile, n'avait point brusqué les choses.

Il avait mis huit jours pleins entre l'événement qui l'avait posé en sauveur et sa première visite.

Puis il s'était présenté un soir, à cette heure crépusculaire qu'on nomme *entre chien et loup*, bien certain de rencontrer le père et la fille.

Le baron l'avait accueilli avec une urbanité affectueuse.

Il était évident qu'il acceptait la légende universelle dans le pays, et tout en se gardant de lui donner un nom qu'il n'avait pas le droit de porter, il l'avait à plusieurs reprises appelé « son cher enfant. »

Josèphe, dont l'âme s'était détachée de la terre, avait revu son cousin avec une grâce triste, où perçait sa reconnaissance.

Le vaurien, nous l'avons dit, était joli garçon. En outre, il savait imprimer à son visage un reflet de mélancolie qui avait charmé M. de Perne.

Il avait parlé de son oncle en évitant de lui donner ce nom, et en se servant constamment de celui de bienfaiteur.

Enfin, il avait paru déplorer la brouille des deux frères et, par une phrase habilement tournée, il avait laissé entendre à M. de Perne qu'il renoncerait volontiers en faveur de Josèphe à une certaine partie de l'héritage du commandant.

M. de Perne était un homme naïf et chevaleresque ; il se laissait facilement séduire par ces apparences de loyauté et de simplicité.

Quand M. Anatole fut parti, il n'hésita pas à déclarer qu'il le trouvait charmant.

— Quel dommage ! pensa-t-il en regardant du coin de l'œil la pauvre fille qui semblait se mourir lentement, quel dommage que ce soit un bâtard, et le bâtard de mon frère ! Il aurait peut-être consolé ma Josèphe et effacé le souvenir toujours vivant de Jean de Mauroy.

Ce regret était comme une transaction entre la fierté du gentilhomme et la douleur du père.

Il se passa un grand mois sans que M. Anatole reparût.

Josèphe ne parlait jamais de lui. M. Anatole et le monde entier ne lui étaient-ils pas indifférents ?

En revanche, le baron en parlait quelquefois, et même il en demandait des nouvelles au Héron, sans se douter que le forestier était son complice et avait été la cause première du malheur de sa fille.

Au bout d'un mois, M. de Perne et Anatole se rencontrèrent au bord du canal.

Le gentilhomme venait de visiter une de ses métairies, Anatole était à cheval.

M. de Perne lui tendit la main :

— Comment va votre père? lui dit-il.

— Toujours la goutte, répondit Anatole tristement; ne viendrez-vous donc jamais le voir, monsieur?

Le baron ne répondit pas; mais il se mit à cheminer auprès d'Anatole, qui avait mis sa jument au pas.

— Pourquoi ne vous a-t-on point revu à Pré-Gilbert, jeune homme? lui dit-il après un silence.

Anatole se montra comédien irréprochable.

Il sut rougir et pâlir tour à tour, manifester un grand embarras et une tristesse profonde, et il ne répondit que par une phrase évasive, que le naïf M. de Perne ne comprit pas.

Il y eut un nouveau silence entre eux ; mais Anatole ne prit pas congé, et M. de Perne continua de marcher auprès de lui.

Tout à coup Anatole eut une de ces inspirations audacieuses qui sont un trait de génie :

— Monsieur le baron, dit-il, je songe à quitter le pays et à voyager. Puisque le hasard me fait vous rencontrer, laissez-moi vous faire mes adieux.

— Comment ! dit le baron, vous partez ?

— A la suite d'une explication que j'ai eue avec M. de Perne, mon père.

A ces mots, le baron s'arrêta brusquement.

— Une explication ! dit-il.

— Monsieur le baron, poursuivit Anatole avec un accent de résolution subite, nous ne nous reverrons peut-être jamais, et je veux emporter votre estime.

— Mais... vous l'avez...

Anatole avait mis pied à terre, et, passant la bride à son bras, il poursuivit :

— Je veux emporter votre estime et votre pardon, car je suis la cause indirecte de cette brouille de vingt années, et je vous ai fait, sans le vouloir, beaucoup de mal.

— Oh ! ne parlons pas de cela, mon enfant, dit le baron.

— Parlons-en, au contraire, répondit Anatole avec fermeté, car nous nous voyons pour la dernière fois, monsieur. Depuis vingt ans, ma position à la Bertaudière est une situation de roman. Tout le monde prétend et tout le monde croit que je suis le fils du commandant, qui persiste, lui, à m'appeler son neveu. Eh bien, monsieur, je ne suis ni son neveu ni son fils.

A ces paroles, M. de Perne fit un pas en arrière.

— Que voulez-vous dire ? fit-il.

Anatole se souvenait en ce moment d'une parole échappée au commandant en personne, il y avait deux ans.

Le vieux soldat lui avait dit, avec un accent de mépris :

— Mon fils, toi? jamais ! j'ai eu des torts avec ta famille, voilà tout !

Et bien que le vaurien n'en eût pas cru un mot, il venait de comprendre tout le parti qu'il pouvait tirer de cette situation.

— Mais que dites-vous donc là ? s'écria M. de Perne.

— La vérité, monsieur.

— Vous n'êtes pas le fils de mon frère?

— Ni son fils, ni son neveu, ni son parent.

Et le baron, à cette réponse, recula encore, tant il était stupéfait.

M. Anatole était parfaitement maître de lui, et il eût été difficile de supposer qu'il venait d'imaginer en quelques secondes cette situation, au moins bizarre.

Comme le baron demeurait devant lui bouche béante, il lui dit :

— Si vous daignez m'écouter, monsieur, vous allez voir que je vous dis la vérité. J'ai voulu avoir ce matin même une explication avec *mon oncle*. Pourquoi ? je vous le dirai tout à l'heure.

— Ah ! fit le baron.

— Je lui ai nettement posé la question : « Suis-je ou ne suis-je pas votre fils ? »

— Et qu'a-t-il répondu ?

— Ceci : Tu n'es ni mon fils ni mon neveu. Tu es le fils d'un homme dont j'ai causé involontairement le malheur, et pour réparer mes torts, je t'ai adopté. Tu n'es pas de mon sang, mais je te dois ton héritage.

— Ah ! il a répondu cela ! fit le baron avec émotion.

C'était, nous l'avons dit, un homme simple et droit, un véritable galant homme du bon vieux temps que ce baron de Perne.

Il croyait son frère, du moment où son frère avait affirmé une chose, et rien ne lui parut plus vraisemblable que ce que lui racontait Anatole, car, à la place du commandant de Perne, il n'eût pas agi d'une autre façon.

— C'est bien, mon enfant, dit-il en tendant la main au jeune homme, je vous crois et je me repens d'avoir boudé mon pauvre frère durant tant d'années.

— Attendez, monsieur, continua M. Anatole impassible, je n'ai pas fini.

— Ah !

— Après avoir écouté M. le commandant de Perne, je lui ai manifesté le désir de voyager. Je pars ce soir ou demain. Je vais à Paris d'abord, puis à Londres. De là, je lui écrirai pour le prier de m'assurer un modeste revenu, le tenant pour libéré ; quelques torts qu'il ait pu avoir avec ma famille, je ne veux pas qu'il dépouille sa nièce en faveur d'un étranger.

Et sur ces derniers mots, prononcés avec une grande simplicité, M. Anatole parut vouloir s'éloigner. Mais le baron le retint, et lui prenant vivement la main :

— A Dieu ne plaise, dit-il, que vous soyez notre maître en générosité. Mon frère vous a élevé, vous êtes son fils adoptif, vous serez son héritier, et ma fille est assez riche...

— J'avais prévu votre réponse, monsieur, dit Anatole froidement, mais je vais vous mettre dans l'impossibilité de refuser ce que vous pourriez croire un sacrifice, et ce qui, vous allez le voir, n'en est pas un.

L'étonnement du baron était à son comble.

— Monsieur le baron, dit Anatole, depuis plusieurs années j'ai au cœur un mal incurable, une souffrance mortelle; en m'éloignant je l'adoucirai peut-être; si je revenais dans ce pays, je succomberais à la peine; c'est pour cela que j'ai voulu avoir une explication de M. de Perne, votre frère, c'est pour cela que je m'éloigne.

— Mais quel est donc ce mal dont vous parlez? demanda le baron, dont la voix se prit à trembler.

— J'aime votre fille, et il y a des abîmes entre nous.

Sur ces mots, froidement articulés, M. Anatole sauta brusquement en selle, salua et mit sa jument au galop.

Mais le baron de Perne retrouva les jambes de sa jeunesse.

Il se mit à courir après lui en criant :

— Arrêtez ! arrêtez !

Et comme M. Anatole ne demandait que cela, il s'arrêta et mit de nouveau pied à terre.

Alors M. de Perne passa son bras sous le sien.

— Ecoutez, dit-il, si vous étiez le fils naturel de mon frère, je ne vous parlerais pas ainsi ; et comme vous le disiez tout à l'heure, il y aurait des abîmes entre nous ; mais puisque vous n'êtes pas de notre sang, à mon tour je vais vous faire une confidence.

M. Anatole joua l'étonnement et regarda son interlocuteur.

Le baron poursuivit :

— Ma fille, vous le savez, a eu un grand malheur dans sa vie. A l'heure où nous sommes elle souffre encore. Eh bien, je donnerais ma fortune, mon nom, mon sang, à l'homme qui la rattacherait à la vie. Vous l'aimez, dites-vous ? Je le crois, car il me semble impossible qu'on la puisse voir sans l'adorer. Eh bien, venez à Pré-Gilbert, venez-y souvent. Je serai votre complice muet. Tâchez qu'elle vous aime, que son cœur renaisse à l'espérance... et alors j'irai trouver mon frère, je me jetterai dans ses bras, je le supplierai de me dire votre nom et je vous appellerai mon fils!

Et M. de Perne pleurait en parlant ainsi.

. . . . . . . . . . . . . . . . . . . . . . . .

Il y avait trois mois de cela, et la conversation du Héron et de M. Anatole va nous dire ce qui s'était passé.

— Vois-tu, disait M. Anatole, comme tu le dis, tout va bien en apparence. Josèphe m'a dit hier soir : « Vous m'aimez, et je sais que si je pouvais vous aimer, mon pauvre père serait heureux. Hélas ! monsieur, je n'ai plus d'amour dans le cœur; mais je puis être une amie, une sœur, et je serai une honnête femme. Je vous autorise à demander ma main à mon père. »

— Bah ! dit le Héron, l'amour c'est des bêtises. Je n'en ai jamais eu pour personne et mes longues jambes n'en ont jamais inspiré; ça ne m'a pas empêché d'arriver à cinquante-huit ans et d'être aussi leste qu'une *jeunesse*. Que mademoiselle Josèphe vous aime d'amitié ou d'amour, ça ne fait rien, et pour moi c'est tout un. L'essentiel est que vous vous mariiez, que vous ayez des enfants et que le bien rejoigne le bien.

— Mais c'est là justement où surgissent les difficultés.

— Allons donc!

— Tu penses bien que le vieux de la Bertaudière ne se doute de rien. Jean-Pierre est mort, et le bonhomme n'a pas quitté sa chambre depuis deux ans; qui donc irait lui dire que je fais la cour à sa nièce? Mais maintenant que Josèphe a parlé, il faut qu'il sache tout.

— Eh bien, il sera enchanté !

— Non, dit M. Anatole qui secoua la tête. J'ai idée qu'il va tout brouiller.

Le Héron regardait le jeune homme et paraissait ne pas comprendre.

## XXXVI

M. Anatole reprit :

— Je t'assure bien que je pense ce que je dis.

— Comment! vous ne seriez pas le fils du commandant?

Et le Héron eut un accent singulier en faisant cette question, un accent qui fit tressaillir Anatole.

— Je ne dis pas cela, répondit-il.

— Alors, fit le Héron, laissez-moi vous dire que je ne comprends absolument plus rien à ce que vous dites.

Anatole avait subitement changé ses batteries.

L'attitude singulière du Héron lui avait donné à penser que cet homme n'était son auxiliaire que parce qu'il le croyait fils du commandant, et que si la preuve du contraire lui était fournie, il pourrait bien abandonner sa cause.

Dès lors, une voix secrète avait crié gare à Anatole.

Mais peut-être était-il déjà trop tard.

Le soupçon était entré dans l'âme du Héron.

— Tu ne m'as pas compris, dit M. Anatole.

— Ah!

— Je ne doute pas que je ne sois le fils du commandant, mais je doute...

— De quoi ?

— Qu'il veuille jamais l'avouer.

— Mais pourquoi ça?

Comme le jour où il avait rencontré le baron de Perne sur la route, Anatole eut une inspiration et il retourna la situation comme un gant.

— Ecoute-moi bien, dit-il au Héron.

— Parlez, monsieur.

— M. de Perne, le baron, ne m'accorde sa fille aussi facilement que parce que je lui ai dit que je n'étais pas son neveu.

— C'est drôle, dit le Héron, qui n'avait pas des idées très-claires à l'endroit de la légitimité.

— Je suis le fils du commandant, poursuivit Anatole, ça ne fait pas un pli...

— Dame ! je le pense bien, murmura le Héron.

— Mais le commandant n'en conviendra pas, et je crois qu'il ne s'est tant mis en colère, un jour que je lui disais que je voulais épouser ma cousine, que parce qu'il me savait entêté.

— Ah !

— Et qu'il pensait que j'irais de l'avant le plus possible.

— Dame! fit le Héron, vous avez une façon de compliquer les choses, monsieur, qui fait qu'on n'y comprend plus rien du tout.

— C'est pourtant facile.

— Je ne trouve pas.

— Ecoute et tu comprendras...

— Je ne demande pas mieux, dit le Héron. Voyons !

— Je te disais donc que dans nos familles on n'aime guère les bâtards.

— Peuh ! fit le Héron.

— Il faut croire que ma mère est morte ou qu'il n'y avait pas moyen de l'épouser, puisque le commandant est resté garçon. Mais puisqu'il ne m'a pas reconnu et qu'il ne m'avoue pas, c'est qu'il m'a trouvé un état civil, probablement bien régulier...

— Bon !

— Qui va me permettre d'épouser Josèphe sans heurter aucun des préjugés du monde. Ce qui n'empêchera pas, du reste, le commandant de me laisser sa fortune et son nom, car alors ce sera une adoption.

— Alors, monsieur, dit le Héron, puisque tout paraît marcher si bien, pourquoi donc avez-vous peur?

— Mais je n'ai pas peur.

— Comment! il y a cinq minutes, vous m'avez dit que vous aviez peur que le commandant ne brouillât toutes les cartes.

— Oh ! fit Anatole avec un rire un peu forcé, c'était une manière de parler.

— Vraiment !

— Et à présent j'ai bon espoir.

Le Héron ne répondit rien, mais Anatole se leva.

— Tu sais, dit-il, que le lendemain de mes noces nous réglerons nos comptes.

— Quels comptes ? fit le Héron.

— Dame ! tu as droit à de fameux honoraires.

— Monsieur, répondit l'homme aux longues jambes, vous vous arrangerez pour payer les billets que vous avez faits à la Toinon ; mais moi, je ne veux rien.

— Pourquoi ?

— Mais, dame ! parce que je vous ai servi, vu que c'était dans mon idée, que j'avais mis dans ma cervelle que le fils du commandant devait épouser la fille du baron, et que les biens de la famille, un moment séparés, devaient se réunir de nouveau. Mais vous pensez bien que, si je m'étais trompé, et que si, par aventure, vous n'étiez pas le fils du commandant, j'en pleurerais toutes les larmes de mon corps.

Sur ces mots, le Héron se leva pareillement.

— Tenez, monsieur Anatole, dit-il en tirant les perdreaux qu'il avait dans sa carnassière, il ne faut pas que vous rentriez bredouille.

Anatole prit les perdreaux et les mit dans la sienne ; mais il fit cela distraitement, sa pensée était ailleurs.

— Je te verrai demain, dit-il.

— Certainement, répondit le Héron.

— Je crois que je suis allé trop loin avec cet imbécile, pensait M. Anatole en s'en allant. Après avoir entassé canailleries sur canailleries pour me servir, il est capable de se retourner contre moi.

Et il prit le chemin de la Bertaudière, tandis que le Héron, appuyé sur le pan du mur, le regardait s'éloigner.

Le Héron se disait de son côté :

— Mais ça n'est pas possible que M. Anatole ne soit pas le fils du commandant, car, sans ça...

Un nuage passa sur son front.

— Sans ça, dit-il, je n'aurais pas fait tout ce que j'ai fait... Car, enfin, c'est moi qui suis cause de la mort de M. Jean... un brave garçon, celui-là !...

Et le Héron sentit un remords aigu pénétrer jusqu'à son cœur.

## XXXVII

Le Héron avait longtemps suivi de l'œil M. Anatole.

Bien que celui-ci eût terminé l'entretien d'un ton léger, le Héron n'avait pas été dupe de cette insouciance.

Le jeune homme était préoccupé, et sa démarche lente, irrésolue, trahissait une vague inquiétude.

— Il n'est pas si sûr de son affaire qu'il le dit, pensa le Héron, dont la défiance était éveillée.

L'instinct de la chasse développe chez le paysan une certaine pénétration, un certain esprit d'observation et de finesse. La solitude des forêts le rend méditatif ; à force d'étudier les ruses du gibier, il finit par avoir une certaine connaissance du cœur humain.

Le Héron, jusque-là, avait travaillé pour M. Anatole en toute confiance et les yeux fermés.

Jusque-là, pour lui, M. Anatole était le fils du commandant, et le marier à Josèphe de Perne était réaliser le plus ardent désir de ce bizarre serviteur, fidèle à la famille plutôt qu'à ses maîtres, individuellement, et ayant pour ces deux châteaux divisés et qu'il voulait réunir, un peu de cet attachement que les chats portent aux maisons dans lesquelles ils ont vécu.

Or voici que M. Anatole avait des doutes sur sa situation, et qu'il lui avouait imprudemment qu'il pouvait bien n'être pas le fils du commandant.

C'en était assez pour produire dans l'esprit du Héron une révolution complète.

Anatole ayant le sang de ses maîtres dans les veines, c'était le mari unique qu'il rêvât pour Josèphe.

Réunir les deux fortunes, il ne sortait pas de là.

Mais Anatole n'étant plus qu'un étranger, le Héron demandait à réfléchir, et le résultat de ses réflexions se traduisait par cette phrase banale :

— Ai-je donc travaillé pour le roi de Prusse ?

Le Héron descendit donc le coteau en sens inverse de M. Anatole et s'en alla du côté de Pré-Gilbert.

Mais quand il fût auprès de l'avenue des Vieux-Ormes, au lieu de la prendre, il passa outre et continua son chemin vers le canal.

Le Héron avait besoin d'être seul.

Pourquoi ?

Esprit lucide, intelligent, mais grossier, il avait la conception lente, ne prenait pas un parti à l'aveuglette et avait coutume de tourner plusieurs fois sa langue dans sa bouche avant de parler.

Ses longues jambes faisaient maintenant de tout petits pas ; il marchait courbé, le front pensif.

On eût dit quelque bénédictin parcourant les solitudes de son couvent et se livrant à une méditation profonde. Le Héron n'était pas un bénédictin, mais il méditait.

Il méditait sur ce point que le commandant s'était mis dans une grande colère un jour que M. Anatole avait parlé d'épouser Josèphe.

Si le commandant s'était mis en colère, c'était donc que M. Anatole n'était pas digne de sa nièce !

Et, s'il n'était pas le fils du commandant, qu'était-ce donc ?

A cette question, qu'il se posait mentalement, le Héron se perdait en conjectures.

Et puis, comme il était en veine d'observations, il se prit à réfléchir que M. Anatole ne valait pas cher, après tout.

Depuis son enfance, le Héron était au service de la famille de Perne ; il avait connu le vieux comte et la mère de ces messieurs, et il ne pouvait oublier que ces gens-là étaient la droiture en personne.

Si M. Anatole était hypocrite et faux, méchant et même cruel, le sang avait-il donc dégénéré à ce point ?

Le Héron, qui n'avait jamais songé à tout cela, se trouva donc tout à coup entraîné dans un véritable courant de réaction, et il se mit à juger M. Anatole plus sévèrement peut-être qu'il ne l'avait jamais fait.

Puis, par une pente toute naturelle, il songea à Jean de Mauroy.

Celui-là était pauvre, mais il était honnête, il était loyal et bon, et Josèphe eût été heureuse avec lui.

Et le Héron se dit encore qu'il avait été la cause de sa mort et des larmes que Josèphe avait versées pendant de longs mois.

Puis, continuant son raisonnement, il se demanda pour la première fois si M. Anatole, qui était un gredin, devenant le mari de Josèphe, ne la rendrait pas très-malheureuse, et le Héron ne voulait pas de ça.

Mais, hélas ! tous les beaux discours que l'homme aux longues jambes se tenait à lui-même se heurtaient à un fait matériel qui dominait la situation.

Pour réunir le château de la Bertaudière à celui de Pré-Gilbert, il fallait marier Anatole à Josèphe.

Ce projet, le Héron l'avait caressé toute sa vie ; en l'abandonnant, en désertant la cause d'Anatole, il foulait ses convictions aux pieds et il manquait de logique.

Jamais, depuis qu'il était au monde, le Héron ne s'était livré à un pareil travail d'esprit ; mais, au lieu d'en perdre la tête, il sentait au contraire son intelligence, obtuse jusque-là, se développer peu à peu, et enfin une conviction profonde autant que lumineuse sortit tout à coup de toutes ces réflexions :

« Si le commandant n'était pas le père d'Anatole, rien ne prouvait qu'il eût l'intention de lui laisser sa fortune. »

Dès lors, le Héron, qui venait de mettre le doigt sur le point capital de la question, le Héron prit une résolution héroïque.

Cette résolution consistait à choisir un moment où M. Anatole serait à la chasse et à s'en aller au château de la Bertaudière.

Là il s'enfermait avec le commandant et lui disait tout.

Alors il arriverait de deux choses l'une :

Ou le commandant pardonnerait à son fils;

Ou, Anatole n'étant pas son fils, il aurait une telle horreur de ce vaurien qu'il le chasserait de chez lui à l'instant même et ferait Josèphe son héritière.

Ceci était logique encore, et le Héron, qui était dans ses heures de lucidité, ne se dissimula pas non plus que si Anatole était coupable aux yeux du commandant, il le serait aussi, lui qui avait servi dans les plans ténébreux du vaurien.

Mais le Héron s'inquiétait peu de lui. Ce qui lui importait, c'était de savoir la vérité, et par conséquent de servir fidèlement, à sa manière, la maison de Perne.

Il en était là de ses réflexions lorsqu'il atteignit un cabaret qui se trouve au bord du canal, en face de Bazarne, et dans lequel les flotteurs qui conduisent des trains de bois ont coutume de s'arrêter. Et comme la méditation avait altéré l'homme aux longues jambes, il entra dans le cabaret pour y boire un coup.

## XXXVIII

Le cabaret, ordinairement désert en semaine, surtout quand le temps était beau, avait deux clients au moment où le Héron entra;

Deux hommes, qui buvaient une chopine et mangeaient un morceau de lard rance, étaient assis à une table auprès du comptoir.

A leur costume, il était facile de reconnaître des *flotteurs*: bourgeron bleu, pantalon de toile fort large, chapeau de paille et ceinture rouge.

Le flotteur de l'Yonne est à peu près le pendant du débardeur de la Seine; il ne lui manque, pour que la ressemblance soit complète, que la célébrité des bals masqués.

Au printemps, et surtout en automne, depuis Clamecy, on voit descendre, à la file les uns des autres, d'immenses radeaux qui ont quelquefois cent pieds de longueur et qui s'en vont au fil de l'eau, manœuvrés par deux ou trois hommes armés de longues perches.

Ces hommes-là ont reçu le nom de flotteurs.

Les radeaux sont faits de pièces de bois grossièrement assemblées par des liens de joncs ou de cordes, et s'en vont à Paris, où ils seront mis en pièces et entassés dans les chantiers. C'est le chauffage du pauvre, car le bois flotté n'a pas la valeur de celui qui arrive en charrette ou par les bateaux.

Le flotteur ne jouit pas, sur les deux rives du fleuve, d'une très-bonne réputation.

S'il passe la nuit en rivière, à proximité des vignes, il ne se fait pas faute d'aller marauder un brin.

S'il descend dans les cabarets du bord de l'eau, le dimanche, il cherche volontiers querelle.

Il passe sa vie sur l'eau et ne connaît guère de la terre que les cabarets espacés de loin en loin sur la berge.

Il est presque toujours originaire du haut Nivernais et appartient au Morvan, ce pays pittoresque, couvert de grands bois, arrosé par de clairs ruisseaux, semé de jolis villages et de ruines poétiques.

Un des plus beaux châteaux de France, le manoir de Chastellux, un couvent aussi bien situé que la Grande-Chartreuse, le monastère la *Pierre qui vire*, sont en Morvan.

Du haut des terrasses d'Avallon, une jolie ville qui a l'air d'être en Suisse, vous voyez une route toute droite, ardue, et qui monte péniblement au flanc d'une montagne.

C'est la route du Morvan.

Prenez-la de l'autre côté du Cousin, une petite rivière qui clapote sur des cailloux, vous êtes dans le Morvan; mais ne cherchez point à vous en assurer. Le paysan que vous questionnerez vous dira que le Morvan ne commence qu'à Chastellux. A Chastellux, on vous répondra que ce n'est pas encore le Morvan.

Vous irez ainsi, de village en village, jusqu'à Château-Chinon, jadis la capitale de cette petite province, moitié bourguignonne et moitié nivernaise.

Là, si vous avez la naïveté de demander si vous êtes enfin en Morvan, on vous rira au nez et on vous dira que vous en êtes sorti depuis longtemps.

A Auxerre, au café du Pont, une guinguette fréquentée par les petits fermiers, les vignerons et les gens de rivière, l'épithète de Morvandiau sonne mal à l'oreille.

Pourquoi?

Voilà ce que personne ne vous dira.

Donc, dans ce cabaret où le Héron venait d'entrer, il y avait deux flotteurs, et deux flotteurs morvandiaux, c'était facile à voir. L'homme aux longues jambes, absorbé par sa méditation, n'avait pas vu leur radeau amarré en aval.

Il ne fit guère plus attention à eux, et alla s'asseoir à une table voisine, disant à la vieille femme qui tenait le cabaret :

— Hé! mère Saurel, donnez-moi donc une chopine de blanc.

La vieille descendit à la cave, et le Héron se replongea tout entier dans ses réflexions.

Cependant les deux flotteurs causaient à mi-voix, dans ce patois de Clamecy, dont les Bourguignons se moquent fort, et ne paraissaient pas s'inquiéter beaucoup du nouvel hôte de la mère Saurel.

Celle-ci remonta, plaça la chopine et un verre devant le Héron, et retourna s'asseoir derrière son comptoir d'étain.

Le Héron se mit à boire à petites gorgées, mais un mot de la conversation des deux flotteurs frappa son oreille.

— Quand nous l'avons repêché, disait l'un de ces hommes, il était quasiment mort. Le patron, qui était avec nous et qui avait bu toute la nuit, nous dit :

— Est-ce que ça vous regarde de pêcher les noyés? Laissez donc celui-là tranquille. Nous sommes en retard de deux jours : c'est déjà de trop.

Mais Flambart et moi nous envoyâmes promener le patron, qui, du reste, n'était pas dans son bon sens.

— Et voici combien de temps de ça? demanda l'autre flotteur.

— Environ deux ans; pas tout à fait, cependant.

Le Héron s'était pris à écouter.

— Enfin, il n'est pas mort?

— Non, mais nous l'avons bien frotté et frictionné pendant quatre heures avant qu'il ne revînt. Un beau garçon, ma foi! Quand il ouvrit les yeux, il nous regarda d'un air de reproche, et nous dit :

« — Pourquoi m'avez-vous repêché? Savez-vous bien que je veux mourir?

«—Vous voyez, dit le patron, qui était toujours *chaviré*, que vous vous êtes mêlés de ce qui ne vous regardait pas.

«Flambart l'envoya rouler d'un coup de pied à l'autre bout du radeau, et nous continuâmes à frotter l'estomac du noyé, qui était si faible, mais si faible, et qui tremblait si fort, que nous crûmes qu'il allait passer.

« Il avait dû quitter sa veste pour se jeter à l'eau; mais il avait son pantalon, et dans la poche une bourse qu'il tira, comme nous passions sous le pont d'Auxerre. Il en sortit quarante francs qu'il nous donna, et en même temps il nous dit :

« —Vous êtes de braves gens; mais vous m'avez rendu un mauvais service.

« — Des bêtises! répondit Flambart.

« Quand nous fûmes de l'autre côté d'Auxerre, il était nuit.

« — Vous pouvez me descendre ici, dit-il encore.

« — Bon! dis-je, et vous recommencerez.

« — Non, répondit-il, je vous en donne ma parole.

« Et comme il avait froid, je lui donnai mon bourgeron, qu'il me paya dix francs, et il sauta sur le bord.

« — Et vous n'avez pas su qui c'était?

« — Le patron l'a su, peut-être; mais Flambart et moi nous sommes restés à Paris pendant quinze mois à travailler dans les chantiers.

« Flambart y est encore. Moi, je suis allé à Clamecy la semaine dernière seulement, et c'est le premier voyage

Malheureux! dit le commandant, tu as causé la mort de M. de Mauroy. (Page 44.)

que je fais depuis que nous avons repêché le bourgeois au *tournant du noyé.* »

A ces derniers mots, le Héron, qui était devenu tout pâle, se leva et vint se placer devant les flotteurs étonnés de cette brusque manœuvre.

## XXXIX

Le Héron était *assermenté*. Il portait à son carnier une belle plaque de cuivre sur laquelle on lisait ces mots : *Garde particulier*.

Donc, jusqu'à un certain point, c'était un représentant de l'autorité, et les flotteurs ne purent se défendre d'une légère émotion.

Cependant c'étaient de braves gens, l'un surtout, si on s'en rapportait à son récit si simple.

Mais le Héron était plus ému qu'eux.

— Mes braves gens, dit-il, parlons bas, parce que je ne veux pas que la bonne femme du comptoir sache nos affaires.

— Qu'est-ce que vous nous voulez donc? demanda celui qui avait raconté le sauvetage.

— Rien de mauvais, mes enfants.

— Ah!

—Eh! mère Saurel, dit le Héron en se tournant vers le comptoir, je n'aime pas bien boire seul; je veux trinquer avec les camarades. Allez donc nous chercher une bouteille de *quarante-huit.*

La mère Saurel se leva tout éblouie de la générosité du Héron.

Le vin de 1848 commence à se faire rare en Bourgogne, et il valait alors trois francs la bouteille.

Les flotteurs eux-mêmes furent étonnés de cette magnificence.

La mère Saurel quitta donc son comptoir et se dirigea vers la trappe de la cave après avoir allumé sa lanterne.

Alors, tandis qu'elle descendait, le Héron reprit :

— Elle en a pour dix minutes, le *quarante-huit* est tout au fond. Vite, causons, mes enfants.

Sa voix était toujours émue, et l'étonnement des flotteurs redoublait.

— Ainsi, dit-il, tu as trouvé un homme, toi, camarade?

— Oui.

— Il y a près de deux ans?

— Pas tout à fait vingt-deux mois. C'était à la fin d'octobre ou au commencement de novembre.

— Au *tournant du noyé*, là-bas, au-dessous de Mailly-la-Ville?

— C'est bien ça. Vous le connaissiez...

— Je ne sais pas... ça dépend... Un jeune homme, pas vrai?

— De vingt-huit à trente ans.

— Assez grand, et la barbe châtaine?

— Oui. C'est bien ça.

— Et tu n'as jamais entendu parler de lui depuis?

— Je le disais au camarade tout à l'heure, répondit le flotteur, c'est la première fois depuis ce temps-là que je reviens par ici.

— Eh bien, mon garçon, dit le Héron d'un ton de mystère, tu pourrais bien ce jour-là avoir fait ta fortune.

— Comment cela?

— Il vous a donné sa parole, disais-tu, quand vous l'avez mis à terre, de ne pas recommencer.

— Sa parole d'honneur.

— Si c'est celui que je crois, il l'a tenue, et alors il n'est pas mort.

— Cependant il n'est pas revenu, dit le flotteur.

— Non, dit le Héron, mais ça m'est égal. L'essentiel pour moi est qu'il ne soit plus mort; je le retrouverai bien, quand il serait au bout du monde.

La voix du Héron tremblait toujours.

— Ecoutez, camarade, dit-il encore, vous mettez une grande journée pour descendre à Auxerre?

— Quelquefois quinze ou seize heures.

— A quelle heure partirez-vous d'ici?

— Ce soir.

— Alors vous pourrez être à Auxerre demain matin?

— Entre huit et neuf heures.

— Eh bien, quand vous passerez devant le *Léopard*, vous me verrez sur le quai.

— Fort bien.

— Et j'embarquerai sur votre train.

— Pourquoi faire? demanda le flotteur.

— Pour que tu me montres l'endroit où tu as descendu le noyé.

— Oh! répondit le flotteur, si ce n'est que ça, je vous l'indiquerai tout aussi bien d'ici.

— Voyons?

— C'est tout auprès d'un moulin qui est en face d'une grande ferme.

— Bon! dit le Héron, je sais où c'est.

La cabaretière remonta avec le vin demandé.

Le Héron versa à boire aux deux flotteurs.

— Mes enfants, dit-il, écoutez bien ce que je vais vous dire.

— Allez, marchez Non le sauveteur.

— Quand reviendrez-vous par ici?

— Nous mettons quinze jours pour descendre à Paris.

— Bon!

— Puis nous revenons par le chemin de fer jusqu'à Auxerre, où nous prenons la patache de Clamecy, ça fait dix-sept jours. Si nous passons trois autres jours au pays avant de conduire un nouveau train, nous serons ici dans trois semaines.

— Eh bien, dans trois semaines, demandez après moi; je m'appelle le Héron, tout le monde me connaît, et je suis le garde particulier du château de Pré-Gilbert; je ne vous promets rien, mais il pourrait bien se faire que j'eusse un billet de mille francs à vous donner.

Les flotteurs firent un véritable soubresaut.

Le Héron posa un doigt sur ses lèvres.

— Seulement, dit-il, faut plus parler de rien, et à personne!

Il leur versa une seconde rasade, jeta une pièce de dix francs sur la table, et dit :

— Mère Saurel, je paye tout.

Puis il s'en alla avec la dignité d'un Mécène qui a coutume de tenir table ouverte.

Une fois hors du cabaret, le Héron se remit à causer avec lui-même.

— Voilà qui est positif, se dit-il, c'est M. Jean de Mauroy que les flotteurs ont repêché. Du moment où il leur a promis de ne plus chercher à se suicider, il n'est pas homme à avoir manqué à sa parole. Donc, il est encore vivant.

« Or, une supposition que M. Anatole ne soit pas le fils du commandant, et que le commandant laisse son bien à mademoiselle Josèphe, je me mets à la recherche de M. Jean, et je le retrouve...

« Car, acheva le Héron, j'ai mis la main sur des gibiers plus difficiles à suivre à la piste. »

Et l'homme aux longues jambes se trouva de plus en plus affermi dans sa résolution d'abandonner M. Anatole s'il n'était pas le fils du commandant.

— Allons! murmura-t-il, il faut toujours battre le fer quand il est chaud; allons rôder un peu du côté de la Bertaudière.

Et il quitta le chemin de halage, et se mit à grimper à travers les vignes.

## XI.

Une heure après, le Héron était sous les murs de la Bertaudière.

Mais au lieu d'entrer par la porte, au lieu de traverser le parc et de se diriger vers le perron, il avait pris un chemin détourné.

Il s'était glissé à travers les broussailles, et il était arrivé ainsi jusque dans le potager, où le jardinier travaillait en ce moment.

Il n'était pas huit encore, mais la journée s'avançait, et le soleil entamait son disque aux collines de l'horizon.

Le Héron s'approcha du jardinier, courbé sur sa bêche, et lui posa la main sur l'épaule.

— Ah! c'est toi? dit celui-ci.

— Comme tu vois, Frédéric.

— Tu viens voir monsieur?

— Non, je cherche après M. Anatole.

— Ah! ben! dit le jardinier, il n'est pas au château.

— Comment! il n'est pas encore rentré de la chasse?

— Si fait!

— Alors, où est-il?

Le jardinier était un vieux bonhomme pétri de finesse et de l'esprit bourguignons.

— Est-ce qu'on peut jaser avec toi? dit-il.

— Ça dépend, fit le Héron qui ne se livrait pas non plus du premier coup; de quoi qu'il s'agit?

— C'est une drôle de maison tout de même que celle où nous sommes! reprit le jardinier.

— Comment ça?

— Le commandant a la goutte, il crie, il jure, et voici deux jours qu'il a recommencé à avoir M. Anatole en grippe. C'est pas la peine de se brouiller avec ses parents, de déshériter sa nièce et d'élever un bâtard, pour l'aimer aussi peu, fit le jardinier, qui avait au besoin son franc parler.

— Peuh! dit le Héron.

Le jardinier reprit :

— Depuis que ce pauvre Jean-Pierre est mort, le commandant ne peut plus souffrir personne auprès de lui.

— Alors faut pas t'étonner, mon garçon, si M. Anatole est compris dans le tas.

— Oh! fit le jardinier avec mépris, c'est qu'il ne vaut pas cher, lui aussi.

Le Héron ne répondit rien.

— C'est donc vrai ce qu'on *jabotte* dans le pays? dit encore le jardinier.

— Plaît-il?

— Que M. Anatole va maintenant à Pré-Gilbert comme s'il était chez lui?

— Pourquoi donc pas?

— Il y a même d'aucuns qui disent que ça pourrait bien finir par un mariage avec mademoiselle Josèphe.

— C'est bien possible, murmura le Héron.

— Ah! ben, dit le jardinier, voilà qui serait du propre, et le pauvre Jean-Pierre a bien fait de mourir.

— Qu'est-ce que tu chantes donc là, toi? demanda le Héron qui n'était pas fâché de faire jaser le jardinier.

— Je dis que, une fois que nous disions là-bas à la cuisine que mademoiselle Josèphe et M. Anatole mariés, ça ferait un beau bien, le vieux Jean-Pierre se mit dans une fameuse colère, et même qu'il ajouta que le commandant brûlerait la cervelle à M. Anatole plutôt que de le voir épouser sa nièce.

— Ah! il disait cela? c'est drôle tout de même.

— Moi j'ai dans mon idée, poursuivit le jardinier, que Jean-Pierre savait tout.

— Quoi donc qu'il savait?

— Les tenants et les aboutissants du jeune homme.

— Que veux-tu dire?

— D'aucuns disent que M. Anatole est le fils de M. le comte.

— Pardine!

— Mais M. le comte dit que c'est son neveu.

— Ça ne fait rien.

— Et Jean-Pierre disait quelquefois : Si on savait la vérité, on serait bien étonné.

— Ah! il disait cela, Jean-Pierre.

— Oui; mais il est mort, et avant de mourir il n'a parlé de rien.

Le Héron fronçait le sourcil.

— Avec tout ça, dit-il, tu ne me dis pas où est M. Anatole.

— Il est parti tout à l'heure comme un fou pour Vermenton.

— Il s'est disputé avec le commandant?

— D'abord.

— Et puis?

— Et puis, voilà-t'y pas que, comme Blaise mettait la jument au tilbury et que M. Anatole quittait ses guêtres de chasse, le joueur d'orgue qui rôde dans le pays est venu à passer.

— Bon!

— Et il a tourné sa manivelle.

— Et puis?

— Et voilà que M. Anatole est descendu comme un furieux, et qu'il lui a donné un coup de pied en disant : « Veux-tu bien t'en aller, espèce de racleur de casseroles, ou je t'extermine! » La peur a pris le pauvre *ambulant*, et il s'est sauvé sans demander son reste.

— Et M. Anatole?

Il est monté en voiture en jurant comme un païen, et il a donné à la jument un coup de fouet que la pauvre bête s'en est cabrée et qu'elle est partie ensuite affolée. Je ne sais pas comment il n'a pas tout brisé en passant la grille!

— Un joli caractère! murmura le Héron.

— C'est-à-dire, fit le jardinier, que si jamais il est le maître ici, je sais bien qui ira gagner son pain ailleurs.

— Et combien y a-t-il de temps de cela?

— Approchant une demi-heure.

— Tu crois qu'il est allé à Vermenton?

— A Vermenton ou à Cravant, je ne sais pas, mais si on le revoit avant minuit, on aura de la chance. Il a bien dit en s'en allant qu'il ne reviendrait pas pour dîner.

— Ça tourne comme je voulais, pensait le Héron.

Et il se mit à chercher un prétexte pour monter chez le commandant et faire jaser le vieux gentilhomme.

Tout ce qu'il venait d'entendre achevait de l'enraciner dans cette conviction, que le commandant n'était pas le père d'Anatole.

Mais, comme il était à la recherche de ce prétexte, le hasard vint à son aide.

Le commandant, qui ne quittait plus sa chambre, mais qui était levé cependant, s'était traîné jusqu'à la fenêtre.

Il venait d'apercevoir le Héron et lui criait :

— Hé! le Héron, monte donc un peu, que je te parle.

## XLI

Le Héron monta donc sans se le faire répéter.

Nous l'avons dit, bien qu'il fût tout autant au service du commandant qu'à celui du baron de Perne, puisqu'il gérait les bois indivis, il venait rarement à la Bertaudière.

— C'est miracle de te voir, dit le commandant au moment où, sa casquette à la main, il franchissait le seuil de la chambre du malade.

Le Héron salua et tortilla sa casquette, mais il ne s'excusa point.

M. de Perne avait regagné son fauteuil et reposé son pied malade sur un coussin.

— Ferme donc la porte, dit-il.

Le Héron obéit.

— Et causons un brin, ajouta le commandant.

Le Héron aurait pu répondre : « Je suis venu tout exprès pour ça. » Mais le Héron ne répondit rien.

M. de Perne avait quelque chose de mélancolique et de solennel en même temps dans l'accent, l'attitude et le visage, qui avait vivement impressionné le forestier.

— Nous sommes de vieilles connaissances, de vieux amis même, reprit le commandant.

— Monsieur le comte...

— Assieds-toi donc là.

Le Héron prit un siége et s'assit tout au bord, comme le doit faire un paysan respectueux. Il avait laissé en bas, dans le vestibule, son carnier et son fusil.

— Mon pauvre ami, reprit le commandant, depuis la mort de Jean-Pierre, qui a eu un coup de sang l'été dernier, je suis bien à plaindre. Personne ne sait plus me soigner. Le médecin dit que je pourrai bientôt marcher, mais je n'en crois rien.

— On ne meurt pas toujours de la goutte, dit le Héron.

— A moins qu'elle ne remonte à l'estomac. Mais, ajouta le commandant, ce n'est point mon cas, puisque au contraire mes jambes désenflent, et qu'elle descend sur les pieds. Toujours est-il que je ne puis pas sortir.

— Ça, c'est vrai, dit le Héron.

— Et je ne sais rien de ce qui se passe.

Le Héron tressaillit.

— Depuis que je suis cloué dans ma chambre, poursuivit le commandant, depuis que je puis à peine me traîner à la fenêtre, je ne sais plus rien de ce que fait Anatole.

— Hé! hé! pensa le Héron, j'étais embarrassé tout à l'heure et je ne savais comment m'y prendre, mais je crois que ça ira tout seul.

Le commandant reprit :

— Ce matin, j'étais là auprès de la fenêtre et, comme il faisait du soleil, on m'avait tiré les persiennes. Anatole était à la chasse; Blaise, le garçon d'écurie, pansait la jument en bas et il causait avec le jardinier. Sais-tu ce qu'ils disaient?

— Non, dit le Héron impassible.

— Ils disaient qu'Anatole allait souvent à Pré-Gilbert.

— Ah! fit le Héron.

— Qu'il était au mieux avec mon frère.

— Ça se peut bien.

— Et que ma nièce l'aimait...

Le commandant s'exprimait à mi-voix, et il était calme; mais sous cette tranquillité apparente on devinait une sourde irritation.

— Mais dame! reprit le Héron, qui prit un air naïf, ça n'est pas bien étonnant tout ça. Il n'y a qu'une chose qui me surprend.

— Laquelle?

— C'est que M. le comte ne l'ait pas su plus tôt.

Un éclair passa dans les yeux du commandant.

— Écoute, dit-il au Héron, tu es aujourd'hui le plus vieux serviteur de la famille; tu as été élevé par mon père et tu es aussi dévoué à mon frère qu'à moi.

— Ça, c'est bien sûr, monsieur.

— Eh bien, ma nièce ne peut pas épouser Anatole.

Le Héron voyait l'explication venir au-devant de lui, et il n'avait même plus besoin de faire l'aveu de ses fautes pour savoir ce qu'il voulait.

— Tu es le seul homme en qui j'aie confiance, poursuivit le commandant, depuis que Jean-Pierre est mort; et c'est à toi que je vais confier l'honneur de notre famille.

Le Héron releva la tête.

— Ma nièce ne peut pas épouser Anatole, reprit le commandant.

— Mais pourquoi donc, puisque c'est votre fils! dit le Héron.

A ces paroles le commandant pâlit, fit un brusque mouvement et son visage exprima une indignation pleine de mépris.

— C'est faux! dit-il. Le drôle n'a pas une goutte de notre sang dans les veines.

Le Héron se prit à respirer bruyamment.

— Ah! si j'avais su cela! fit-il.

— Quoi donc?

— Que M. Anatole n'était pas votre fils.

— Eh bien?

— Eh bien, je ne me serais pas donné tant de mal pour lui.

Le commandant attachait sur le Héron un regard qui semblait vouloir pénétrer les profondeurs de son âme.

Mais le Héron était venu pour parler à cœur ouvert, et il n'avait plus rien à dissimuler.

— Monsieur le comte, dit-il, quand vous m'avez appelé, je venais justement pour vous parler de tout cela.

— Ah!

— Vous me dites que M. Anatole n'est pas votre fils; comme vous seriez le premier de votre famille qui mentirait, il faut bien que je vous croie; mais tout le monde, à dix lieues à la ronde, pense comme je pensais il y a cinq minutes. Alors, croyant que M. Anatole était votre fils, je me suis dit un matin que le château de la Bertaudière et celui de Pré-Gilbert devaient retourner au même maître...

— Ah! tu t'es dit cela?

— Et qu'il fallait que M. Anatole épousât mademoiselle Josèphe. Que voulez-vous, monsieur le comte, fit naïvement le Héron, je n'ai ni tenants ni aboutissants, ni femme ni enfant, et je n'ai jamais aimé que votre maison; je croyais bien faire...

## XLII

Cet aveu simplement formulé avait quelque chose de touchant qui émut le commandant.

— Mais qu'as-tu donc fait, malheureux? lui dit-il.

— C'est moi qui ai tout mis en train.

— Ah!

— Et qui suis cause que M. de Mauroy a disparu.

— Malheureux! dit le commandant, tu as causé la mort de M. de Mauroy!

— Il n'est pas mort, monsieur, j'en suis sûr.

Et le Héron demeura calme en présence de son vieux maître, dont l'émotion allait croissant.

Il y eut un moment de silence entre le commandant de Perne et le Héron.

Puis celui-ci reprit :

— J'ai fait le mal sans le vouloir, mais je le réparerai.

— Dis-moi donc où en sont les choses? fit le commandant.

— Mais, monsieur, on n'attend plus que votre consentement pour publier les bans.

Un nouveau sourire plein de dédain glissa sur les lèvres de M. de Perne.

— Voilà, dit-il, ce que je ne comprends plus; je ne reconnais plus du tout mon frère qui devrait repousser avec indignation la pensée seule que sa fille pût épouser un bâtard.

Le Héron se gratta l'oreille.

— Pardon, monsieur le comte, dit-il, mais j'ai oublié de vous dire une chose.

— Ah!

— Moi, je servais de tout cœur M. Anatole, parce que je le croyais votre fils.

— Tu n'es pas obligé d'avoir certaines idées, répondit le gentilhomme.

— Mais il paraît que M. le baron, lui, consent surtout au mariage parce que M. Anatole lui a dit qu'il n'était ni votre fils ni votre neveu.

— Il le sait donc!

— Ma foi, monsieur, à vous dire vrai, continua le Héron, je crois qu'il ne pensait pas un mot de cela d'abord; mais en réfléchissant que vous n'étiez pas toujours tendre pour lui...

Un nouvel éclair de colère passa dans les yeux du commandant.

— Quand on fait son devoir avec les gens, dit-il, on n'est pas obligé de les aimer.

Ces paroles achevèrent de plonger le Héron dans une véritable stupéfaction.

Le commandant reprit :

— Tiens, prends mon fauteuil à bras le corps et porte-moi là-bas devant ce secrétaire.

Le Héron obéit; puis, sur un signe de son maître, il ouvrit le meuble et le commandant eut devant lui tout ce qu'il faut pour écrire.

— Va mettre le verrou, dit-il encore au Héron, je ne veux pas être dérangé.

Dans les précautions dont s'entourait le vieillard, dans ce calme qui avait remplacé subitement sa colère, il y avait quelque chose de solennel et de mystérieux qui impressionnait vivement l'homme aux longues jambes.

— Je vais écrire une lettre que tu porteras à mon frère, dit le commandant. Si, après l'avoir lue, il persiste à donner sa fille à Anatole, ce n'est pas moi qui m'y opposerai, cela le regarde...

Et un nouveau rire plein de mépris glissa sur les lèvres du commandant.

Et il écrivit la lettre suivante :

« Mon frère,

« Vous attendez, me dit-on, mon consentement pour accorder la main de votre fille à Anatole.

« Je n'ai ni consentement à donner, ni consentement à refuser. Anatole n'est pas mon fils, comme on le croit généralement.

« Il est même enfant légitime, comme vous en pourrez juger par l'acte de naissance que je vous envoie et qui le qualifie de Jules-Anatole Vichuat, fils légitime de Pierre Vichuat et de Rose Béchamel, son épouse.

« Voici vingt années, mon frère, que nous ne nous nous sommes vus, et peut-être ne nous reverrons-nous pas.

« Depuis vingt ans vous me boudez, et certes aux yeux du monde et à vos propres yeux, vous avez raison, car je déshérite ma famille au profit d'un étranger.

« Jamais, si Anatole ne s'était rapproché de vous, s'il n'avait levé les yeux sur ma nièce, jamais la vérité ne vous eût été connue de mon vivant.

« J'ai écrit un long mémoire sur les événements mystérieux et inexpliqués qui ont jadis occupé notre province et à la suite desquels on m'a vu m'enfermer à la Bertaudière avec un enfant qui est devenu ce vaurien dont vous songez à faire votre gendre.

« Ce mémoire, on devait le trouver dans mes papiers, on devait vous le remettre après ma mort; je vous l'envoie.

« Quand vous l'aurez lu, je suis persuadé que vous ne songerez plus à donner votre fille à maître Jules-Anatole Vichuat.

« Le Héron, qui a fait une partie du mal, mais qui, au fond, nous est dévoué, vous remettra cette lettre et les papiers que j'y joins. »

Le commandant signa.

Puis il ouvrit un tiroir qui fermait au moyen d'un secret, et dans le double fond de ce tiroir il prit une enveloppe volumineuse fermée par cinq cachets de cire rouge.

Elle portait cette suscription :

*A M. le baron de Perne, mon frère, pour lui être remis après ma mort.*

Le commandant ferma sa lettre, puis il tendit le tout au Héron.

— Maintenant, dit-il, écoute-moi bien.

— Parlez, monsieur, répondit le Héron.

— Tu vas serrer cette lettre et ces papiers.

— Et je les porterai à M. le baron?

— Non, pas aujourd'hui.

— Ah!

— Tu les porteras chez toi et tu les mettras en lieu sûr.

— Soyez tranquille, monsieur.

— Maintenant que je sais tout, je veux avoir une dernière explication avec Anatole, et j'espère encore l'amener à renoncer à ma nièce et à quitter le pays.

— Et s'il refuse ?...

— Tu reviendras ici dans deux jours. Que je sois malade ou non, tu pénétreras dans cette chambre, et, si je te fais un signe, tu iras à Pré-Gilbert et tu porteras ces papiers à mon frère.

Le Héron s'inclina.

— Si d'ici là tu rencontres Anatole, pas un mot.

— Oh! comptez sur moi, dit le Héron; j'ai assez fait de bêtises comme ça.

Et il s'en alla emportant la lettre du commandant à son frère et cette mystérieuse enveloppe qui contenait le secret de la naissance d'Anatole.

## XLIII

Pendant ce temps, M. Anatole était à Vermenton.

Mais il était dit que ce jour-là serait un jour néfaste pour lui.

Il avait eu une scène avec le commandant; puis cet orgue de Barbarie, qui avait sur lui une si mystérieuse influence, était venu lui déchirer le tympan.

Enfin, il s'en était allé à Vermenton où il espérait rencontrer un compagnon, un convive quelconque, qu'il pût inviter à dîner chez Grénan, qui est le restaurateur à la mode de la petite ville bourguignonne.

Mais Vermenton était désert.

Tout le monde était à la chasse.

En revanche, comme il prenait mélancoliquement un bitter devant la porte du café, il fut salué par maître Lecamus.

Maître Lecamus était un huissier d'Auxerre qui avait une singulière réputation de jettatore, car il n'y a pas qu'à Paris que cette absurde légende des gens qui portent malheur, et qui nous est venue d'Italie, ait trouvé droit de cité.

Un huissier, on en conviendra, n'est pas un personnage réjouissant, et il apparaît même ordinairement dans des circonstances assez tristes; mais enfin il ne porte pas malheur à tout le monde.

Il faut même dire, à la louange de maître Lecamus, que c'était un assez bon diable qui adoucissait autant qu'il le pouvait les rigueurs de son ministère.

Mais il portait malheur...

Le feu s'était déclaré dans sa rue; les gens qu'il rencontrait le matin tombaient malades; les femmes dans une position intéressante faisaient un grand détour pour ne pas passer sous les fenêtres de son étude.

Il y avait quinze ans qu'on disait cela, et personne ne se souvenait plus que la première rumeur de cet étrange pouvoir dont jouissait l'huissier, avait été répandue par un loustic de commis voyageur contre lequel il avait instrumenté.

Or donc, maître Lecamus, qui s'en allait à Avallon et avait fait donner une avoine à son cheval devant la porte de l'auberge, à Vermenton, maître Lecamus aperçut Anatole et le salua.

Anatole, qui était déjà de méchante humeur, vit dans ce salut un mauvais présage.

Il tourna le dos à l'huissier.

Celui-ci, habitué à de pareilles rebuffades, monta dans son tilbury, salua une seconde fois et s'en alla.

M. Anatole s'aperçut alors qu'il n'avait plus ni tabac ni cigares. Le bureau est sur la place, en face du café et de l'auberge, et il faut passer devant le bureau de poste.

Comme M. Anatole se dirigeait vers le bureau, la directrice des postes qui était à sa fenêtre lui dit :

— Bonjour, monsieur le comte; vous ne voulez pas prendre, en passant, les journaux et les lettres que le facteur ne vous porterait que demain matin?

Ces paroles de la directrice sont faciles à expliquer.

Il y a deux courriers par jour à Vermenton, l'un à quatre heures du matin, l'autre à quatre heures du soir.

Les facteurs ruraux distribuent le jour même le courrier du matin, mais celui du soir attend au lendemain.

Le commandant recevait l'*Yonne* et deux journaux de Paris.

Anatole s'approcha de la fenêtre et la directrice lui donna les journaux et une lettre.

La lettre était timbrée de Paris et à son adresse, à lui, Anatole.

La suscription était d'une main de femme, si on en jugeait par ses jambages maigres et allongés.

Anatole remercia la directrice et s'éloigna pour lire cette lettre.

Il courut à la signature et lut : ANTOINETTE DU BARLE.

— Qu'est-ce qu'elle me veut? se dit-il, je ne lui dois pourtant rien encore.

Et il prit connaissance de la lettre.

« Mon cher ami, disait la Toinon, je pleure depuis six ou huit mois toutes les larmes de mon corps, et je suis bien punie de m'être mêlée de vos affaires.

« Mon pauvre enfant a gagné le germe d'une affreuse maladie dans les eaux froides de l'Yonne, où nous avons pris un bain pour les besoins de la comédie que vous savez.

« Il a éprouvé une telle frayeur que l'épilepsie s'est déclarée.

« Mon pauve enfant tombe du haut mal.

« J'ai consulté tout ce que la Faculté a de célébrités, et on m'a répondu que le mal était incurable.

« Mais là ne s'arrêtent point mes infortunes.

« Porteriez-vous malheur? Je commence à le croire, car depuis que j'ai quitté la Bourgogne, où je m'étais fait votre complice, une sorte de fatalité me poursuit.

« Le prince K..., un ami de dix années, a été tué en duel.

« Le prince m'aimait beaucoup et il allait me constituer un avenir. Quand la mort l'a surpris, il n'avait pas eu le temps de faire son testament.

« Puis, j'ai confié ma fortune à un homme de la Bourse que ses amis prétendaient appelé aux plus hautes destinées.

« Deux liquidations désastreuses l'ont entraîné sur le sol hospitalier de la Belgique et, dans son trouble, il a emporté mes diamants et un titre de rentes que je lui avais confiés.

« Me voilà, mon ami, dans une position presque précaire et ne comptant plus que sur les cent mille francs que vous me devrez le lendemain de votre mariage, lequel, je le sais, est en bon chemin.

« Hâtez-vous donc, mon ami, et, si vous le pouvez, envoyez-moi quelques milliers de francs tout de suite.

« Je compte sur vous.

« ANTOINETTE DU BARLE. »

M. Anatole haussa les épaules, déchira la lettre en mille morceaux et les jeta au vent.

— Tout cela va mal, murmura-t-il; il me semble qu'il y a du noir à l'horizon.

Il prit le parti de retourner à la Bertaudière et d'affronter une seconde fois la colère du commandant.

Il fit donc remettre la jument au tilbury et remonta en voiture.

Comme il arrivait au pont d'Accolay, il rencontra Blaise, le garçon d'écurie du château.

— Où vas-tu donc? lui dit-il.

— J'allais vous chercher, répondit Blaise.

— Pour quoi faire?

— Le commandant me l'a ordonné; il veut vous voir.

Et Blaise sauta lestement dans le tilbury.

— Est-ce que le docteur est venu? dit Anatole.

— Non, monsieur; je n'ai vu que le Héron.

A ce nom, Anatole tressaillit.

— Ah! le Héron est venu à la Bertaudière?

— Oui.

— Il a vu mon oncle?

— Ils sont restés enfermés une heure durant.

Anatole eut froid dans le dos, et le point noir qu'il voyait à l'horizon lui parut grandir et prendre des proportions démesurées...

XLIV

La scène violente qui avait eu lieu dans l'après-midi entre le commandant et Anatole n'avait pas été provoquée par ce dernier.

Le jeune homme, nous l'avons dit, jouait un rôle de douceur et d'hypocrisie depuis plus d'un an, et le commandant aurait été sa dupe longtemps encore s'il n'avait entendu cette conversation de Blaise et du jardinier qui tendait à établir que M. Anatole voulait épouser mademoiselle Josèphe.

Anatole était donc rentré à la Bertaudière un peu ému de sa conversation avec le Héron, un peu troublé d'avoir vu celui-ci prendre au sérieux plus que de raison cette affirmation qu'il pouvait bien n'être pas le fils du commandant.

Mais, à part cela, rien ne paraissait changé au château, et après avoir quitté son costume de chasse, notre héros était descendu chez le commandant, leste, pimpant, le sourire aux lèvres, et l'avait embrassé en lui disant :

— Eh bien! mon oncle, comment allez-vous aujourd'hui?

— Beaucoup mieux, avait répondu le commandant, et puisque te voilà en belle humeur, assieds-toi, nous allons causer.

Anatole avait eu un frisson d'espérance.

Son oncle était peut-être au courant de tout, et il allait au-devant de ses désirs, sans doute, en lui donnant un consentement qu'il attendait avec impatience.

Anatole se trompait.

Le commandant le lui prouva d'un mot.

— Je voudrais, dit-il, reprendre une conversation interrompue il y a dix-huit mois.

— Ah! fit Anatole.

— Je veux parler de ton voyage...

Anatole fronça le sourcil.

— Car, poursuivit le commandant, je n'ai pas renoncé à mon projet de te voir quitter le pays, et parcourir successivement l'Angleterre, l'Allemagne et une partie de l'Orient; je te l'ai dit, les voyages corrigent les mauvais instincts et forment l'esprit et le cœur.

Anatole ne souffla mot.

— Tu ne me réponds pas, avait repris le commandant.

Même silence.

— Tu sais pourtant que j'ai une volonté.

— Moi aussi, dit froidement Anatole.

La patience n'était pas la vertu dominante du commandant.

— Ah! dit-il avec colère, tu as une volonté?

— Oui, mon oncle.

— Et qui consiste...

— A ne pas avoir le goût des voyages.

— C'est-à-dire que tu ne veux pas partir?

— Non, mon oncle.

Un éclair de colère avait passé dans les yeux de M. de Perne.

— D'abord, dit-il, je ne suis pas ton oncle.

— Soit. Alors vous êtes mon père!

— Non, drôle, je ne suis pas ton père.

— Fort bien, dit Anatole, alors de quel droit voulez-vous m'imposer votre volonté?

A ces paroles insolentes, la colère du commandant avait fait explosion.

— Mais, misérable! s'était-il écrié, du droit d'un homme à qui tu dois tout!

Et il lui avait montré la porte en lui disant :

— Sors, drôle, sors à l'instant!

Anatole s'en était donc allé ivre de rage à Vermenton, et nous savons comment il en était revenu.

Le commandant l'envoyait chercher, et Blaise, le valet naïf, lui apprenait que le Héron sortait du château et qu'il était resté plus d'une heure enfermé avec son maître.

Tout cela était mauvais signe, et Anatole sentait la tempête grossir dans le lointain.

Il était près du port et le naufrage le menaçait.

Qui donc le servirait désormais si le Héron s'entendait avec le commandant et désertait sa cause?

Tous les mauvais instincts du vaurien s'étaient réveillés et bouillonnaient dans son cœur.

Il s'était tracé une voie, il s'était fixé un but. Ce but, c'était la main de Josèphe, et rien ne lui coûterait, pas même un crime, pour y arriver.

Aussi entra-t-il chez le commandant la tête haute, le dédain aux lèvres, prêt à la bataille si la bataille lui était livrée.

Cependant le calme du commandant le déconcerta un peu. M. de Perne était assis devant son bureau, et il venait d'écrire une grosse lettre qu'il avait scellée de ses armes.

— Maître Anatole, dit-il en faisant signe au jeune homme de fermer la porte, je ne veux plus avoir qu'une seule explication avec vous, et elle sera courte.

Anatole, debout au milieu de la chambre, attendit.

— Je vous l'ai dit, reprit le commandant, vous n'êtes ni mon fils, ni mon neveu, et vous n'avez pas une goutte de mon sang dans les veines; mais j'ai eu des torts envers votre famille, torts involontaires, il est vrai; je me suis alors juré de les réparer, et c'est pour cela que je vous ai élevé et que je voulais vous laisser ma fortune. Dans ce but, j'avais fait un premier testament qui est déposé chez mon notaire à Auxerre. Je viens d'en faire un second qui annule le premier et que voilà.

Anatole sentit une sueur froide perler à son front.

— Si vous refusez de partir, ce testament, par lequel je lègue toute ma fortune à ma nièce, sera expédié à mon notaire. Je vous laisse vingt-quatre heures de réflexion.

Et, d'un geste plein d'autorité, le commandant montra la porte à Anatole.

Mais Anatole ne bougea pas.

— Monsieur le comte, dit-il, vous avez le droit de garder votre fortune; mais vous n'avez pas le droit de m'empêcher d'épouser votre nièce, qui m'aime et que j'aime.

Le commandant fut pris d'un nouvel accès de colère.

— Ah! tu crois cela, dit-il.

— Certainement, répondit insolemment Anatole.

— Eh bien, s'écria le commandant, je puis t'affirmer que, lorsque mon frère aura lu la lettre que j'ai remise pour lui au Héron, il te mettra à la porte comme un gueux que tu es!

Cette fois l'épouvante, une épouvante pleine de rage, s'empara d'Anatole.

— Oh! dit-il, dussé-je enlever Josèphe, je vous jure qu'elle sera ma femme!

Et il s'élança vers la porte, l'ouvrit bruyamment et se rua dans l'escalier en la tirant violemment après lui...

XLV

Depuis tantôt quinze ans, c'est-à-dire depuis que maître Anatole avait vu se développer ses mauvais instincts, les gens du château de la Bertaudière étaient habitués à voir le chenapan mettre en fureur celui qu'ils s'obstinaient à prendre pour son père.

Cela n'étonna donc personne, ce jour-là, de voir pour la seconde fois en trois heures Anatole sortir comme un furieux de chez le commandant.

Il était pourtant hors de lui, avait l'écume à la bouche et les yeux injectés de sang.

Le commandant ne voulait pas qu'il épousât sa nièce, et il avait chargé le Héron d'une lettre pour son père.

Que contenait cette lettre?

D'abord Anatole voulait le savoir.

Ensuite, dût-il assassiner le Héron, cette lettre ne parviendrait point à son adresse.

Puis Anatole quitta le château en toute hâte, non plus en voiture, mais à pied, avec son fusil sur l'épaule.

Il reprit ce chemin qui montait à travers le parc jusqu'au sommet de la colline et qu'il avait suivi tant de fois pour aller rejoindre le Héron.

Il marchait d'un pas fiévreux, inégal, tourmenté, en

proie à mille angoisses et ne sachant quel parti prendre.

Où était le Héron? S'était-il déjà acquitté de son message? Anatole se posait ces deux questions avec une épouvante croissante.

La nuit était venue, et les champs étaient déserts.

La soirée était même assez froide et une petite bise aiguë qui soufflait, mélangée de quelques gouttes de pluie, finit par calmer un peu l'agitation de M. Anatole. Quand il fut arrivé à ce pan de mur sur lequel il s'était assis avec le Héron quelques heures auparavant, il s'arrêta.

Ainsi s'arrête un général battu qui cherche à conjurer les désastreux résultats de la défaite, assemble à la hâte les débris de son état-major et cherche à tenir conseil.

L'état-major de maître Anatole, c'était sa raison en désarroi.

Les honnêtes gens perdent souvent complétement la tête; les coquins conservent une lueur de sang-froid.

M. Anatole tint donc conseil avec lui-même et se fit ce raisonnement :

Ou le Héron s'en était allé tout droit à Pré-Gilbert et avait remis la lettre; ou le commandant, espérant encore qu'Anatole consentirait à partir, lui avait dit d'attendre au lendemain.

Dans le premier cas, tout était perdu; dans le second, rien n'était désespéré, attendu qu'à la suite de la violente colère qui s'était emparée de lui, le commandant pouvait être repris par la goutte et perdre la parole et même la connaissance, comme cela était arrivé déjà.

Alors c'était du temps de gagné.

Anatole eut donc un accès de courage, et se levant, il prit en ligne directe, à travers les vignes, le chemin de Pré Gilbert.

Depuis qu'il était pour ainsi dire fiancé à Josèphe, Anatole avait ses grandes et ses petites entrées, et il venait un peu à toute heure.

Cependant on ne l'avait jamais vu, la nuit arrivée.

Il avait bien déjeuné quatre ou cinq fois au château, mais il n'y avait jamais dîné.

Comment expliquerait-il sa visite tardive?

Ce fut la question qu'il se posa en entrant dans la grande allée sombre qui conduisait au perron.

Mais ce n'était vraiment qu'un détail.

Si cette lettre dont le commandant lui avait parlé était parvenue à M. de Perne, il n'aurait pas besoin de donner des explications.

Dans le cas contraire, il dirait qu'il s'était aventuré à la chasse de l'autre côté de l'Yonne.

Quand M. Anatole était parti de la Bertandière, le vent chassait quelques gouttes de pluie; quand il arriva dans la plaine de Pré-Gilbert, le vent était tombé et il pleuvait bel et bien.

Anatole avait un petit caoutchouc dans son carnier et il s'en était couvert les épaules, abritant dessous, en outre, les batteries de son fusil.

La pluie redoubla comme Anatole entrait dans la grande allée.

Deux points lumineux constellaient la façade du château, l'un à hauteur d'appui, l'autre au ras de terre, c'est-à-dire les fenêtres de la salle à manger du château et celles des cuisines, placées dans le sous-sol.

— Tout le monde dîne, pensa Anatole, qui eut un léger tiraillement d'estomac.

Il arriva ainsi à vingt pas du perron.

Pas un chien n'aboya, pas un être humain ne se montra.

Le sable de l'avenue, détrempé par la pluie, ne criait plus sous ses pas.

Alors Anatole eut une inspiration.

Il s'approcha sur la pointe du pied et plongea un regard dans la salle à manger.

M. le baron de Perne soupait en tête-à-tête avec sa fille.

Josèphe, toujours mélancolique, avait cependant un visage calme et presque souriant.

Quant à M. de Perne, il gesticulait d'un air de bonne humeur, racontait sans doute une histoire assez gaie et cherchait à distraire sa fille.

Et Anatole se dit :

— Je n'ai pas besoin d'entrer pour voir que le Héron n'est pas venu. Il n'y a rien de changé.

Et il s'éloigna sur la pointe du pied, jugeant inutile de se montrer ce soir-là au château de Pré-Gilbert.

## XLVI

Pour s'en aller, Anatole se garda bien de prendre la grande avenue.

Il se jeta au contraire à gauche du château, dans un fourré, et comme un braconnier il tira au plus court et au plus épais.

Cependant il ne retournait point à la Bertandière.

Il allait au contraire dans une direction opposée, et arrivé à une brèche du parc, il se trouva presque en face de l'écluse de Sainte-Pallaye.

On le devine, du moment où M. Anatole avait la certitude que cette lettre qui, selon le commandant, devait tout rompre entre Josèphe et lui, se trouvait encore entre les mains du Héron, il savait ce qui lui restait à faire.

— Il faudra bien qu'il me la rende! se disait-il.

Quel moyen emploierait-il pour cela? la prière ou la violence?

M. Anatole n'en savait rien.

Pourtant il lui était encore impossible de croire que cet homme, qui était la veille son âme damnée, eût ainsi abandonné sa cause.

— Le vieux l'a entortillé, se dit-il, mais je lui ferai entendre raison.

Le Héron, comme nous l'avons dit, habitait une maisonnette dans les bois considérables que la famille de Perne possédait indivis, de l'autre côté de l'Yonne, et qui se prolongeaient jusqu'à Fouronne et à Fontenay.

A l'arrière-saison on voyait rarement le Héron sur ce côté-ci de la rivière et du canal, et il ne quittait ses vastes solitudes, où le gibier abondait, que pour venir voir ses maîtres.

Mais en septembre et en octobre il n'y avait pas de jour où l'éclusier de Sainte-Pallaye ne le vît passer sur le barrage de l'écluse.

La rivière est canalisée en cet endroit.

Cela tenait à une chose, c'est que les coteaux de la rive droite, depuis Sainte-Pallaye jusqu'à Sery, étaient riches en gibier d'ouverture, cailles, perdreaux et lièvres, et, comme un grand seigneur, le Héron avait deux chasses, la chasse d'automne et la chasse d'hiver.

A moins de s'en aller faire un détour énorme jusqu'au pont de Cravant, le Héron n'avait pas d'autre chemin pour rentrer chez lui, en traversant les prés de Bazarne, que de venir passer au barrage de Sainte-Pallaye.

M. Anatole, qui voulait à tout prix trouver le Héron ce soir-là, était donc sûr d'avoir de ses nouvelles à l'écluse.

L'éclusier était le compère du Héron.

Ce dernier était le parrain d'un de ses enfants. Il ne passait jamais sur le barrage sans entrer dire bonjour ou bonsoir et boire un verre de vin. Quelquefois il laissait Fox.

Fox, on s'en doute, était un chien qui n'avait pas son pareil dans tout le pays, et qui faisait tuer à son maître le Héron dix fois plus de gibier qu'un chien d'ordre.

Mais Fox, excellent le jour, ne rendait aucun service la nuit, ou plutôt gênait singulièrement le Héron lorsque celui-ci faisait la chasse aux maraudeurs dans les bois qu'il avait sous sa surveillance.

Fox pouvait le trahir par un coup de voix imprudent et, dans ses nocturnes expéditions, le Héron le laissait, soit enfermé dans la maison, soit à l'écluse de Sainte-Pallaye, chez son compère.

Comme M. Anatole mettait le pied sur le chemin de halage, il entendit un chien aboyer au seuil de la maison d'écluse.

Le Héron jeta un cri et roula au fond du précipice. (Page 53.)

— Tiens, c'est Fox, se dit-il; le Héron est ici.

Le chien fit deux bonds en avant.

— Paix, Fox; paix, mon garçon! dit Anatole.

Le chien reconnut le jeune homme et se tut.

Anatole gagna la porte de la maison, tira le loquet et entra sans frapper.

L'éclusier, sa femme et ses deux enfants étaient à souper.

Mais le Héron n'était pas avec eux.

— Bonsoir, mes amis, dit Anatole en posant son fusil dans un coin et rejetant de dessus ses épaules son caoutchouc ruisselant. Quel temps de chien!

— Vous êtes plus mouillé qu'un canard, monsieur, dit l'éclusier.

La femme s'était levée.

— Je vais vous jeter une brassée de bois mort dans le feu, dit-elle.

— Prends donc des copeaux dans l'écurie, dit l'éclusier; en un rien de temps M. Anatole sera sec.

Puis il ajouta, regardant le jeune homme :

— Vous êtes un peu tard dans nos parages, monsieur.

— C'est vrai, dit Anatole; j'ai chassé jusqu'à la nuit; la pluie m'a pris, et je me suis mis à l'abri dans une cabane de vigneron; mais j'ai eu froid et j'ai préféré me remettre en marche.

— C'est que vous avez un bon bout de chemin d'ici la Bertaudière.

— Peuh! dit Anatole, la pluie va cesser; je crois que voilà le temps qui *s'enlève.*

Puis il caressa Fox.

— Qu'est-ce que tu fais ici, feignant? lui dit-il.

— C'est son maître qui nous l'a laissé en passant, voici une heure.

— Ah! dit Anatole, c'est un bon temps, celui-là, pour pincer les maraudeurs et les braconniers.

— Je ne crois pas que le Héron s'en occupe cette nuit, répondit l'éclusier.

— Alors pourquoi t'a-t-il laissé son chien?

— Il nous a dit qu'il passait chez lui et qu'il s'en allait ensuite en voyage.

Anatole tressaillit.

— Tiens, dit-il, j'ai chassé avec lui ce matin, et il ne m'en a rien dit.

— Ah! vous savez, dit la femme de l'éclusier qui venait avec sa brassée de copeaux d'obtenir une magnifique flambée, le compère est un homme comme ça; il ne parle jamais de ses affaires.

— Et sera-t-il longtemps en voyage?

— Voilà ce qu'il ne nous a pas dit. « Gardez-moi mon chien, nous a-t-il fait, je reviendrai le prendre peut-être dans deux jours, peut-être dans quinze. » Comme nous le savons un peu original, nous ne lui avons rien demandé de plus.

— Ah! fit Anatole avec indifférence.

Et il sécha son vêtement à la flamme du foyer.

Puis, au bout d'un quart d'heure, il alla ouvrir la porte et passa la main étendue au dehors.

— Je crois que ça ne tombe plus, dit-il.

— C'est bien possible, répondit l'éclusier.

Cependant Anatole, parvenu au fond du puisard eut beau chercher, il ne trouva pas d'autres ossements. (Page 55).

Anatole souhaita le bonsoir à l'éclusier et à sa femme, reprit son fusil et s'en alla.

Mais quand il fut à vingt pas de la maison, il rebroussa chemin, revint sur la pointe du pied et passa sur le barrage.

Cinq minutes après, il était de l'autre côté de la rivière et se prenait à courir dans les prés de Bazarne.

Anatole voulait à tout prix rejoindre le Héron.

## XLVII

En quittant le château de la Bertaudière, Anatole était hors de lui et perdait un peu la tête.

En chemin, la pluie l'avait calmé.

Quand il avait vu, à travers les croisées du rez-de-chaussée du château de Pré-Gilbert, Josèphe et son père soupant tranquillement, il avait achevé de reconquérir son sang-froid.

Enfin, en quittant l'éclusier, qui lui avait appris que le Héron allait s'absenter, il avait échafaudé dans son esprit tout un plan machiavélique.

Le Héron n'était pas rentré chez lui, avant de se mettre en voyage, pour autre chose que pour y déposer, en lieu sûr, la lettre du commandant à son frère.

Anatole, en faisant diligence, pouvait donc rejoindre le Héron chez lui.

Or, notre triste héros avait pris une résolution subite :

Avoir la lettre, dût-il assassiner le Héron.

La pluie avait chassé des champs tous les paysans attardés.

Anatole traversa donc les prés de Bazarne sans rencontrer personne ; il passa auprès du village, sauta la route de Trucy et gagna les bois.

Il avait chassé si souvent dans ces parages qu'il connaissait à merveille la route à suivre.

Il prit donc un faux chemin qui courait au travers des taillis et s'élevait graduellement en décrivant quelques zigzags au flanc des coteaux qui dominent la rive gauche de l'Yonne, et, couverts de bois, forment contraste avec la rive droite qui est chargée de vignobles.

La nuit était noire et il tombait encore quelques gouttes de pluie.

Quand il fut là, Anatole s'arrêta.

Selon lui, le Héron avait dû suivre le même chemin.

Il tira donc de sa poche une boîte d'allumettes-bougies ; et, se penchant sur le sol, il frotta cette allumette qui prit feu ; à sa lueur, Anatole, qui s'abritait de sa main, put voir sur le sol une empreinte de soulier ferré.

Etait-ce celui du Héron ?

Il y avait un moyen de le savoir, c'était de trouver une seconde empreinte et de juger de son éloignement de la première.

L'homme aux longues jambes faisait des pas si grands qu'il n'avait jamais besoin de courir.

Une deuxième allumette permit à Anatole de porter un jugement sûr.

Le second pied était à près d'un mètre de distance du premier.

Le Héron seul pouvait faire des pas de cette longueur.

Une troisième allumette permit encore à Anatole de faire une autre remarque.

Quand on pose le pied sur un sol humide et argileux, l'eau, un moment refoulée, filtre peu à peu à l'entour de la terre affaissée, et, au bout d'un certain temps, remplit la partie déprimée.

L'empreinte du pied du Héron était encore sèche; c'était une preuve qu'il n'y avait pas cinq minutes qu'il avait passé par là.

—Allons ! se dit Anatole, je le trouverai encore chez lui.

Il remit les allumettes dans sa poche et reprit sa course.

Un quart d'heure après, une lumière brilla au travers des arbres.

C'était la maison du Héron, que M. Anatole apercevait enfin.

Nous l'avons dit, cette maison, — une cabane plutôt, — était située en plein bois, loin de toute habitation.

Le Héron y vivait en vrai sauvage, faisant sa cuisine lui-même.

Elle se composait de deux chambres contiguës, dont une seule était à feu.

La fenêtre avait, en guise de vitres, des carreaux de papier huilé, car le Héron prétendait que les braconniers, en haine de lui, ne manqueraient pas de jeter des pierres au travers s'ils étaient autrement.

Son mobilier était si chétif qu'il n'avait jamais tenté les voleurs.

Pourtant on disait que le Héron avait des économies. Mais où les cachait-il?

Assurément ce n'était pas dans sa maison, dont il laissait la clef sous une grosse pierre auprès de la porte.

M. Anatole vit donc briller de la lumière à travers les carreaux huilés.

Le Héron était chez lui.

Fox, s'il eût été avec son maître, n'aurait pas manqué d'éventer M. Anatole et de donner un coup de voix ; mais Fox était resté à l'écluse de Sainte-Pallaye.

Ensuite le sol était mouillé, et ni l'herbe ni les feuilles mortes ne criaient sous le pied.

M. Anatole prit donc l'avenue à das de loup, jusques auprès de la maison.

Puis il s'approcha de la fenêtre.

Un des carreaux était déchiré, et M. Anatole, s'approchant plus près encore, put glisser un regard à l'intérieur de la maison.

Le Héron avait mis son fusil au coin de la cheminée. Il était assis devant une table et il avait dans la main un étui en fer-blanc semblable à ceux dans lesquels les soldats en congé renferment leur feuille de route.

Anatole, qui retenait son haleine, le vit tirer de sa poche deux plis cachetés qu'il reconnut à leur cire rouge pour porter le sceau du commandant. Le Héron enferma les deux lettres l'une après l'autre dans l'étui de fer-blanc.

Puis il le passa en bandoulière et se leva.

Alors Anatole pensa qu'il allait se remettre en route et il fit un bond en arrière et se blottit derrière une touffe d'arbres.

## XLVIII

En s'apprêtant à sortir de chez lui, le Héron avait soufflé sa chandelle; mais il y avait un reste de feu dans la cheminée, et quelques flammes qui tremblaient au-dessus des tisons éclairaient suffisamment l'intérieur de la maison pour que, lorsque la porte s'ouvrit, M. Anatole pût remarquer que le Héron n'avait pas son fusil.

Il était armé d'un gros bâton, ce qui était un signe certain qu'il allait entreprendre un voyage dans lequel son fusil lui serait inutile.

Caché sous une cépée, Anatole le vit fermer sa porte et mettre la clef dans sa poche.

Où allait-il?

Anatole hésita un moment.

L'aborderait-il brusquement et le sommerait-il de lui remettre la lettre du commandant à son frère?

Il y songea d'abord, et il l'eût fait sans doute si le Héron fût venu de son côté.

Mais le garde-chasse, au lieu de prendre le sentier que lui, Anatole, avait suivi tout à l'heure, tourna l'angle opposé de la maison, se baissa, et bien que la nuit fût noire, le jeune homme put le voir ramasser une bêche qui se trouvait dans un petit hangar couvert de fagots.

Puis la bêche d'une main, le bâton de l'autre, le Héron se mit en marche.

Alors Anatole le suivit à pas de loup.

Il comprenait vaguement ce qu'allait faire le Héron.

Le Héron allait enfouir quelque part dans le bois cet étui de fer-blanc qui renfermait les deux plis cachetés, afin de le retrouver au retour de ce voyage mystérieux qu'il était sur le point d'entreprendre.

Le Héron avait un flair de bête fauve et une vue perçante, mais il commençait à être un peu dur d'oreille. Cette infirmité, insignifiante en toute autre circonstance, permit à Anatole de le suivre sans que le bruit de ses pas lui parvînt.

Il ne pleuvait plus, le vent s'était levé et les nuages commençaient à rouler dans le ciel.

Tout à coup un coin d'azur se montra, et dans ce coin d'azur apparut le disque rayonnant de la lune.

— Bon! pensa M. Anatole qui avait maintenant un sang-froid féroce, tu ne m'échapperas pas.

La partie du bois dans laquelle le Héron allongeait ses grandes jambes était assez claire, et le taillis avait fait place à la futaie.

Bientôt M. Anatole n'eut plus de doute sur le but que le Héron s'était assigné.

L'homme aux longues jambes venait de prendre un sentier qui menait tout droit au *puisard de Bellombre*.

Qu'était-ce que ce puisard?

C'était une carrière de plâtre abandonnée depuis plus d'un siècle et qui se trouvait en pleine forêt.

Les pâtres et les braconniers seuls en approchaient de loin en loin et avec hésitation, car il y avait une foule de traditions effrayantes sur cette sorte d'abîme qu'on disait être sans fond.

Deux braconniers poursuivis par les gendarmes avaient voulu y descendre pour y chercher un refuge; mais ils n'étaient jamais remontés.

Quelques chasseurs plus hardis prétendaient qu'un homme adroit pouvait suivre un sentier taillé dans le talus rapide, et descendre tout au fond sans le moindre danger, mais à la condition d'avoir le pied sûr et de ne pas manquer le sentier, car alors on roulait de roche en roche et on arrivait en lambeaux.

Le Héron était de cet avis-là.

Anatole se souvenait même que le garde lui avait dit un jour :

— Ce n'est pas avec moi que les braconniers seraient en sûreté dans le puisard de Bellombre ; j'y descendrais les yeux fermés.

Et le Héron cheminait toujours d'un pas rapide, et M. Anatole le suivait de loin, mais ne le perdait pas de vue, grâce à la lune qui apparaissait de temps en temps entre deux nuages.

Arrivé au bord du puisard, Anatole le vit jeter son bâton.

Puis, sa bêche sur l'épaule, le Héron s'aventura dans le sentier qui courait aux flancs du précipice, qui avait la forme d'un entonnoir.

Alors Anatole se mit à ramper comme une couleuvre, et il arriva lui aussi au bord de l'abîme, et, couché sur le ventre, il put voir le Héron qui descendait tranquillement.

Une touffe de broussailles dissimulait Anatole.

Les rayons de la lune pénétraient dans le puisard, et le jeune homme, immobile, pouvait voir le Héron qui continuait à descendre.

Le garde-chasse arriva ainsi jusqu'à une étroite plate-forme qui était le résultat d'une saillie de rochers.

Là, le Héron s'arrêta, prit sa bêche et se mit à creuser un trou dans la roche crayeuse.

Anatole ne perdait pas un de ses mouvements.

Le trou creusé, le Héron y glissa l'étui de fer-blanc et le recouvrit de cette terre blanche, mélange de plâtre et de craie, qu'il avait enlevée avec sa bêche.

Puis il s'apprêta à remonter.

Eclairé en plein par les rayons de la lune, le Héron était un point de mire magnifique.

Anatole avait approché la crosse de son fusil de son épaule, et tenait en ce moment conseil avec lui-même.

Anatole avait du gros plomb dans son fusil, et certes la distance n'était pas assez grande pour que le coup ne fût pas mortel.

Cependant Anatole ne fit pas feu.

Le coup de fusil pouvait être entendu par quelque braconnier, et Anatole voulait bien commettre un crime, mais à la condition que ce crime demeurât impuni.

Il se dressa donc derrière la broussaille, prit son fusil par le canon et attendit.

Le Héron montait tranquillement.

Quelques pas encore, et il atteignait le bord du puisard et se trouvait face à face avec Anatole.

Mais Anatole ne lui en laissa pas le temps.

Le fusil tournoya, manié à deux mains, et la crosse s'abattit comme une massue de boucher sur la tête du Héron.

Le Héron jeta un cri et roula au fond du précipice, rebondissant de rochers en rochers...

## XLIX

Le Héron, de roche en roche, avait rebondi jusqu'au fond du précipice.

M. Anatole, frissonnant, vit le malheureux s'agiter convulsivement, masse confuse; quelques gémissements étouffés montèrent jusqu'à lui.

Puis les gémissements s'éteignirent, les mouvements convulsifs s'apaisèrent et le Héron ne bougea plus.

M. Anatole était désormais un assassin.

Si pervertie que fût sa conscience, elle n'avait cependant pas encore l'habitude du crime, et l'épouvante s'empara de lui.

Au lieu de descendre dans le puisard, au lieu de s'emparer de cet étui qui renfermait les deux lettres du commandant, et pour la possession duquel il venait d'assassiner son ancien complice, il prit la fuite.

Il courut longtemps à travers bois, sans savoir où il allait, et poursuivi par le remords et l'épouvante.

Le ciel s'était couvert de nouveau, la lune venait de disparaître une fois encore derrière les nuages, et la pluie recommençait à tomber.

Anatole courait toujours.

Enfin, il vint un moment où, épuisé de fatigue, il se jeta sur l'herbe et, prenant sa tête à deux mains, essaya de rappeler sa raison.

L'assassin qui commence par perdre la tête finit par avoir un éclair de raison et de sang-froid.

Un moment il fait taire son remords, impose silence à son épouvante et éprouve un besoin impérieux, celui de se soustraire au juste châtiment qui lui est réservé.

Cette réaction se fit dans l'esprit de M. Anatole.

Il avait tué le Héron, il méritait l'échafaud, et il fallait songer à cacher son crime.

Alors il se prit à réfléchir.

La première pensée qui se présenta à son esprit fut celle-ci :

Le Héron avait annoncé qu'il allait s'absenter pour quelques jours.

On ne s'inquiéterait donc pas de lui tout d'abord.

Ensuite, le puisard de Bellombre était loin de toute habitation. Les braconniers eux-mêmes faisaient un détour pour ne point passer auprès.

Il pouvait s'écouler un mois, deux peut-être, avant qu'on ne découvrît le cadavre.

Enfin, le Héron avait des ennemis comme tous les gardes, et on pouvait fort bien mettre sa mort sur le compte des braconniers, si toutefois on reconnaissait qu'il avait été assassiné et si on n'attribuait pas sa mort à un accident.

Car il pouvait se faire aussi, pour peu qu'on tardât à découvrir le cadavre, que son état de décomposition ne permît plus de reconnaître la cause déterminante de sa mort.

Toutes ces réflexions calmèrent un peu la fièvre qui dévorait Anatole.

Puis, il se dit encore :

— Le Héron était mon ami, mon compagnon de chasse. Qui donc pourrait supposer que je l'ai tué?

Nul n'avait été témoin de son crime, nul ne pourrait le soupçonner, excepté peut-être le commandant.

Mais le commandant oserait-il l'accuser?

Cette supposition parut tellement invraisemblable à Anatole qu'il ne s'y arrêta même pas.

Maintenant il avait hâte de quitter le théâtre de son crime, de rentrer à la Bertaudière en cachette, et d'établir ce qu'en langage de justice on appelle *alibi*.

Il se remit donc en route, descendit au bord de la rivière, laissant Bazarne à sa droite, et il prit la route de Vincelles.

Il descendit jusqu'à la croix qui marque la bifurcation de cette route avec la route impériale d'Auxerre à Avallon, et se dirigea vers Cravant.

Il était alors près de minuit.

Quand il fut sur le pont de Cravant, il s'arrêta un moment et hésita.

Descendrait-il sur le chemin de halage, ou irait-il faire le tour par Accolay?

Les deux chemins avaient à peu près la même distance; mais la prudence lui fit choisir le chemin de halage, sur lequel il ne rencontrerait probablement personne, tandis qu'il se croiserait certainement avec des charretiers et des voituriers sur la grande route.

Comme il descendait l'escalier du pont, il entendit qu'on marchait dessus.

En même temps un murmure confus de voix parvint à son oreille.

Il remonta doucement, s'arrêta sur la première marche et regarda.

Deux hommes passaient en causant.

La nuit était trop noire pour qu'il pût les reconnaître, mais il entendit une voix qui disait :

— Un pays comme Cravant devrait bien avoir deux médecins; il y a de quoi les occuper. Voilà ma femme qui a les douleurs et qui va accoucher. Je viens de chez M. J...; il est en route, et on ne sait pas quand il reviendra.

— Il n'y a pourtant personne à la mort par ici, dit l'autre homme.

— On m'a dit qu'il était allé à la Bertaudière, d'où on était venu le chercher en toute hâte.

— C'est fort tout de même, ça, qu'on soit obligé de courir après les médecins et de faire buisson creux.

Ce furent les dernières paroles que M. Anatole entendit, car les deux hommes s'éloignèrent et prirent le chemin de Vincelles.

Anatole redescendit et se mit à courir sur le chemin de halage.

Quand il fut à cent mètres de l'écluse de Sainte-Pallaye, il se jeta dans les vignes.

Une heure après, il arriva tout essoufflé à la Bertaudière.

Ordinairement, à pareille heure, le château était plongé dans les ténèbres et le silence, et tout le monde dormait.

Cette nuit-là, au contraire, il y avait de la lumière à toutes les fenêtres, et on voyait passer et repasser des gens affairés derrière les rideaux.

Anatole eut un pressentiment et hâta le pas.

Dans la cour, il aperçut le cabriolet du médecin.

Il entra dans le vestibule, et entendit des sanglots.

Alors il monta rapidement l'escalier, et ne s'arrêta qu'au

seuil de la chambre du commandant qui était pleine de monde.

Et le médecin, qui l'aperçut pâle et défait, vint à lui et lui dit sévèrement :

— Monsieur, je ne sais pas ce que vous avez fait ou dit ce soir, mais vous venez de tuer votre oncle. Le commandant est mort, étouffé par la goutte qui lui est remontée dans l'estomac.

. . . . . . . . . . . . . . . . . . . . .

## L

Franchissons maintenant un laps de temps de trois jours et voyons ce qui s'était passé.

C'était le soir des funérailles.

M. Anatole, en apprenant la mort du commandant, avait expédié en toute hâte un courrier au château de Pré-Gilbert.

Une heure après, le baron de Perne et Josèphe étaient arrivés.

Ils avaient trouvé Anatole versant des torrents de larmes, s'arrachant les cheveux et couvrant de baisers ardents le corps inanimé du commandant.

En présence de cette douleur, le docteur J... n'avait pas osé répéter son accusation.

Il était possible que le jeune homme, par sa mauvaise conduite, eût provoqué cet excès de colère auquel le commandant avait succombé ; mais en présence d'un tel repentir, le bon docteur n'avait plus le courage de lui reprocher cette mort.

M. de Perne avait pris Anatole dans ses bras et l'avait appelé son fils.

Anatole avait joué son rôle jusqu'au bout en comédien habile et consommé.

Il n'avait pas voulu quitter la chambre mortuaire pendant tout le temps que le pauvre mort y était resté.

Au cimetière, il s'était trouvé mal.

Enfin, le soir des funérailles, M. de Perne, comme épouvanté de cette immense douleur, l'avait emmené à Pré-Gilbert, n'osant le laisser seul à la Bertaudière.

Anatole ne s'était pas démenti, et n'avait cessé de pleurer.

Cependant il tournait de temps à autre un regard furtif sur les croisées du grand salon de Pré-Gilbert, où le baron et Josèphe étaient près de lui.

Les croisées donnaient sur le parc, et par conséquent sur l'avenue.

Or, Anatole attendait quelqu'un.

Ce quelqu'un était le notaire d'Auxerre, dépositaire du testament de M. de Perne, le premier, bien entendu.

Car le second n'existait plus.

Avant que le juge de paix ne fût venu mettre les scellés, avant que le baron et sa fille n'arrivassent, Anatole, profitant du trouble qui régnait à la Bertaudière, avait ouvert le secrétaire de son oncle, volé ce testament qui le spoliait au profit de mademoiselle de Perne et l'avait jeté au feu.

Tout cela avait été fait si habilement et avec une telle dextérité que personne ne s'en était aperçu.

Une seule personne, du reste, avait pu connaître l'existence de ce deuxième testament; mais cette personne était morte, Anatole le savait bien, c'était le Héron.

Une seule personne encore aurait pu soupçonner quel était l'assassin du Héron, mais cette personne était morte aussi, le commandant.

Les morts ne parlent pas.

Enfin, il était peu probable qu'on retrouvât d'ici à plusieurs jours le corps du Héron.

L'éclusier, qui était bavard, s'était chargé d'apprendre dès le lendemain, à tout le pays, que l'homme aux longues jambes était en voyage, et nul ne songeait à lui.

Cependant, à mesure que les obstacles disparaissaient de son chemin, Anatole sentait son inquiétude augmenter.

Le commandant n'était pourtant plus là pour s'opposer au mariage ; la lettre confiée au Héron, Anatole seul savait où la trouver.

Sa bruyante douleur avait achevé de lui conquérir la sympathie de Josèphe et l'affection du baron.

Que pouvait-il donc craindre encore?

D'après ses calculs, le notaire dépositaire du testament, informé de la mort de son client, ne pouvait manquer d'accourir.

Il irait à la Bertaudière, ne trouverait personne, et pousserait jusqu'à Pré-Gilbert.

C'était là cependant la dernière inquiétude de maître Anatole.

Il attendait impatiemment et il redoutait en même temps cette arrivée.

Le testament était tout entier en sa faveur, la chose était certaine.

Mais à ce testament était annexé, d'après ce que lui avait dit le commandant, son mystérieux extrait de naissance.

C'était la pièce que redoutait Anatole.

De qui donc était-il le fils ? Sa naissance n'était-elle pas entachée de telle sorte que son mariage avec Josèphe devînt impossible?

Et comme il se posait cette redoutable question en tremblant, les lanternes d'un tilbury brillèrent dans la grande avenue.

C'était le notaire qui, en effet, venait de la Bertaudière et à qui on avait dit que M. Anatole était au château de Pré-Gilbert.

Ce notaire-là était celui-là même chez qui, deux ans auparavant, M. le baron de Perne et Jean de Mauroy avaient dressé le contrat de mariage de ce dernier et de Josèphe.

Mais le notaire était au courant de la rumeur publique; il savait que le mariage de Josèphe et de M. Anatole était chose dès longtemps convenue.

On fit venir les plus anciens domestiques du château à titre de témoins et le testament fut ouvert en leur présence.

Le testament, tout le monde s'y attendait, instituait comme légataire universel M. Jules-Anatole Vicherat.

A cette pièce était joint l'extrait de naissance.

L'acte disait que le 1er juin de l'an 183... par-devant le maire de Lunéville, en Lorraine, avaient comparu Jean-Pierre Vicherat et son père Antoine Vicherat, lesquels avaient déclaré que Françoise-Germaine Sourdeau, femme Vicherat, était accouchée d'un fils auquel on désirait donner les noms de Jules-Anatole.

De la profession de Jean-Pierre Vicherat, il n'était fait aucune mention.

Alors Anatole respira.

Puis il prit le testament, et, avant qu'on eût deviné sa pensée, il le lança dans la cheminée où brûlait un grand feu.

Le notaire et Josèphe jetèrent un grand cri.

— Malheureux, que faites-vous ? s'écria M. de Perne, qui essaya d'arracher le testament aux flammes et ne parvint qu'à se brûler les doigts.

— Je rends à mademoiselle Josèphe de Perne le bien auquel Anatole Vicherat n'a aucun droit, répondit le jeune homme en souriant.

— Oui, s'écria le baron, mais Josèphe peut rendre cette fortune à son mari.

Et il prit la main de sa fille et la plaça dans celle d'Anatole triomphant.

## LI

Anatole avait joué le tout pour le tout, et c'est chose à remarquer que les coquins savent au besoin avoir une foi aveugle dans les honnêtes gens.

Le testament, jeté au feu, Josèphe était héritière et Anatole se trouvait dépouillé.

Mais Anatole savait la partie gagnée d'avance.

Il était désormais le seul homme que Josèphe pût épouser.

Aussi les choses marchèrent grand train.

Peut-être en toute autre circonstance eût-on reculé le

mariage et porté six mois durant le deuil du commandant avant de reparler de rien.

Mais, en présence de la situation qu'Anatole s'était faite, M. le baron de Perne pensa que sa délicatesse était engagée, et qu'il ne pouvait pas attendre.

Un mois s'était donc à peine écoulé, que les bans étaient publiés, le contrat dressé et le mariage fixé au lundi suivant.

Ce mariage, qui eût surpris deux années auparavant tous ceux qui savaient quel garnement était M. Anatole, ne surprenait plus personne maintenant.

On avait vu le fils adoptif du commandant fréquenter du vivant de ce dernier le château de Pré-Gilbert, et comme un préjugé populaire est indéracinable, quoi que le baron et les siens eussent pu dire, on continuait à prétendre que feu le commandant était le vrai père d'Anatole et que, le premier, il avait voulu ce mariage.

Trois jours séparaient donc encore Anatole de la réalisation de son rêve.

Les obstacles s'étaient évanouis un à un, et Josèphe avait eu avec lui, le matin même, un touchant entretien, dans lequel elle lui avait demandé la permission, comme à un seigneur et maître, de conserver au fond de son cœur un pieux attachement pour le pauvre mort dont il ne pouvait être jaloux.

Et, hypocrite jusqu'au bout, Anatole avait répondu :

— Nous parlerons souvent de lui et nous le pleurerons ensemble.

Cependant, il y a toujours un point noir sur l'horizon de ceux qui n'ont pas la conscience tranquille, si peu que soit cet horizon en apparence.

Le point noir qui offusquait l'œil d'Anatole à mesure que l'heure suprême arrivait, c'était le souvenir du Héron.

Il y avait plus d'un mois qu'on n'avait vu l'homme aux longues jambes.

M. de Perne commençait à trouver étrange qu'un homme à son service s'absentât si longtemps sans donner de ses nouvelles.

Les gens de Pré-Gilbert et de Sainte-Pallaye disaient de leur côté que c'était bien drôle qu'on ne vît plus le garde-chasse.

Une autre personne répondait avec calme :

— Puisqu'il est en voyage, c'est une preuve qu'il reviendra.

Cette personne était l'éclusier de Sainte-Pallaye.

Anatole avait trouvé prétexte d'entrer chez lui deux ou trois fois, car tout en faisant sa cour à Josèphe, il chassait tous les jours.

L'éclusier se montrait calme et indifférent à l'endroit du Héron.

Mais était-ce une illusion du remords? Anatole lui avait trouvé un air mystérieux qui l'effrayait.

Donc trois jours encore séparaient Anatole de la réalisation de son rêve.

On était au vendredi, et c'était le lundi, dans l'humble et pittoresque église de Pré-Gilbert, qui se mire dans l'Yonne, isolée du village, que la bénédiction nuptiale leur devait être donnée, à Josèphe et à lui. Anatole prit son fusil, siffla son chien d'arrêt au petit jour, et sortit sans bruit du château, où on lui avait donné un logis dans l'aile opposée à celle que le baron et sa fille habitaient.

Il traversa le parc et prit en biais les coteaux couverts de vignes, qui abondent en perdrix rouges. Cependant son chien ne lui fit pas un seul arrêt, et il arriva tout auprès de l'écluse de Sainte-Pallaye avant d'avoir tiré un coup de fusil.

A ce moment un lièvre lui déboula dans les jambes, au beau milieu d'une vigne.

Anatole épaula, le coup partit, et le lièvre fit le manchon un moment, se releva et disparut à travers les treilles.

Le chien d'arrêt se mit à sa poursuite, donna quelques coups de voix, battit la vigne en tous sens et revint tout penaud, sans avoir pu relever et prendre le lièvre.

— Voilà qui est un peu fort, murmurait Anatole qui, lui aussi, avait battu la vigne en tous sens.

Puis il se souvint de Fox, le chien du Héron, de Fox, pour qui toute pièce blessée était prise d'avance.

— Parbleu ! se dit-il, je vais siffler Fox.

Fox devait être à l'écluse, et se hâterait d'accourir.

Mais après avoir sifflé, Anatole appela le chien par son nom.

Le chien demeura invisible.

Alors Anatole descendit à l'écluse, et il ouvrit la porte en criant :

— Fox! Fox! par ici, mon beau.

L'éclusier vint à sa rencontre et lui dit :

— Excusez-moi, monsieur Anatole, Fox n'est plus ici.

Anatole tressaillit, mais son visage demeura impassible et il eut l'impudence de dire :

— Le Héron est donc revenu le chercher?

— Non, répondit l'éclusier, nous ne l'avons pas vu.

Anatole le pensait bien.

— Mais, répondit l'éclusier, il serait revenu hier soir que ça ne m'étonnerait pas.

— Comment cela? fit Anatole qui eut un battement de cœur.

— Les chiens, ça a de l'instinct, poursuivit l'éclusier, et un nez... Hier soir, Fox, qui ne nous quittait jamais, a filé comme une flèche. Je l'ai appelé, je l'ai sifflé, il ne s'est pas retourné, et il a traversé au galop les champs de Bazarne.

Anatole était pourtant bien convaincu que le Héron était mort.

Néanmoins, à ces paroles de l'éclusier, il sentit ses jambes fléchir sous lui.

— Eh bien, dit-il, je vais passer l'eau et aller chercher des bécasses dans vos bois. Si le Héron est revenu, faut croire que je le trouverai chez lui.

Et il se dirigea sur le barrage de l'écluse, et telle était son émotion qu'il fût tombé dans le canal s'il ne se fût cramponné à l'espèce de balustrade formée par la potence transversale qui servait de clavette aux deux portes.

Pour la première fois, une pensée terrible se présentait à son esprit, à savoir que le Héron pouvait n'être pas mort.

Jusque-là il n'avait eu peur que de la découverte de son cadavre.

## LII

Si Anatole éprouvait parfois de violentes émotions, il savait du moins les dominer.

Il n'avait pas encore traversé tous les prés de Bazarne et atteint les premières maisons de ce village fameux par ses pâtés et qui a donné naissance à un cuisinier célèbre, que son sang-froid et sa raison lui étaient revenus.

— Le chien est parti, parce qu'il est parti, se dit-il. Il s'ennuyait à l'écluse et il a voulu s'en aller à la recherche de son maître. Mais le Héron est bien mort; on ne fait pas une chute comme celle que je lui ai vu faire sans se casser bras et jambes.

Par conséquent, je me fais peur inutilement.

Anatole eut un moment l'idée de rebrousser chemin. Cependant il se dit :

— Après tout, que je chasse d'un côté ou de l'autre de la rivière, c'est toujours la même chose. Pourquoi n'irais-je pas flâner un peu du côté du puisard de Bellombre?

Il arriva donc aux premières maisons de Bazarne, passa auprès de l'église et s'arrêta tout à coup.

Un abîme s'était-il entr'ouvert sous ses pieds?

Quel spectre invisible pour tous, lui excepté, se dressait inopinément devant lui?

On eût pu le croire, car il était devenu pâle subitement, et une sueur abondante perlait à son front.

A peine revenu d'une émotion, Anatole en éprouvait une autre non moins violente.

Pourquoi?

C'est que devant la porte de l'auberge tenue par la mère

Grandjean, à deux pas de l'église, une troupe de gamins entourait un brave Savoyard qui tournait nonchalamment la manivelle d'un orgue de Barbarie.

C'était ce même joueur d'orgue à qui une première fois Anatole avait donné dix sous pour qu'il s'en allât, le même joueur qu'il avait chassé de la Bertaudière quelques jours après.

Le brave homme, en voyant Anatole, s'arrêta, et la manivelle de son instrument cessa de tourner.

Ce temps d'arrêt rendit à Anatole un peu de force; il se remit en marche et passa sans s'arrêter.

Puis il s'engouffra dans une ruelle qui menait droit aux champs qui bordent les bois.

Il marcha ainsi plus d'un quart d'heure d'un pas précipité, et comme s'il eût eu le diable à ses trousses. Mais, arrivé au bord du bois, il s'arrêta.

Alors, pour la seconde fois, il fit appel à toute sa raison, et, s'asseyant au revers d'un fossé, plaçant son fusil entre ses jambes, il se dit :

— Il faut pourtant que j'aie la clef de ce mystère étrange! Je ne suis pas antimélomane, et je ne puis pas dire que la musique me fait mal aux nerfs, puisque le piano de Josèphe ne me produit aucun effet désagréable. Pourquoi donc éprouvé-je une pareille émotion chaque fois que j'entends un orgue de Barbarie?

Tout à coup il sembla à Anatole qu'un voile se déchirait tout au fond de sa mémoire.

Jusqu'alors ses souvenirs d'enfant ne l'avaient pas reporté au delà du parc de la Bertaudière dans lequel il jouait. Maintenant il lui semblait qu'il se souvenait de plus loin encore.

Il se voyait sur une grande route, marchant pieds nus, et donnant la main à une femme déguenillée.

Un homme également mal vêtu cheminait auprès d'eux portant sur son dos une boîte carrée.

Et, fermant les yeux encore, Anatole se crut dans un village, au milieu d'un groupe de paysans curieux, lesquels entouraient l'homme à la boîte carrée qui tournait une manivelle et jouait précisément le même air qu'il venait d'entendre tout à l'heure en traversant Bazarne.

— Ce serait curieux, pensa-t-il alors, que moi qui ai été élevé en gentilhomme et vais épouser mademoiselle Josèphe de Perne, je fusse le fils d'un joueur d'orgue!

Le sang-froid était revenu au vaurien.

— Mais, se dit-il encore, il est probable que cet excellent commandant qui se révoltait tant à la pensée que je pouvais épouser sa nièce, aura écrit mon histoire dans cette lettre volumineuse qu'il a adressée à son frère, et que le Héron avait enfermée dans l'étui en fer-blanc. Bah! je suis curieux de savoir à quoi m'en tenir là-dessus!

Et M. Anatole se leva, sauta le fossé et entra sous bois.

Il prit le sentier qu'il avait déjà suivi pendant cette nuit sinistre où il avait précipité le Héron dans le puisard de Bellombre.

En moins d'une heure il eut atteint la maison du garde-chasse.

La maison était close.

M. Anatole s'approcha et regarda au travers du carreau déchiré.

La maison était dans le même état où il l'avait vue, ce soir-là, quand le Héron en était parti.

Le fusil de l'homme aux longues jambes était au coin de la cheminée, et, devant la table, se trouvait encore la chaise sur laquelle il s'était assis.

— Allons! tout va bien, dit Anatole avec un sang-froid cynique.

Et il se remit en marche, se dirigeant cette fois vers le puisard de Bellombre.

Le ciel était d'un bleu d'azur, et la rosée tremblait encore aux feuilles jaunies des arbres.

Un silence profond régnait dans les bois.

Cependant, de temps à autre, et à mesure qu'il se rapprochait du puisard, Anatole entendait des coassements et des cris.

Il vint un moment où la futaie fit place au taillis, où le ciel apparut entièrement à découvert.

Et alors Anatole tressaillit.

Des bandes de corbeaux montaient, descendaient, tournoyaient au-dessus du puisard.

Anatole comprit.

Les oiseaux de proie se disputaient les lambeaux en putréfaction du malheureux garde-chasse. Le pauvre homme aux longues jambes servait de nourriture aux corbeaux.

Anatole demeura à distance respectueuse du puisard et s'assit sur un tronc d'arbre. Il ne se sentait plus le courage de descendre dans la carrière pour y prendre l'étui de fer-blanc.

Il avait peur de se trouver en présence des restes de sa victime.

## LIII

Combien de temps Anatole demeura-t-il là, regardant le bord du puisard et n'osant en approcher?

C'est ce qu'il est peut-être difficile de dire.

Il y a des heures qui passent comme des minutes, et des minutes longues comme des siècles.

Les corbeaux tournoyaient toujours au-dessus du puisard.

Quelques-uns montaient à perte de vue dans le ciel, puis se laissaient comme tomber verticalement, et ils disparaissaient dans l'abîme.

C'étaient ceux qui, victorieux en l'air, avaient acquis le droit d'aller s'abattre sur la chair morte.

Ce bizarre spectacle, qui devait être hideux et sinistre pour lui, fascinait Anatole à un tel point qu'il demeurait là, immobile, les cheveux hérissés, la gorge aride, ne sachant plus pourquoi il était venu.

Le puisard de Bellombre est, nous l'avons dit, situé dans une des parties les plus sauvages de cette bande de bois qui s'étend entre l'Yonne et Fontenay.

Il est, comme on dit, un fond de forêt.

Il faut faire une lieue en tous sens, en s'en éloignant, pour trouver une maison.

Anatole demeurait là, d'abord parce qu'il était à peu près sûr de ne rencontrer personne; ensuite, parce qu'il avait besoin de se donner du courage pour aller chercher cet étui qui renfermait le secret de sa destinée.

Aussi tressaillit-il profondément, et l'émotion qu'il éprouvait se décupla-t-elle, lorsqu'il entendit un bruit de voix humaine venir jusqu'à lui.

Anatole eut un moment l'idée de prendre la fuite.

Mais les forces lui manquèrent.

Il demeura assis sur le tronc d'arbre, prêtant une oreille affolée à ces voix qui devenaient de plus en plus distinctes.

Bientôt il entrevit à travers les taillis un groupe confus, puis le groupe devint plus nettement accentué, et alors il put voir deux hommes qui marchaient l'un devant l'autre, portant un de ces brancards à claire-voie auxquels on a donné le nom de civière.

La civière joue un grand rôle dans l'exploitation agricole du Bourguignon.

Elle sert à la fois à transporter du fumier, des raisins, du blé, et toutes sortes de denrées.

Là où un véhicule ne saurait passer, deux hommes passent toujours avec une civière.

Anatole regarda donc ces deux hommes qui s'approchaient de plus en plus et qui étaient obligés de passer tout à côté de lui.

Il reconnut le fermier d'une métairie située sur le finage de Fontenay et qu'on appelait *la Fringale*.

Le fermier et son fils portaient quelque chose sur une civière. Mais Anatole ne distingua pas très-bien tout de suite ce que c'était, et il ne vit qu'une masse confuse.

— Hé! petiot, dit le fermier, qui n'avait pas encore aperçu Anatole et qui regardait la nuée de corbeaux qui continuait à tourbillonner, crois-tu qu'ils s'en donnent là-bas?

— Pauvre Marinette! répondit le jeune homme avec un soupir.

Anatole avait un terrible battement de cœur.

Tout à coup le fermier l'aperçut.

— Tiens, dit-il, c'est vous, monsieur le comte!

Depuis la mort du commandant, on persistait à appeler Anatole « M. le comte. »

— Oui, balbutia Anatole.

— Il n'y a pourtant pas grand gibier par ici, continua le fermier, ni lièvres, ni perdrix; c'est trop loin des terres.

— Je me suis perdu dans le bois.

— C'est tout de même bien possible, reprit le fermier, mais nous allons vous remettre dans votre chemin.

Alors Anatole vit ce que ces deux hommes portaient sur leur civière; c'était un veau mort.

— Hé! dit-il, se donnant du courage, qu'est-ce que cela?

— Ah! répondit le fermier en soupirant, c'est le *viau* à Marinette. Tenez, monsieur le comte, regardez-moi ces brigands de corbeaux; on dirait qu'ils le sentent venir, et ils vont manger le fils comme ils mangent la mère depuis deux jours.

— Qu'est-ce que vous voulez dire? fit Anatole d'une voix étranglée.

— Nous n'avons pas de chance à la Fringale, poursuivit le fermier, tout notre bétail crève en détail, monsieur le comte. Une de nos vaches qui était nourrice, une belle vache, allez, que nous aimions comme notre enfant, nous est morte voici trois jours. Le vétérinaire de Courson, qui l'est venue voir, nous a dit qu'il n'y avait rien à faire et qu'il fallait l'abattre tout de suite et l'enterrer le plus loin possible. C'est comme qui dirait une *pidémie* qui est sur les vaches.

— Alors... fit Anatole... vous l'avez enterrée?

— Non, nous l'avons traînée jusqu'ici et nous l'avons jetée dans le puisard, et comme le veau est mort ce matin, nous l'apportons pour l'y jeter aussi.

Anatole éprouva alors comme un immense soulagement.

C'était la vache que dévoraient les oiseaux de proie et non point les restes du Héron.

Le Héron n'existait plus sans doute, et depuis longtemps il n'en restait pas de traces.

Alors le fermier et son fils jetèrent le veau dans le puisard.

Anatole, frissonnant, assista à cette étrange opération; il vit le veau rebondir de roche en roche, comme avait fait le Héron, et tomber tout au fond, ce qui épouvanta les corbeaux amoncelés sur la charogne et qui s'envolèrent en poussant des cris aigus.

Machinalement, Anatole suivit les fermiers, qui s'en retournèrent jusqu'à un endroit où ils lui montrèrent un sentier qui devait le conduire tout droit à Bazarne.

Anatole le connaissait aussi bien qu'eux; mais il les remercia, suivit le sentier environ dix minutes afin de leur laisser le temps de s'éloigner.

Puis il revint sur ses pas.

Il lui fallait à tout prix l'étui de fer-blanc.

Il eut alors l'affreux courage de descendre dans le puisard, sourd aux coassements des corbeaux, et il ne s'arrêta que sur la roche auprès de laquelle il avait vu le Héron enfouir l'étui.

L'étui s'y trouvait encore.

Anatole s'était servi de son couteau pour creuser la terre et le découvrir.

Alors il fut pris d'une horrible curiosité.

— Je veux savoir ce qu'il reste du Héron, se dit-il.

Et mettant l'étui dans sa poche, il continua à descendre.

Les corbeaux s'envolèrent alors, mais ils continuèrent à tourbillonner au-dessus du puisard.

Il ne restait plus que le squelette de la vache. Les oiseaux de proie l'avaient littéralement disséquée.

Cependant Anatole, parvenu au fond du puisard, eut beau chercher, il ne trouva pas d'autres ossements.

Où donc étaient ceux du Héron?

## LIV

Une sorte de terreur folle s'empara alors d'Anatole.

S'il ne restait pas de trace du Héron au fond du puisard, c'est que le Héron n'était pas mort, et si invraisemblable que cela pût être, on ne pouvait pas supposer un autre dénoûment à cette sinistre aventure.

Anatole remonta.

Mais sa précipitation fut telle que la bretelle de son fusil se cassa, et l'arme qu'il portait en bandoulière dégringola de rocher en rocher et se brisa vers le milieu de la crosse.

Chose bizarre! bien que les deux coups fussent chargés, ils ne partirent pas.

Un moment, le jeune homme s'arrêta hébété.

Mais il ne songea pas à redescendre, et, grimpant toujours, il sortit du puisard.

Là, deux chemins s'offraient à lui.

D'abord, celui que le fermier de la Fringale avait cru lui indiquer comme descendant au bord de l'Yonne; ensuite, celui qui descendait directement à la maison du Héron.

Anatole suivit ce dernier.

Pourquoi?

Il lui eût été impossible de le dire.

Il marchait, ou plutôt il courait droit devant lui, pressant dans ses mains crispées cet étui de fer-blanc qui renfermait le secret de sa naissance et peut-être de sa destinée.

Mais, cette fois encore, il lui arriva ce qui lui était advenu plusieurs fois déjà.

La raison lui revint, et, avec elle, ce sang-froid merveilleux dont il avait fait preuve si souvent.

Il s'arrêta donc tout à coup; un rire amer et convulsif plissa ses lèvres et il se dit:

— Eh bien, après? quand le Héron ne serait pas mort, qu'est-ce que cela prouverait?

En effet, une singulière réflexion venait de s'offrir à son esprit.

Il y avait cinq semaines qu'il avait précipité le Héron au fond du puisard.

Or, de deux choses l'une: ou le garde-chasse était bien mort et la disparition de son cadavre était un mystère qui s'expliquerait peut-être un jour, ou le Héron, simplement étourdi, contusionné, était parvenu, après un évanouissement de plusieurs heures, à sortir du puisard.

Mais alors il se serait traîné soit chez lui, soit dans quelque ferme du bord du bois, et il n'aurait pas manqué d'accuser hautement celui qui avait tenté de l'assassiner.

Comment pouvait-il donc se faire que depuis cinq semaines personne n'eût entendu parler de lui, et que tout le monde le crût en voyage?

Une dernière hypothèse se présenta à l'esprit d'Anatole.

Et celle-là était la plus vraisemblable.

Les bois de Bazarne sont infestés de loups et de renards. Ces animaux sentent la chair morte bien avant les oiseaux de proie.

Qui pourrait dire qu'une bande de loups affamés n'était pas descendue dans le puisard et n'avait pas dévoré non-seulement les chairs, mais encore les os du garde-chasse, et jusqu'à ses vêtements?

Car, on le sait, le loup n'est pas difficile sur le choix des aliments, et on en a vu, pressés par la faim, manger de la terre glaise.

Enfin, il y avait une chose qui ne faisait pas l'ombre d'un doute pour Anatole: c'est que le Héron n'était pas revenu chez lui.

Il se remit donc en marche, et bientôt la maisonnette du garde-chasse lui apparut au milieu des arbres.

Il avait vu le Héron mettre la clef sous une grosse pierre, auprès de la porte.

La clef y était encore.

Anatole la prit et entra.

Puis il eut une réflexion cynique:

— Je serais dans un cabinet de lecture, se dit-il, que je ne serais pas mieux.

Alors il s'assit froidement devant la table, ouvrit l'étui de fer-blanc et en tira les deux plis cachetés.

L'un, on le sait, était la lettre par laquelle le commandant de Perne demandait pardon à son frère d'avoir vécu éloigné de lui pendant tant d'années, lettre qu'il terminait en lui disant :

« Quand vous aurez pris connaissance du mémoire ci-joint, vous n'aurez plus nulle envie de donner ma nièce au sieur Jules-Anatole Vicherat. »

Anatole froissa cette lettre, la mit dans sa poche et brisa le cachet du pli volumineux.

Celui-là était écrit sous la forme d'un journal.

Les différentes nuances de l'encre, l'écriture tantôt grosse et tantôt plus petite, attestaient que ce n'était pas l'œuvre d'un jour.

Le commandant avait écrit cela en plusieurs fois, peut-être même en plusieurs années.

En marge de la première page, il y avait ces mots :

« Ceci est l'histoire de la seconde moitié de ma vie.

« J'ai cru que l'éducation corrigeait la nature. Je me suis trompé.

« Certains hommes naissent avec des instincts pervers que les bons exemples, les sentiments généreux sont impuissants à modifier.

« Peut-être me suis-je exagéré mon devoir et ai-je donné à la réparation d'un crime involontaire une trop large place.

« Je me suis fait le tuteur et le père d'un misérable qui a abreuvé ma vieillesse de chagrins, et si j'ai tort de pousser si loin le sentiment du devoir, que Dieu me pardonne ! »

M. Anatole haussa les épaules.

— Voilà qui est joliment énigmatique ! murmura-t-il.

Et il commença la lecture de l'étrange manuscrit du commandant de Perne.

## LV

### MANUSCRIT DU COMMANDANT.

2 septembre 183...

Me voici à Auxerre.

Quelle singulière idée ai-je eue là de donner ma démission ! Officier de la Légion d'honneur et chef d'escadron à trente-six ans, j'étais de la graine dont on fait les maréchaux de France, et je viens de quitter le service !

C'est absurde !

Il est vrai que j'ai quarante mille livres de rente et que j'étais trop riche pour être officier. Du moins c'est ce qu'on me disait et c'est ce que j'ai fini par croire.

Je suis allé au cercle aujourd'hui pour la première fois. Ennui mortel. Que vais-je faire ? Me marier ? Autre bêtise !...

Je vais m'arranger une bonne petite vie de garçon.

L'hiver, Paris ; l'automne, la Bertaudière et les grandes chasses de notre chère Bourgogne ; l'été, un peu partout.

Quand je n'aurai rien à faire, je prendrai des notes.

C'est amusant de tenir un journal sur ses faits et gestes.

Octobre, même année.

Je suis amoureux ! Et on dit que la province est ennuyeuse ! Une femme romanesque, un mari jaloux, un parc que j'escalade la nuit, une petite porte dont on m'a donné une clef !

Et pendant ce temps, toute une ville qui m'appelle le beau ténébreux et se demande pourquoi je ne songe pas à me marier.

Bonnes gens, va !

Novembre, même année.

Mes amours ont transpiré. Je me suis battu ce matin avec le petit marquis de L... Un coup d'épée dans le bras le rendra plus sage à l'avenir, et il ne médira plus des femmes que j'aime.

A la suite de ce duel, je suis monté à cheval et je suis allé me promener jusqu'au village de Champs. Au lieu de suivre la grand'route qui passe le pont et remonte la rive droite, j'ai suivi les collines de la Chaînette.

A mi-chemin, j'ai rencontré un pauvre diable de joueur d'orgue, déguenillé, mourant de froid et de faim. Il tenait par la main un enfant de trois ans, dont le corps bleui par le froid était à peine couvert de quelques haillons.

Le bonhomme pleurait. Il m'a tendu son chapeau. Je lui ai donné vingt francs et j'ai continué mon chemin ; puis je suis revenu sur mes pas. L'enfant avait une jolie figure et de beaux cheveux bruns bouclés.

Le joueur d'orgue s'était assis au bord du chemin, regardait la pièce d'or et continuait à pleurer.

— Vous avez donc bien du chagrin ? lui ai-je dit.

Il m'a regardé d'un air hébété.

— Ma femme va mourir, m'a-t-il dit.

Puis il s'est enfui brusquement, emportant l'enfant, qui ne pouvait plus marcher, et je les ai vus prendre un sentier qui monte à travers les vignes.

Je suis revenu tout pensif.

Pourquoi cet homme m'intéresse-t-il ? je ne sais...

Mais cet enfant est joli comme un amour.

Il m'a passé tout à l'heure une idée folle par la tête. Si je me chargeais de ce pauvre petit, si je l'élevais... Encore absurde !

Un officier de dragons n'est pas un saint Vincent de Paul.

Et pendant que j'écris toutes ces niaiseries, je laisse passer l'heure de mon rendez-vous.

. . . . . . . . . . . . . . . . . . . . . . .

Lundi, une heure du matin.

Je suis jaloux, horriblement jaloux.

De qui et pourquoi ? C'est stupide, sans doute, mais on ne raisonne pas ces choses-là.

Le mari de mon adorée a été receveur général à Reims avant de venir à Auxerre.

Je savais cela, et je ne m'en étais jamais préoccupé.

Mais nous avons ici, depuis deux jours, un nouveau régiment. Le major est un homme jeune, beau garçon ; il est riche, il porte un grand nom, et on nous l'a présenté au cercle ce soir.

Entre officiers on cause vite et volontiers.

Le major a tenu garnison à Reims, il *l'a* connue.

— Une jolie femme, un peu légère, nous a-t-il dit.

Puis il a frisé sa moustache d'un air impertinent.

J'ai senti gronder une tempête dans mon cœur. Ah ! si j'avais été le mari ! Voici la première fois que j'ai envié son rôle.

Je suis sorti du cercle de fort méchante humeur. J'aurai une querelle avec le major, je le tuerai. Comme à l'ordinaire, j'ai pris le chemin de la porte des Glainies. J'ai franchi le saut de loup, enjambé le petit mur. La porte mystérieuse s'est ouverte... Elle m'attendait, assise dans le jardin, sur *notre* banc. Jamais elle n'a été aussi tendre.

Tout à coup je lui ai parlé du major.

Il m'a semblé qu'elle pâlissait ; quelle singulière idée ! Non, j'en suis sûr, elle a éprouvé une véritable émotion... Je gage qu'elle a aimé le major à Reims. Je lui ai fait une scène de jalousie ; nous nous sommes séparés à demi brouillés. Je n'irai pas demain... mais je tuerai le major !...

. . . . . . . . . . . . . . . . . . . . . . .

Vendredi, minuit.

Je perds la tête. Je pensais que le major viendrait au cercle ce soir. Je m'étais même arrangé avec lui, dans mon esprit, une bonne petite querelle.

Il n'est pas venu.

Pourquoi ?

Non... cette idée qui me vient est impossible.... et cependant... j'ai dit à madame X... qu'elle ne me verrait pas aujourd'hui... Elle me connaît... Je suis entêté. Peut-être espère-t-elle que je ne viendrai pas... peut-être...

Mort d'Anatole. (Page 64).

Tout cela est inimaginable, mais voici que je prends la femme que j'aime pour la dernière des créatures. D'un autre côté, qui me dit que le major ne fait pas, à cette heure même, une promenade sentimentale sous les murs du parc?

Je ne suis plus militaire ; je n'ai plus le droit de porter une épée, mais j'ai le droit de mettre deux pistolets dans ma poche...

. . . . . . . . . . . . . . . . . . . . . . .

A cet endroit du manuscrit du commandant, M. Anatole s'arrêta et leva la tête d'un air inquiet.

Il croyait avoir entendu du bruit au dehors.

Il se leva, ouvrit la porte, fit le tour de la maison et ne vit rien.

— Voilà, dit-il en souriant, que je suis comme feu le commandant, je perds la tête.

Mais continuons.... Cette histoire m'intéresse d'autant plus que je crois bien que le fils du joueur d'orgue et moi ne faisons qu'un.

Et M. Anatole se remit tranquillement à sa lecture.

Samedi matin.

J'ai la tête perdue, ma raison s'égare, et il me semble que j'ai fait un horrible rêve.

Mais non, ce n'est pas un rêve, hélas! c'est une réalité épouvantable... J'ai du sang sur les mains... je suis un meurtrier... un assassin!

Qu'est-il donc arrivé?

Je vais essayer de le dire, car mes idées sont bouleversées et confuses comme le chaos.

Hier soir, je suis rentré furieux, jaloux, hors de moi; je n'avais pas trouvé le major au cercle, et je me figurais que j'allais le rencontrer sous les murs de ce jardin, dans lequel je pénètre tous les soirs.

Voilà à quelles absurdes idées peut conduire l'exaltation de ce sentiment idiot qu'on appelle la jalousie.

J'ai donc mis deux pistolets dans ma poche et je suis sorti bien décidé à aller comme tous les soirs à mon rendez-vous.

En chemin, j'ai achevé de me monter la tête.

Ce n'était plus sous les murs du jardin, c'était dans le jardin même, aux pieds de mon infidèle que j'allais surprendre le major.

Alors je le provoquerais, je le frapperais de mon gant, au besoin. Mais il faudrait qu'il se batte et qu'il se batte sur-le-champ.

Je ne réfléchissais ni qu'il était impossible, même en admettant que le major eût eu quelques faveurs jadis, qu'il me reprît tous ses droits en vingt-quatre heures, ni qu'il aurait le droit de refuser toute rencontre avant le lendemain, et qu'enfin on ne se bat pas au pistolet par une nuit noire.

Car il faisait une de ces nuits obscures où le ciel est couvert, la lune absente, et par lesquelles on y voit à peine à marcher.

J'arrive à la porte des Glainies, je sors de la ville, je me dirige en toute hâte vers le saut de loup, que je franchissais naguère encore avec tant de bonheur.

A pareille heure personne n'est levé à Auxerre, et les jeunes gens qui passent pour des mauvais sujets ont quitté le cercle et sont couchés depuis longtemps.

Je m'approche du saut de loup ; pas un bruit. S'il faisait jour, j'apercevrais la maison dans le fond, à travers les arbres.

Mais il fait nuit, et je ne vois que le mur blanc, haut de deux mètres environ, que *son mari* a fait élever moins pour se défendre des voleurs que pour mieux garder sa femme, ce qui fait qu'on m'a donné une clef de la petite porte.

J'ai fait le tour de la propriété tout entière, et je commençais à me calmer un peu, ne rencontrant point celui que je croyais mon rival.

Cependant, mon orgueil d'amant souffrait maintenant d'une nouvelle blessure.

Chaque nuit, à la même heure, je voyais briller une lumière tout en haut de la maison.

Cette lumière était pour moi comme un phare.

Elle voulait dire :

— Vous pouvez franchir le saut de loup, vous servir de votre clef, ouvrir la petite porte, on vous attend.

Elle ne m'attendait donc pas ce soir-là ? Elle m'avait donc cru sur parole ? Elle s'était donc résignée à ne pas me voir ?

Le silence, l'obscurité, la fraîcheur de la nuit m'avaient calmé ; l'absence de cette lumière me rendit sur-le-champ toute mon exaltation.

Tout à coup il me semble qu'un léger bruit parvient à mon oreille, je tressaille et je m'arrête.

Ce bruit vient de l'intérieur du jardin. C'est un bruit de pas faisant craquer le sable des allées.

Le pied d'une femme serait plus léger.

Je me suis blotti dans l'ombre, j'écoute et j'épie comme un voleur.

Tout à coup une forme noire se dressa sur le mur.

J'ai eu un étourdissement.

Un homme sortait du jardin.

J'ai jeté un cri de fureur.

A ce cri, l'homme a sauté dans le saut de loup, qu'il a remonté aussitôt.

— Ah ! misérable ! me suis-je écrié, il me faut ta vie !

Pour moi, cela ne laissait plus l'ombre d'un doute ; cet homme, c'était le major.

Je me suis élancé à sa poursuite, espérant le rejoindre ; mais il courait avec une extrême agilité, et je perdais du terrain.

Il a descendu ainsi le boulevard, s'est jeté dans une petite rue qui descend au bord de l'Yonne et a gagné la rivière.

Je le suivais toujours.

— Major, major, criais-je de temps en temps, vous êtes un lâche et un misérable ; ne vous arrêterez-vous donc pas ?

Arrivé au bord de l'eau, il s'est remis à courir ; mais j'avais fini par gagner du terrain.

Tout à coup il a paru prendre une résolution désespérée ; j'ai vu qu'il allait se dépouiller de son vêtement, et, pour échapper à ma poursuite, se jeter dans l'Yonne et la traverser à la nage.

Alors un nuage de sang a passé sur mes yeux.

La folie s'est emparée de moi.

J'ai pris un de mes pistolets et j'ai fait feu.

Un cri de douleur a suivi mon coup de feu, l'homme est tombé.

Je venais d'assassiner celui que je prenais pour mon rival.

Cependant, au lieu de prendre à mon tour la fuite, je me suis approché de ma victime, obéissant à un sentiment de rage.

L'homme se tordait sur le sol.

A trois pas, un doute épouvantable s'est emparé de moi : était-ce bien le major ?

Il m'avait semblé que le malheureux poussait des gémissements dans une sorte de patois méridional.

Je me suis approché encore, je me suis penché sur lui et j'ai poussé un nouveau cri.

Non plus un cri de rage, mais un cri d'épouvante et d'horreur.

Si noire que fût la nuit, j'avais enfin reconnu cet homme...

Ce n'était pas le major.

Non ! celui qui se tordait en ce moment sur la berge, dans les convulsions de l'agonie, celui que je venais de frapper mortellement, le prenant pour un rival, c'était...

C'était le pauvre joueur d'orgue que j'avais rencontré quelques jours auparavant, conduisant par la main un enfant déguenillé !...

## LVI

A cet endroit de sa lecture, M. Anatole s'interrompit encore et se leva de nouveau.

— J'ai donc des bourdonnements dans les oreilles, se dit-il, que j'entends ou crois toujours entendre marcher.

Il sortit de la maison une seconde fois et eut soin de prendre le fusil que le Héron, en s'en allant, avait posé au coin de la cheminée.

Puis il fit une espèce de ronde à l'entour, s'arrêtant parfois, regardant au travers des arbres et se couchant même pour coller son oreille au sol.

Pas un souffle de vent dans les feuilles, pas un bruit même lointain sur le sol.

La solitude et le silence entouraient la maison du Héron.

— Je suis fou ! murmura Anatole. Ce sont toutes ces bêtes d'histoires que le commandant racontait si bien qui me troublent la cervelle.

Et après ce dernier blasphème, car ce qu'il appelait une *bête d'histoire*, c'était la fin tragique de son père, M. Anatole rentra dans la maison et reprit sa lecture.

Le manuscrit continuait ainsi :

J'ai soulevé cet homme, j'ai essayé de le relever, mais il m'a dit d'une voix étouffée : J'ai mon compte.

Alors le malheureux, dont la voix s'éteignait avec une rapidité effrayante, m'a fait sa confession.

Il s'était introduit dans le jardin pour voler. Un bruit qu'il a entendu, un petit chien qui a jappé lui ont fait prendre la fuite.

Je l'ai poursuivi et je l'ai tué.

Pourquoi cet homme qui avait un gagne-pain, à qui j'avais donné vingt francs trois jours auparavant, volait-il ?

Il me l'a expliqué en deux mots, légitimant pour ainsi dire son action coupable.

Sa femme est morte.

Elle est morte dans un misérable cabaret situé en dehors de la porte des Glainies, et le cabaretier à qui le malheureux devait un peu d'argent lui a dit, pour l'effrayer, qu'il ne laisserait enterrer la pauvre morte que lorsqu'il serait payé.

C'était odieux, c'était absurde ; mais le bonhomme était un Savoyard qui ne savait rien de nos lois.

Il a cru le cabaretier et il a perdu la tête.

C'est à peine s'il a eu le temps de me dire tout cela.

Sa voix s'affaiblissait de plus en plus, et de temps en temps il vomissait une gorgée de sang.

J'ai essayé de le charger sur mes épaules et de le porter vers une maison pour lui faire donner des secours.

— Non, m'a-t-il dit, c'est inutile... j'ai mon compte... prenez pitié de mon enfant...

Et il a rendu le dernier soupir.

Il s'est écoulé alors pour moi cinq minutes d'une épouvantable angoisse.

Ma conscience me criait :

— Tu dois aller frapper à la porte du commissaire de police, lui faire la déclaration et te constituer prisonnier.

Mais une autre voix me disait aussi :

— Si tu t'avoues le meurtrier de cet homme, il faudra que tu dises pourquoi tu l'as tué. Et ne vas-tu pas perdre la femme que tu aimes, la femme que tu as injustement soupçonnée !

Le cadavre était sur la berge, à cent pas du pont; personne n'était accouru au coup de pistolet.

J'étais seul, et la rivière était là qui ne demandait pas mieux que de m'aider à cacher mon crime involontaire.

J'ai poussé le pauvre mort, et il est tombé dans l'eau, qui s'est refermée sur lui comme un sépulcre.

. . . . . . . . . . . . . . . . . . . . . . . .

*Même jour, six heures du matin.*

J'ai l'enfant.

A cinq heures du matin, je suis allé à la porte des Glainies, et j'ai eu bientôt trouvé le cabaret où la femme du joueur d'orgue était morte.

Le cabaretier dormait, mais sa femme était déjà sur pied.

Ces gens-là ne me connaissent pas et ne m'ont jamais vu.

Je les ai questionnés en leur montrant une poignée d'or. Ils m'ont conduit dans une sorte de grenier ouvert à tous les vents.

La morte était là, et l'enfant dormait auprès de ce cadavre...

La cabaretière m'a dit :

— Voici deux jours qu'elle est morte, et nous n'avons pas encore fait la déclaration. Pour enterrer les gens, il faut de l'argent. Le mari n'en a pas, et il nous en doit...

Je lui ai fermé la bouche en lui donnant tout l'or que j'avais sur moi.

Puis j'ai pris l'enfant endormi, je l'ai roulé sous mon manteau et je l'ai emporté.

. . . . . . . . . . . . . . . . . . . . . . . .

*La Bertaudière, décembre, même année.*

C'en est fait, j'ai rompu avec le monde entier. Je suis devenu père de famille. J'ai adopté le pauvre orphelin dont j'ai tué le père; je lui laisserai ma fortune; j'en ferai un homme.

. . . . . . . . . . . . . . . . . . . . . . . .

Cette fois, Anatole se leva encore.

— Oh! dit-il, je ne rêve pas... je ne suis pas fou... on a marché!...

Et comme il faisait un pas vers la porte, une ombre passa devant la croisée et un homme se montra sur le seuil.

Anatole jeta un cri terrible, un cri d'épouvante et de fureur...

Et en même temps, obéissant à cet instinct de défense qui est en l'homme, il se jeta sur le fusil qu'il avait remis tout à l'heure au coin de la cheminée.

Mais un éclat de rire le pétrifia.

— Cette fois, dit une voix railleuse, vous ne m'assassinerez pas, monsieur Anatole, mon fusil n'est pas chargé.

Et le Héron, car c'était lui, entra d'un pas tranquille dans sa maison, s'approcha de la table, y prit les deux plis que le vaurien avait décachetés et les mit dans sa poche.

Alors Anatole fut pris d'un accès de rage folle.

Il voulut se ruer sur le Héron pour lui reprendre ces papiers.

Mais un auxiliaire, sur lequel Anatole n'avait pas compté, arriva au Héron.

Fox, le chien corneau, entra en bondissant, fit entendre un grognement sourd et vint se placer, le poil hérissé et la gueule béante, devant son maître, prêt à sauter à la gorge d'Anatole si celui-ci faisait un pas.

. . . . . . . . . . . . . . . . . . . . . . . .

## LVII

D'où venait le Héron, et comment, ayant survécu à son horrible chute, n'avait-il pas donné signe de vie pendant cinq semaines?

C'est là un mystère qu'il nous faut expliquer rapidement.

Le coup de crosse l'avait étourdi; son corps, rebondissant de roche en roche, était arrivé meurtri, contusionné, mais cependant sans fractures, au fond du précipice.

Là le Héron s'était évanoui.

Il perdait son sang par plusieurs écorchures et une balafre au front.

Peut-être dut-il son salut à cette hémorragie relative.

Au bout de plusieurs heures, il revint à lui, laissa échapper un gémissement, se souleva, parvint à se remettre sur ses jambes, et finit par s'apercevoir qu'il n'avait rien de cassé.

Sa faiblesse était extrême; il essaya de sortir du puisard, mais dix fois ses forces le trahirent.

Et puis, la nuit était noire, et le chemin, périlleux déjà en plein jour, était presque impraticable à cette heure, surtout pour un homme en cet état.

Il résolut donc d'attendre le jour.

Plusieurs heures s'écoulèrent.

Du fond de l'abîme, ses yeux fixés sur le ciel, qu'il apercevait comme on le doit voir du fond d'un puits, le Héron attendait que les étoiles vinssent à pâlir et fussent remplacées par une clarté plus vive.

Et, tout en attendant le moment qui devait être pour lui l'instant de la délivrance, il se prit à réfléchir. Il n'avait fait qu'entrevoir son assassin, mais cela avait suffi.

Son assassin, en dépit de la nuit, il l'avait reconnu, c'était M. Anatole.

Or, pour que M. Anatole eût songé à se défaire de lui, il fallait bien qu'il l'eût vu cacher l'étui de fer-blanc dans le ravin.

Le Héron ne soupçonna donc pas un seul instant que le meurtrier se fût enfui sans songer à s'emparer de ces papiers qui étaient sa condamnation.

Il partait même de ce principe pour baser sa conduite à venir.

— Puisque je n'ai plus de lettre à porter à M. le baron, se dit-il, il est parfaitement inutile que j'aille à Pré-Gilbert. Il est plus inutile encore qu'on me voie, et il vaut mieux que M. Anatole me croie mort. Ça me donnera le temps de retrouver M. de Mauroy s'il est encore de ce monde. Après, nous verrons...

Le Héron raisonnait juste, car il était une chose qu'il ne pouvait savoir, c'est que le commandant rendait l'âme à cette heure même où lui, le Héron, venait d'échapper à la mort d'une façon si miraculeuse.

Le jour parut.

Il y avait deux chemins pour remonter du fond du puisard.

L'un était celui qu'il avait suivi à moitié pour aller enfouir l'étui de fer-blanc.

Mais c'était le plus rude, le plus difficile, et il eût fallu, pour que le Héron songeât à le reprendre, qu'il eût toutes ses forces.

L'autre était plus long, mais plus praticable.

C'était comme une sorte de sentier de chèvre qui serpentait aux flancs de l'abîme et montait en spirale.

Ce fut celui que choisit le Héron.

Au petit jour, après de longs efforts, le Héron parvint à sortir du puisard.

Alors il n'eut même pas la pensée que M. Anatole était parti sans emporter l'étui de fer-blanc.

D'ailleurs, dans son idée, cela n'avait aucune importance, puisque le commandant pourrait toujours écrire une autre lettre à son frère.

Le Héron se mit donc en route.

Il se traînait plutôt qu'il ne marchait, et souvent il était contraint de s'arrêter et de s'asseoir sur un tronc d'arbre ou de se coucher sur l'herbe.

Il tournait le dos à sa maison et continuait à suivre le plus épais du bois.

En chemin il rencontra un ruisseau, calma la soif ardente qui le dévorait et lava son front ensanglanté.

Il avait laissé son fusil, on s'en souvient; mais, fidèle à l'habitude du paysan bourguignon, il avait emporté son carnier, et dans ce carnier il avait un peu de pain, du fromage et une gourde d'eau-de-vie.

Puis, décidé à laisser M. Anatole croire à sa mort, il avait tout intérêt à éviter les habitations et toute espèce de rencontre.

Quand le jour baissa, il se coucha dans le bois et dormit quelques heures.

Vers minuit il se réveilla. La lune montait à l'horizon. Alors le Héron, dont les forces revenaient, se remit en route. Il traversa ainsi la vallée de Coulanges, se dirigea vers Migé, laissant Auxerre à sa droite, et, au matin suivant, il était de l'autre côté de cette ville, en face de ce moulin que lui avaient indiqué les mariniers comme point de repère.

Le Héron ne s'était pas embarqué l'avant-veille au soir sans argent.

Il avait emporté une couple de cent francs dans une gaîne de cuir serrée autour de ses reins.

Avec cela, un paysan peut vivre de longues semaines et voir du pays.

Or le Héron, en partant, s'était juré de retrouver M. Jean de Mauroy, dût-il aller au bout du monde.

Il s'en alla donc frapper à la porte du moulin où, bien certainement, personne ne le connaissait.

Le meunier était absent, mais il y avait une femme qui vint ouvrir et lui dit :

— Si vous venez pour de la farine, vous venez mal à propos, mon brave homme. Les eaux sont très-basses et le moulin ne tourne plus.

Le Héron répondit :

— Je ne suis pas farinier, la bonne femme; je suis ouvrier tonnelier, et j'étais allé chercher de l'ouvrage à Auxerre; mais il n'y en a pas. On m'a dit que j'en trouverais à Joigny. Seulement j'ai une faim de loup, et je pense bien qu'en payant, vous ne me refuserez ni une assiette de soupe ni un verre de vin.

Et le Héron mit à l'air une pièce de cent sous.

— Entrez donc, dit la femme; vous mangerez avec nous. Quoique nous ne tenions pas auberge, nous n'avons jamais laissé un brave homme dans l'embarras.

Et le Héron entra dans le moulin, où, en outre de la meunière, il y avait deux jeunes filles et un garçon de moulin assis autour d'une table et mangeant ce que le paysan appelle la soupe du matin.

## LVIII

Le Héron avait ce qu'on appelle une bonne figure, et quoiqu'il fût singulièrement disgracié de la nature, il était loin d'inspirer un sentiment de défiance.

Il se mit à table avec la femme du meunier, les filles et leur garçon de moulin, et en quelques minutes il fut bien avec tout le monde.

Le garçon du moulin était beau parleur et curieux.

Ce fut lui qui entreprit le Héron.

— D'où venez-vous donc? lui dit-il.

— J'ai fait bien des pays depuis la vendange, répondit le Héron, qui s'était donné l'accent traînard des paysans de la Franche-Comté : j'ai travaillé à Semur, à Dijon, à Mâcon, puis à Auxerre, et enfin à Avallon.

— Et c'est-y la première fois que vous passez par ici? demanda la meunière.

— Non, ça m'est arrivé voici deux ans, et c'est parce que j'avais remarqué votre moulin en passant sur la rivière que je suis venu frapper à votre porte.

— Vous avez donc été flotteur? reprit le garçon du moulin.

— Non, mais je m'en venais de Clamecy, et des flotteurs, à qui j'avais payé une bouteille, m'avaient offert de faire route avec eux sur leur train de bois. Comme j'étais fatigué, j'avais accepté. Je n'étais pas le seul, du reste; il y avait un grand et joli garçon qui avait eu des chagrins, paraît-il, car il avait voulu se noyer, et les flotteurs l'avaient repêché.

Le Héron, en parlant ainsi, regardait attentivement ses hôtes.

Et tout à coup il vit pâlir l'aînée des deux jeunes filles.

— Ah! fit la meunière, il y avait sur votre train un jeune homme qui avait voulu se noyer?

— Oui, dit le Héron, et même que nous l'avons mis à terre, tout proche d'ici, lorsqu'il nous eut promis de ne pas recommencer.

La jeune fille fit un brusque mouvement, et le Héron vit briller une larme dans ses yeux.

— Ah! mon Dieu! dit la meunière, mais ça pourrait bien être de Jean que vous parlez.

Le Héron tressaillit, mais son visage demeura impassible.

— En effet, dit-il, je crois bien qu'il s'appelait Jean.

— Pauvre Jean, dit la meunière, qui regarda sa fille avec tristesse.

La jeune fille avait les yeux pleins de larmes.

Le Héron eut un moment froid au cœur; il crut que celui dont on parlait était mort.

— Vous l'avez donc connu? reprit-il.

— Pardine! fit la meunière, il a été quinze mois ici notre garçon de nuit; il travaillait depuis le soir jusqu'au matin et il dormait le jour. En quinze mois il n'est peut-être pas sorti une fois. Et travailleur, le pauvre garçon! Quand il est parti, nous pleurions tous...

— Ah! il est parti, fit le Héron, qui respira.

— Oui, voici sept ou huit mois.

La meunière se tourna vers sa fille :

— Allons, Joséphine, dit-elle, ne pleure donc pas ainsi. Tu ne vas pas t'en mettre à la mort, de ton Jean?

La jeune fille ne répondit pas, mais elle se leva de table et s'en alla.

— Je vous demande mille excuses, fit le Héron; si j'avais su vous faire ainsi de la peine, je n'en aurais rien dit.

— Oh! nenni dà! répondit la meunière; nous en parlons souvent, nous autres aussi, surtout quand mon homme n'est pas là, parce que lui, ça le met en colère de voir qu'un garçon qui n'avait que ses deux bras n'a pas voulu de notre fille.

— Ah! fit le Héron.

L'homme aux longues jambes savait que le meilleur moyen de faire parler les gens est de ne point les questionner.

Aussi la meunière continua :

— Faut vous dire que Jean était un garçon triste, comme vous disiez; il avait eu des chagrins, faut croire, car il ne parlait pas beaucoup, et souvent nous avions vu des larmes dans ses yeux. Jamais nous n'avons su d'où il venait et de quel pays il était; mais ça ne nous regardait pas. C'était un brave garçon qui était honnête quasiment comme un monsieur de château, et travailleur avec ça!

Mais voilà qu'un jour mon homme me dit :

— Sais-tu que Joséphine devient pâle comme une demoiselle, et qu'elle ne mange plus, et qu'elle soupire à se faire mal? Faut avoir l'œil.

Deux jours après nous en savions autant qu'elle.

Joséphine s'était *toquée* de notre garçon de moulin.

Nous ne sommes pas des richards, mais nous avons un peu de bien.

Mon homme commença par faire la grimace. Ça ne lui convenait guère de donner sa fille à un homme qui n'avait rien.

Mais la petite était prise, et elle nous dit que jamais elle ne voudrait d'un autre homme que Jean.

— Mais t'aime-t-il, au moins? demanda mon homme.

— Je ne sais pas, répondit-elle.

Et elle se mit à pleurer.

Le soir, quand nous eûmes soupé et comme Jean s'en allait à sa besogne, mon homme lui dit :

— Reste un peu, mon garçon, que nous jasions un brin.

Et il me fit signe de m'en aller et d'emmener mes filles là-haut.

Et la meunière montra l'escalier qui montait à l'étage supérieur.

— Alors, reprit-elle, mon homme, resté seul avec Jean, lui dit :

— Tu es un brave garçon et bon travailleur. Je ne sais pas si tu as des épargnes, mais ça m'est égal, le travail est une dot qui en vaut une autre. Ma fille Joséphine a un coup de soleil pour toi; si tu veux l'épouser, tu n'as qu'à dire un mot, c'est une affaire faite.

— Patron, dit Jean, je vous répondrai demain.

Et il s'en alla à ses meules.

Mon homme pensa que ça l'avait suffoqué, vu que nous donnons dix mille francs à nos filles en les mariant. Et quand je redescendis il me dit :

— Je crois que nous serons bientôt de noces.

— Faudra voir, répondis-je.

Moi, j'avais dans l'idée que ça n'était pas fait encore. Vous savez, on a des pressentiments... on ne sait pas pourquoi.

— Et que répondit Jean le lendemain? demanda le Héron avec émotion.

— Le lendemain, poursuivit la meunière, quand mon homme se leva, il vit que le moulin ne tournait plus.

Il appela Jean, Jean ne répondit pas.

Il entra dans sa chambre; le pauvre garçon ne s'était pas couché, mais il avait laissé une lettre sur le lit.

Ce disant, l'expansive meunière alla ouvrir le tiroir d'un vieux bahut et y prit un papier tout jaune qu'elle vint mettre sous les yeux du Héron. Et le Héron eut peine, cette fois, à contenir son émotion, car dans la lettre de Jean le garçon meunier, il reconnut l'écriture du baron Jean de Mauroy.

## LIX

La lettre laissée par le prétendu garçon meunier était d'une grande simplicité :

« Maître Jacques, disait-il, c'est bien de l'honneur que vous me faites et bien de la bonté de votre part de m'offrir votre fille, mais je ne puis pas accepter. Quand je suis venu chez vous, je sortais d'avoir un grand chagrin de cœur qui dure encore, et j'aurais peur de ne pas rendre votre fille aussi heureuse qu'elle le mérite. Pardonnez-moi, maître Jacques, mais je comprends et vous comprendrez comme moi que je ne puis plus rester ici.

« Je m'en vais sans vous dire adieu, à vous tous qui avez été si bons pour moi, que vous m'étiez devenus comme une famille: mais je ne vous oublierai pas, soyez tranquilles, et il n'y aura pas de jour que le pauvre Jean ne pense à vous. »

Une grosse larme tomba des yeux du Héron sur cette lettre. Le Héron pleurait.

Puis il dit tout à coup :

— Vous êtes de trop braves gens pour qu'on *finasse* avec vous, et je vas vous dire la vérité, moi. Je ne suis pas tonnelier, et, quand je suis venu ici, j'avais mon idée. Je suis venu parce qu'on m'a dit que celui que vous appelez Jean, et que je cherche, avait dû venir par chez vous.

— Vous le connaissiez donc? fit la meunière.

— C'était quasiment mon maître, reprit le Héron, et je vas vous dire une chose qui finira peut-être par consoler mamzelle Joséphine. Celui que vous avez pris pour un homme comme nous était un monsieur, un noble, un baron, qui a quitté son château et qui a voulu se périr par amour. Nous l'avons cru mort longtemps, et si des flotteurs que j'ai rencontrés voici deux jours ne m'avaient pas dit qu'ils l'avaient repêché, vous ne me verriez pas ici.

Le Héron ne dissimulait plus son émotion, et deux larmes coulèrent sur ses joues osseuses.

Puis, après un silence :

— Maintenant, où le trouverai-je, puisqu'il est parti? Qui sait où il est allé?

Et comme il disait cela, la porte s'ouvrit et la jeune fille, Joséphine, qui était sortie en pleurant, rentra.

Elle était restée en dehors, pendant que sa mère racontait cette naïve histoire, mais, par la fenêtre ouverte, elle avait tout entendu.

— Je crois bien que je le sais, moi, dit-elle.

— Vous savez où il est?

— Oui, fit-elle d'une voix étouffée. Oh! c'est loin d'ici... bien loin...

Le Héron lui prit la main :

— Si vous le savez, dit-il, au nom du bon Dieu, mamzelle, dites-le moi.

— Et ne pleure pas surtout, dit la meunière, qui attira sa fille sur ses genoux et l'embrassa tendrement.

Joséphine essuya ses larmes.

Puis elle dit en baissant les yeux :

— C'est M. Patereau, le marchand de grains qui passe ici tous les mois, qui l'a vu à Corbeil.

— Où cela? dans un moulin? demanda vivement le Héron.

— Oui, répondit Joséphine.

— Et y a-t-il longtemps de cela?

— Environ deux mois.

— Oh! s'il n'y a que deux mois, dit la meunière, il y est encore. Ce n'est pas un garçon changeant.

— C'est tout de même une drôle d'idée, murmura le garçon meunier, de travailler dans un moulin quand on est noble et baron.

Le Héron s'était levé.

— Je vais à Corbeil, dit-il.

Et, en effet, il prit congé des gens du moulin, non sans avoir consolé de son mieux mamzelle Joséphine et promis de revenir quand il aurait trouvé celui qu'il appelait son maître, et, une heure après, il se remettait en marche.

Il s'en alla ainsi jusqu'à Joigny.

Là il prit le chemin de fer jusqu'à Melun.

De Melun à Corbeil, il n'y a pas loin, et le Héron y arriva le lendemain soir.

Corbeil est le pays des moulins par excellence; c'est là que tombent tous les grains de la Beauce et de la Brie, et que les gros marchands de farine ont leur quartier général.

Le Héron coucha dans une auberge, et, dès le jour suivant, il se mit en campagne.

Mais, nous l'avons dit, les moulins étaient nombreux; non moins nombreux encore les garçons meuniers qui répondaient au nom de Jean.

Le Héron courut les campagnes environnantes, entra partout, se renseigna et n'obtint aucun éclaircissement.

Découragé, il allait, au bout de quatre ou cinq jours, quitter le pays, lorsqu'on lui indiqua, à trois lieues de Corbeil, un moulin qu'il n'avait pas exploré.

Le Héron se remit en route.

Le dernier voyage devait être couronné d'un succès relatif.

Jean de Mauroy n'était pas dans ce moulin, mais un jeune homme, dont le signalement répondait à celui que le Héron donnait, y avait en effet travaillé trois mois environ.

Seulement il se nommait Joseph et non pas Jean.

Le meunier, questionné, répondit au Héron :

— Ce garçon-là était travailleur, mais il ne jasait guère; il aimait mieux travailler de nuit que de jour, et il ne sortait jamais.

Un matin, sans que j'aie su pourquoi, il m'a demandé son compte, et il est parti, mais il a pris le train qui mène à Paris, et c'est là que vous le trouverez.

Un moment, le Héron recula devant l'énormité de la besogne.

Chercher un homme dans Paris, n'est-ce pas chercher une aiguille dans une botte de foin?

Mais le Héron était tenace comme un paysan.

— Il faudra bien que je le retrouve puisqu'il n'est pas mort, se dit-il.

Et il partit pour Paris.

Paris n'a d'autres moulins que celui de la Galette et celui qu'on nomme le Moulin-Rouge, lesquels sont des restaurants.

Mais le Héron avait fait ce raisonnement :

M. de Mauroy s'est fait garçon de moulin à Auxerre et à Corbeil pour gagner sa vie. Du moment où il a voulu faire croire à sa mort, il ne peut plus revenir dans le pays et toucher à son grain. Cependant il faut vivre. Or, s'il n'est pas garçon de moulin à Paris, il est certainement resté dans la partie, et c'est aux environs de la halle aux blés que je finirai par le trouver.

Pendant quinze jours, vivant de peu, car les deux cents francs s'épuisaient, le Héron battit toutes les rues avoisinant la Halle; il entra dans tous les cabarets, dans tous les comptoirs de marchands de grains.

Le seizième, comme il perdait courage, il aperçut un jeune homme sur le seuil d'un magasin de la rue de Viarmes.

Ce jeune homme, vêtu d'une redingote usée, avait des manches de lustrine verte et une plume à l'oreille. Il tournait le dos au Héron, mais le Héron jeta un cri et lui frappa sur l'épaule.

Le jeune homme se retourna.

— Enfin! dit le Héron.

Et l'homme aux longues jambes se jeta au cou de M. le baron Jean de Mauroy stupéfait.

## LX

Jean de Mauroy, car c'était bien lui que retrouvait enfin le Héron, avait toujours regardé le garde-chasse comme son ennemi.

La joie sombre qui brillait dans ses yeux, le matin où il lui apporta cette lettre qui lui annonçait que tout était fini entre Josèphe et lui, l'avait confirmé dans cette opinion.

Qu'on juge donc de sa stupeur en voyant le Héron se jeter à son cou.

Mais celui-ci ne songea pas à lui donner des explications sur-le-champ.

Il le prit par le bras, l'entraîna presque de force et le poussa dans la boutique d'un marchand de vin qui se trouvait au coin de la rue.

La boutique était déserte.

C'était l'heure où les forts de la halle, les habitués ordinaires étaient au travail.

Dans chaque boutique de marchand de vin il y a ce qu'on nomme le *cabinet*.

C'est une petite pièce garnie d'une table et de quatre chaises, où les clients sérieux traitent leurs affaires importantes.

Ce fut là que le Héron conduisit M. de Mauroy et s'y enferma avec lui.

Tout cela avait été fait si rapidement que le jeune homme n'avait pas eu le temps de dire un mot et de témoigner son étonnement autrement que par des gestes.

Alors le Héron lui dit :

— Monsieur le baron, j'ai été un grand coupable vis-à-vis de vous, mais je me repens, et je veux réparer mes torts. Voici un mois que je vous cherche. Il faut que vous me suiviez au pays et que vous épousiez mademoiselle de Perne, qui n'est pas au couvent et qui vous aime toujours.

Le Héron avait prononcé cela d'une haleine.

Jean, pâle et frémissant, le regardait et se demandait s'il n'était pas le jouet de quelque rêve étrange.

Josèphe n'était pas au couvent, Josèphe l'aimait toujours!

Et comme il était trop ému pour pouvoir parler, le Héron en profita pour le mettre au courant de la situation.

Il commença par faire son *mea culpâ* et lui avoua qu'il avait rêvé un mariage entre Josèphe et M. Anatole qu'il croyait le fils du commandant; que pour arriver à ce résultat il avait gagné la Toinon à sa cause et imaginé l'abominable comédie de l'écluse; que M. Anatole avait souscrit à cette femme pour cent mille francs de billets, et il ajouta qu'il se faisait fort de lui faire avouer toutes ces infamies, même par écrit.

Malgré la franchise de ses aveux, le Héron eut une certaine diplomatie.

Il ne crut pas nécessaire de lui dire que M. de Perne et Josèphe avaient accueilli Anatole et que celui-ci était au mieux dans le château de Pré-Gilbert.

L'essentiel, pour le Héron, était d'amener Jean de Mauroy à revenir au pays.

Jean s'en défendit longtemps.

Tout le monde le croyait mort, Josèphe la première. Josèphe croirait-elle à son innocence? Josèphe l'aimait-elle toujours?

Jean en doutait.

Mais le Héron était tenace, comme un vrai paysan qu'il était.

Il dit à M. de Mauroy :

— Nous allons toujours aller chez Antoinette.

Le Héron avait l'adresse de la paysanne pervertie.

Jean voulut encore se débattre, mais le Héron avait fini par le dominer.

Il le fit donc monter dans un fiacre, et ils coururent boulevard des Capucines, où Antoinette Dubarle avait longtemps occupé un splendide appartement.

Mais là un spectacle émouvant et terrible les attendait.

Le splendide appartement était veuf de son riche mobilier.

Les huissiers étaient venus le matin et avaient tout enlevé, ne respectant qu'une pièce, la chambre d'Antoinette.

Dans cette chambre, pâle, les yeux rougis, un rire convulsif aux lèvres, à demi folle, la pécheresse était debout, au chevet de son fils agonisant.

Elle regarda le Héron, elle regarda Jean d'un air hébété, et ne les reconnut pas tout d'abord.

Mais enfin, un torrent de larmes jaillit de ses yeux; elle se jeta aux genoux de M. de Mauroy et lui demanda pardon.

L'enfant allait mourir.

Alors la mère affolée eut une inspiration : elle s'imagina que si elle essayait de réparer ses fautes, Dieu aurait pitié d'elle.

Et elle écrivit la lettre que le Héron lui demandait et qui était adressée à Josèphe.

Jean et le Héron demeurèrent auprès d'elle.

O miracle! le soir l'enfant allait mieux.

Un médecin arriva qui dit que tout espoir n'était point perdu.

La nuit s'écoula. Le lendemain matin, le Héron avait disparu, l'enfant était plus calme et le médecin répondait tout à fait de lui.

Le Héron et M. de Mauroy partirent, emportant la lettre qu'elle avait écrite à Josèphe pour lui demander pardon et lui avouer l'odieuse comédie qu'elle avait imaginée.

Une fois en chemin de fer, le Héron, sûr que M. de Mauroy ne lui échapperait plus, lui parla de M. Anatole et du mariage projeté; mais il lui raconta en même temps la résistance du vieux commandant et la mission dont il l'avait chargé.

Enfin, il termina son récit par la tentative d'assassinat commise sur lui par le misérable.

Ils étaient partis par un train du soir et ils arrivaient à Auxerre à minuit.

Là, le Héron dit à Jean :

— Vous devez avoir conservé vos jambes de chasseur. Nous nous en irons à pied, n'est-ce pas?

Et ils se remirent en route.

Mais au lieu de se rendre à Pré-Gilbert, ils montèrent jusqu'à Bazarne et gagnèrent les bois.

Le Héron, pendant son voyage avait eu un soupçon :

— Qui sait, s'était-il dit, si M. Anatole n'a pas pris la fuite, après m'avoir assommé, sans emporter l'étui de fer-blanc?

Au petit jour ils arrivèrent près du puisard.

Le chien, obéissant à ce merveilleux instinct des animaux de sa race, était venu rejoindre son maître.

Le Héron descendit dans le puisard et s'assura que l'étui de fer-blanc était encore dans le trou où il l'avait mis.

Alors il hésita encore.

Emporterait-il les papiers, ou les laisserait-il?

Et il se prit à songer que M. Anatole les viendrait certainement chercher un jour ou l'autre, et il dit à M. de Mauroy :

— Nous allons établir ici une souricière, c'est le seul moyen de le prendre. Après nous ferons de lui ce que nous voudrons.

L'inspiration du Héron était bonne, car, deux heures après, cachés dans les branches touffues d'un chêne aux environs du puisard, M. Jean de Mauroy et le Héron voyaient Anatole s'emparer de l'étui de fer-blanc.

Quant au chien, caché dans une cépée, il faisait le mort, par ordre de son maître.

## LXI

On devine ce qui était arrivé.

Le Héron avait laissé M. Anatole s'emparer de l'étui, mais il l'avait suivi à pas de loup; puis encore il l'avait laissé prendre connaissance du manuscrit du commandant. Ce n'avait été qu'au moment où M. Anatole terminait cette lecture que l'homme aux longues jambes s'était enfin montré.

Anatole avait, on s'en souvient, sauté sur le fusil, ce qui avait fait rire le Héron, car le fusil n'était pas chargé. Mais Anatole était jeune et vigoureux, et, pris par le canon, le fusil pouvait devenir dans ses mains une arme terrible. Le chien était venu à l'aide de son maître. Mais la fureur, l'exaspération d'Anatole étaient si grandes alors qu'il se rua néanmoins tête baissée sur le Héron.

Fox lui sauta à la gorge. Anatole poussa un cri, se débattit un moment, chercha à étouffer le chien qui ne le lâchait pas et finit par tomber suffoqué sous la dent meurtrière du vigoureux corneau.

Le Héron était demeuré paisible spectateur de cette étrange lutte.

— Fox! dit-il alors, à bas!

Le chien docile lâcha prise.

Anatole avait les yeux injectés de sang, et certes c'était bien heureux en ce moment que le fusil ne fût pas chargé.

Mais comme il se relevait ivre de rage et de honte d'avoir été terrassé par un chien, une autre ombre se vit au seuil de la porte, et un nouveau personnage entra.

La tête de Méduse lui apparaissant tout à coup, un abîme s'entr'ouvrant sous ses pieds, auraient certainement moins terrifié M. Anatole.

Le personnage qui se montrait à lui était-il mort ou vivant?

Etait-ce un fantôme sorti de sa tombe, ou bien un homme en chair et en os?

Il y avait deux années que sa mort n'avait jamais fait pour Anatole l'ombre d'un doute, et voici que cet homme était devant lui, calme et froid comme un créancier longtemps oublié et qui vient réclamer sa dette.

Anatole avait reconnu Jean de Mauroy.

Dès lors sa colère tomba, la peur le prit, ses dents s'entre-choquèrent, et ses lèvres crispées murmurèrent le mot de « grâce! »

— Monsieur Jean, dit alors le Héron, fermez donc la porte, que nous causions un brin avec monsieur.

La porte fermée, le Héron fit un pas vers Anatole et lui enleva le fusil qu'il tenait encore à la main.

Anatole n'opposa aucune résistance, il était comme foudroyé.

Le Héron prit une chaise, se plaça dessus à califourchon, et, dédaignant de s'adresser directement à Anatole, il dit encore à Jean :

— Ce garnement-là a pourtant voulu m'assassiner. Il y a un mois, je n'aurais rien dit, car je le croyais le fils de mon maître, le commandant de Perne. Aujourd'hui que je sais qu'il n'est pas son fils, je crois que nous lui rendrions un bon service en le livrant à la justice.

Jean ne souffla mot.

— Cependant, poursuivit le Héron, je ne veux rien faire sans consulter le commandant et son frère. D'un autre côté, monsieur Jean, vous ne pouvez pas vous montrer en plein jour dans le pays, car tout le monde vous croit mort, et il ne faut pas tuer mademoiselle Josèphe; ce sera même long de la préparer à la joie de vous revoir. Alors, voyez-vous, voici ce que j'ai pensé : il y a une cave là.

Et le Héron souleva la trappe d'un petit cellier rustique qu'il avait fabriqué lui-même.

— Soyez tranquille, ajouta-t-il, il y a assez d'air pour qu'on n'y étouffe pas. Nous allons y enfermer M. Anatole, et j'irai prendre les ordres de ces messieurs.

Jean commençait à comprendre le projet du Héron.

Anatole désarmé, Anatole en présence de son rival vivant, n'était plus qu'un corps sans âme, un être sans force et sans volonté.

Le Héron le prit par les épaules et le poussa dans le cellier, dans lequel on descendait par quatre ou cinq marches. Puis il laissa retomber la trappe sur lui.

— A moins qu'il ne se creuse un terrier comme le renard, dit-il alors, nous le tenons et il ne nous échappera pas.

D'ailleurs, vous, monsieur Jean, vous allez rester ici jusqu'à ce que je revienne. Il y a encore quelques provisions dans mon carnier, et Fox vous tiendra compagnie.

Jean fit un signe d'assentiment et le Héron partit, lui laissant son fusil dans lequel il venait de glisser deux cartouches.

. . . . . . . . . . . . . . . . . . . . . . . . . . . . .

La journée s'écoula.

Une journée d'épouvante sans doute pour M. Anatole, qui, prisonnier dans le cellier, ne donna pas signe de vie.

Une journée d'angoisses pour Jean de Mauroy.

Josèphe apprendrait-elle sans devenir folle qu'il était encore de ce monde?

Enfin, comme la nuit approchait, le Héron revint.

Jean, qui le vit poindre à travers les arbres, courut à sa rencontre.

Le Héron avait le visage triste, mais calme.

— Ah! monsieur Jean, dit-il, j'ai eu une fière chance de vous trouver et de ne pas perdre encore huit jours.

— Que veux-tu dire? dit le jeune homme en tressaillant.

— Encore trois jours et tout était fini.

— Comment?

— Le commandant est mort il y a déjà un mois.

— Ah!

— M. Anatole a fait disparaître le dernier testament; ce qui fait que l'autre, le précédent, le faisait héritier. Et, comme il avait joué le tout pour le tout, spéculé sur la loyauté de M. le baron en jetant ce testament au feu, il allait épouser mademoiselle Josèphe dans trois jours.

Jean de Mauroy pâlit.

— Enfin, dit le Héron, tout est bien qui finit bien; je suis arrivé à temps.

— Mais... Josèphe...

— Comme vous y allez, fit l'homme aux longues jambes; elle ne sait rien encore.

— Tu ne lui as pas parlé de moi?

— D'abord, je ne l'ai pas vue.

— Mais... son père...

— Ah! ça, c'est une autre histoire. J'ai même eu de la chance. M. le baron était dans le parc à tirer des lapins; tout à coup je me suis montré à lui. Il n'a pu retenir un cri; on commençait à me croire mort.

— Mais d'où reviens-tu donc? m'a-t-il dit.

— Presque de l'autre monde, ai-je répondu : on m'a assassiné aux trois quarts.

Et comme il me regardait et semblait se demander si je ne me gaussais pas de lui :

— Ma foi, monsieur, lui ai-je dit, vous êtes un homme, et vous ne vous évanouirez pas quand je vous aurai dit la chose en deux mots. L'homme qui a essayé de m'assassiner et qui me croyait mort ce matin encore, n'est autre que M. Anatole, votre futur gendre. Je crois bien, acheva le Héron, que si M. le baron avait reçu en ce moment un coup de massue sur la tête, il n'aurait pas chancelé davantage. Mais, dit l'homme aux longues jambes, je vous conterai tout cela dans la maison, monsieur Jean; j'ai marché si vite que je n'en peux plus.

Et le Héron, qui suait et soufflait, entraîna M. de Mauroy dans sa maisonnette, convertie en prison pour M. Anatole.

## LXII

Une fois dans la maison, le Héron s'assura que la trappe du cellier n'avait point été soulevée, que M. Anatole son prisonnier, et alors il continua son récit.

« ...t cinq bonnes minutes, dit-il, M. le baron de ...a regardé comme regardent les gens qui ne sont ...s leur bon sens. Il croyait que je me moquais de lui.

« — ...onsieur, lui ai-je dit alors, regardez donc cette ...arque que j'ai au front. Eh bien, c'est un coup de crosse ...e fusil de M. Anatole qui m'a envoyé tomber au fond du puisard de Bellombre.

« En même temps, j'ai tiré de ma poche les papiers que j'avais repris.

« M. de Perne m'a entraîné dans un coin du parc en me disant : — Il faut prendre garde que Josèphe ne nous voie !

« Il était tout pâle et tout tremblant, le pauvre homme, et il s'est mis à parcourir des yeux les papiers du commandant son frère.

« Plusieurs fois j'ai vu qu'il donnait des marques d'indignation. Enfin, il m'a regardé et m'a dit :

« — Que veux-tu faire ?

« — Ce que vous voudrez, ai-je répondu ; rien, si vous avez peur du bruit.

« — Tu es un brave homme, m'a-t-il dit ; mais ma pauvre fille, comment lui apprendre... ?

« — Ah ! me suis-je écrié, ce n'est pas ce qui m'embarrasserait beaucoup, allez ! car, j'en suis bien sûr, si mademoiselle Josèphe consentait à se marier, c'était pour vous... mais...

« — Mais quoi ?

« — Nous avons bien autre chose que ça à lui apprendre.

« — Quoi donc ?

« — M. de Mauroy n'est pas mort.

« Un second coup de tonnerre, cette fois, monsieur Jean.

« M. le baron murmurait : — Je crois que je deviens fou.

« Alors, je lui ai tout conté, et voici ce qui est convenu :

« Vous resterez ici jusqu'à demain soir. Il faut avoir le temps de préparer mademoiselle Josèphe à vous revoir.

— Demain, c'est bien long, dit Jean.

— Soit ; mais il le faut.

— Et notre prisonnier ?

— Ça, c'est une autre affaire. Vous allez voir. M. de Perne m'a dit : « Quelque criminel que soit cet homme, du moment où il a dû épouser ma fille, il est sacré pour moi. Tu ne porteras aucune plainte contre lui. Mon frère a fait deux testaments : l'un qui le faisait héritier, l'autre qui le déshéritait. Il a fait disparaître le dernier, dis-tu, et tu m'assures que je ne lui dois rien. Ce n'est pas mon avis. Mon frère l'a élevé, et je dois m'en souvenir.

« Voici donc ce que tu vas faire. Tu le conduiras à Auxerre. Là, vous prendrez le train de Paris, et tu ne le quitteras que dans cette dernière ville. Mais auparavant, tu lui remettras cent mille francs que je te charge d'aller toucher chez un agent de change à qui j'écris pour le prier de me vendre des valeurs qu'il a entre les mains. »

Et M. de Perne m'a donné cinq cents francs pour notre route, et la lettre que voilà.

— Mais, dit Jean, que vais-je faire ici jusqu'à demain soir ?

— M. le baron viendra vous voir demain matin. Peut-être bien que mademoiselle Josèphe saura tout.

Ce disant, le Héron souleva la trappe du cellier.

Anatole, pâle, frémissant de rage, était assis sur la première marche, et il avait tout entendu.

— Monsieur, lui dit le Héron, si vous m'en croyez, vous me suivrez tout de suite. On pouvait vous envoyer aux galères, et on vous donne cent mille francs, vous n'êtes pas à plaindre...

## LXIII

Il est six heures du matin, il fait froid et la terre est gelée. L'auberge de Bazarne est sur pied. On allume un grand feu dans la cheminée, et un petit bossu, familier de la maison, met de la cendre chaude dans ses sabots pour les réchauffer.

La patache de Châtel-Censoir à Auxerre va passer, et deux hommes silencieux attendent sous le manteau de la cheminée.

Ces deux hommes, on le devine, c'est M. Anatole et le Héron.

M. Anatole, depuis la veille, n'a pas prononcé un mot et n'a pas voulu souper.

Son œil est éteint, il a la pâleur morbide d'un homme qui a vu sombrer en quelques heures toutes ses espérances.

Car Anatole, le fils du joueur d'orgue, le vaurien qui a fait mourir de chagrin le commandant son bienfaiteur, le complice de la Toinon, l'assassin du Héron, Anatole s'est aperçu qu'il avait un cœur ; ce cœur est plein de Josèphe.

De Josèphe à jamais perdue pour lui.

Il suit le Héron, parce que le Héron est son maître désormais.

Où le conduira-t-on ? peu lui importe.

Anatole n'est plus qu'un corps sans âme, un cerveau dépourvu de volonté.

Le jour a paru, succédant pour lui à une nuit de fiévreuse insomnie.

De temps en temps, le Héron se lève, oubliant son fusil au coin de la cheminée, et il va jusqu'au seuil de la porte pour explorer la route du regard.

La patache est en retard.

Tout à coup un homme qui a couché dans une grange voisine, paraît, et soudain Anatole est pris d'un tremblement convulsif.

Cet homme est le joueur d'orgue, et comme il y a du monde dans l'auberge, le pauvre diable, espérant quelques sous, se met à tourner la manivelle de son instrument.

— Va-t'en au diable ! dit le Héron qui s'impatiente de ne pas voir la patache.

Mais le joueur d'orgue continue.

Soudain Anatole se lève pendant que le petit bossu met toujours de la cendre dans ses sabots et que le Héron n'a pas quitté le seuil de l'auberge.

Anatole a fait un bond, il s'est jeté sur le fusil du garde-chasse. Un drame a passé dans un éclair...

La détonation d'une arme à feu a couvert les sons de l'orgue de Barbarie, et la chute d'un corps s'est fait entendre.

M. Anatole vient de se tuer...

Les hommes lui pardonnaient, mais il s'est fait justice !..

## LXIV

Le dénoûment de cette histoire, on le devine.

Josèphe est devenue la baronne de Mauroy, le Héron a quitté sa maisonnette de la forêt pour venir vivre au château. La Toinon, repentante depuis que Dieu lui a rendu son fils, est revenue aux bords de l'Yonne et elle exploite son moulin qu'elle n'aurait jamais dû quitter.

Enfin un brave garçon a fini par toucher le cœur de Joséphine, la fille du meunier, et M. Jean de Mauroy, qui a été son témoin, a mis dix mille francs dans la corbeille de mariage.

Dans le cimetière de Pré-Gilbert, on voit une croix noire avec un nom :

ANATOLE

La noble et vertueuse Josèphe de Perne a obtenu un coin de terre sainte pour le suicidé.

FIN DE L'ORGUE DE BARBARIE.



PARIS. — TYP. WALDER, RUE DE L'ABBAYE, 22.

EN VENTE A LA MÊME LIBRAIRIE, 10, RUE GIT-LE-CŒUR.

**Ch. Paul de Kock.**

[Jo]lie Fille du Faubourg ........ 1 10
[L']Amoureux transi ........ 1 10
L'Homme aux trois culottes ........ » 90
Sans Cravate ........ 1 30
L'Amant de la Lune ........ 3 15
Ce Monsieur ........ 1 10
La Famille Gogo ........ 1 50
Carotin ........ 1 10
Mon Ami Piffard ........ » 50
L'Amour qui passe et l'Amour qui vient ........ » 70
Taquinet le Bossu ........ » 70
Cerisette ........ 1 50
Une Gaillarde ........ 1 80
Le Mare d'Auteuil ........ 1 95
Les Etuvistes ........ 2 »
Un Monsieur très-tourmenté ........ » 80
La Bouquetière du Château-d'Eau 1 60
Paul et son Chien ........ 1 80
Madame de Montflanquin ........ 1 20
La Demoiselle du Cinquième ........ 1 60
Monsieur Choublanc ........ » 80
Le Petit Isidore ........ 1 50
Monsieur Cherami ........ 1 30
Une Femme à trois visages ........ 1 95
La Famille Braillard ........ 1 30
Les Compagnons de la Truffe ........ 1 30
L'Ane à M. Martin ........ » 50
La Fille aux trois jupons ........ » 70
Les Demoiselles de Magasin ........ 1 60
Les Femmes le Jeu, le Vin ........ » 70
Les Enfants du Boulevard ........ 1 50
Le Sentier aux Prunes ........ » 70
Une Grappe de Groseille ........ » 80
La Dame aux trois corsets ........ » 80
La Baronne Blaguiskof ........ » 80
La Prairie aux Coquelicots ........ 1 60
Les Petits Ruisseaux ........ » 80
Le Professeur Ficheclaque ........ » 80
Une Drôle de Maison ........ » 80
La Grande Ville ........ » 90
Madame Tapin ........ » 80
Un Mari dont on se moque ........ » 80

**Pour paraître en 1876 :**

Papa Beau-Père ........ » 80
Le Concierge de la rue du Bac ........ » 70

**Henry de Kock** (Paul de Kock fils).

L'Amour Bossu ........ » 80
La Chute d'un Petit ........ » 60
Le Roman d'une Femme pâle ........ » 50
La Grande Empoisonneuse (3 part.) 3 »
Les Mémoires d'un Cabotin ........ 1 »
Les Accapareuses ........ » 70

**Ponson du Terrail.**

Les Drames de Paris (complets) .. 15 90

*Les mêmes par parties :*

L'Héritage mystérieux ........ 2 70
Le Club des Valets de Cœur ........ 3 75
Les Exploits de Rocambole ........ 3 90
La Revanche de Baccarat ........ 1 20
Les Chevaliers du Clair de Lune ........ 2 10
Le Testament de Grain-de-Sel ........ 2 25
(15 Séries à 1 fr. 05.)
Nouveaux Drames de Paris ........ 5 55
(Résurrection, 5 Séries : 5 fr. 55.)
Le Dernier Mot de Rocambole ........ 7 50
(8 Séries : 7 fr. 50.)
Les Misères de Londres ........ 4 20
(4 Séries à 1 fr. 05.)
Les Démolitions de Paris ........ 2 40
Les Drames du Village (1 volume) 4 20

*Les mêmes par parties :*

1. Mademoiselle Mignonne ........ 1 70
2. La Mère Miracle ........ » 70
3. Le Brigadier La Jeunesse ........ » 60
4. Le Secret du docteur Rousselle 1 50
L'Armurier de Milan ........ 1 10
Les Cavaliers de la Nuit ........ 2 40
Le Pacte de Sang (1 volume) ........ 4 20

*Les mêmes par parties :*

1. Les Spadassins de l'Opéra ........ 2 »
2. La Dame au Gant noir ........ 2 50
Les Mystères du Demi-Monde ........ 2 »
Nuits de la Maison Dorée ........ 1 10
La Jeunesse du roi Henri (1re part.) 2 75
Le Serment des 4 valets (2e partie) 1 80
La Saint-Barthélemy (3e partie) . 1 20
La Reine des Barricades (4e partie). 2 10
Le Beau Galaor (5e partie) ........ 1 60
La 2e Jeunesse du roi Henri (6e p.) 1 80
Ces parties réunies en 1 volume.. 11 25
L'Héritage d'un Comédien ........ » 70
Le Diamant du Commandeur ........ » 90
Les Masques rouges ........ 1 95
Le Page Fleur-de-Mai ........ » 75

**Ponson du Terrail** (Suite).

Les Cosaques à Paris ........ 2 70
Le Roi des Bohémiens ........ 1 10
La Reine des Gypsies ........ 1 10
Mémoires d'un Gendarme ........ 1 »
Le Chambrion ........ » 70
Le Nouveau Maître d'Ecole ........ » 70
Dragonne et Mignonne ........ » 90
Le Grillon du Moulin ........ 1 »
La Fée d'Auteuil ........ » 90
Le Capitaine des Pénitents noirs. 1 20

**Pour paraître en 1876 :**

L'Auberge de la rue des Enfants-Rouges ........ 2 »
L'Orgue de Barbarie ........ 1 »

**Paul Féval.**

Bouche de Fer ........ 1 95
Les Drames de la Mort ........ 3 15

**Xavier de Montépin.**

Un Drame d'Amour ........ » 70
Le Médecin des Pauvres ........ 1 80
Les Mystères du Palais-Royal ........ 3 »
La Maison Rose ........ 1 65
Les Enfers de Paris ........ 2 75
La Fille du Meurtrier ........ 1 60
Le Marquis d'Espinchal ........ 1 30
Les Mystères de l'Inde ........ 1 30
La Gitane ........ 1 10
Mlle de Kerven (2e p. de la *Gitane*). 1 10
La Reine de la Nuit ........ 3 »
Le Moulin Rouge ........ 3 »
Le Médecin de Brunoy ........ 1 80
Le Château des Spectres ........ » 70
La Comtesse Marie (1re partie) ... 1 30
La Comtesse Marie (2e partie) ... 1 10
La Fille du Maître d'Ecole ........
Les Viveurs de Province ........

**Emmanuel Gonzalès.**

Esaü le Lépreux ........ 1 10
Le Prince Noir (2e partie d'*Esaü*).. 1 10
Les 2 Favorites (3e partie » ).. 1 10
Les Frères de la Côte ........ » 90
Le Vengeur du Mari ........ 1 30
Les Gardiennes du Trésor ........ » 80

**Pierre Zaccone.**

Les Mystères de Bicêtre ........ 1 30
Une Haine au Bagne ........ 5 »
Les Misérables de Londres ........ 3 »
Les Marchands d'Or ........ 1 30

**Louis Gallet.**

Le Régiment de la Calotte ........ » 90

**Albert Blanquet.**

Les Amours de d'Artagnan ........ 2 70
Les Amazones de la Fronde ........ 2 50
Belles-Dames du Pré-aux-Clercs .. 2 50

**Léon Beauvallet et *****

Les Femmes de Paul de Kock (un beau volume ........ 5 »

**Eugène Sue.**

Les Mystères de Paris ........ 4 »
Le Juif-Errant ........ 4 »
Les Misères des Enfants trouvés . 4 80
La Famille Jouffroy ........ 3 »
L'Institutrice ........ » 90
Atar-Gull ........ » 70
La Salamandre ........ » 90
Le Marquis de Létorières ........ » 50
Arthur ........ 1 80
Thérèse Dunoyer ........ » 90
Deux Histoires ........ 1 10
Latréaumont ........ 1 10
Comédies sociales ........ » 70
Jean Cavalier ........ 1 80
La Coucaratcha ........ 1 10
Le Commandeur de Malte ........ 1 10
Paula Monti ........ » 90
Plik et Plok ........ » 70
Deleytar ........ » 50
Mathilde ........ 2 75
Le Morne au Diable ........ 1 40
La Vigie le Koat-Ven ........ 1 80
L'Orgueil (1re partie) ........ 1 10
L'Orgueil (2e partie) ........ » 90
L'Envie ........ 1 10
La Colère ........ » 70
La Luxure ........ » 70
La Paresse ........ » 50
L'Avarice ........ » 70
La Gourmandise ........ » 50
Les 7 Péchés en 1 volume) ........ 6 »
La Marquise d'Alfi ........ » 70
La Bonne Aventure (1re partie) ........ » 90
La Bonne Aventure (2e partie) ........ » 90

**Eugène Sue** (Suite).

Jean Bart et Louis XIV, magnifique édition illustrée de 125 gravures dans le texte et hors texte.
Prix broché ........ 9 »
Les Enfants de l'Amour ........ 1 10
Les Mémoires d'un mari (1 vol.). 2 80

*Les mêmes par parties.*

Un Mariage de convenance ........ 1 50
Un Mariage d'argent ........ » 90
Un Mariage d'inclination ........ » 50
Le Casque de Dragon ........ » 90
La Faucille d'or ........ } 1 »
La Clochette d'airain ........ }
Le Collier de fer ........ » 90
La Croix d'argent ........ » 70
L'Alouette du casque ........ » 90
La Garde du poignard ........ 1 50
Jeanne d'Arc ........ 1 30
Mademoiselle de Plouernel ........ 1 10
Les Fils de Famille ........ 2 55
Mathilde (1 beau volume) ........ 5 »
8 séries à 50 cent. et 1 à 80 cent.
48 livraisons à 10 cent.
Le Juif Errant (1 beau volume) .. 6 »
10 séries à 50 c. et 1 à 75 c.
58 livraisons à 10 cent
Les Mystères de Paris (1 beau vol.) 5 »
10 séries à 50 cent. 46 livraisons à 10 centimes.

**Albotze et Maquet.**

Les Prisons de l'Europe ........ 3 55

**Alexandre Dumas.**

Les Crimes célèbres (1 vol ) ........ 4 »

*Les mêmes par parties*

1. La Marquise de Brinvilliers ... » 90
2. Marie Stuart ........ » 70
3. Les Borgia ........ » 90
4. Massacres du Midi ........ 1 10
5. Jeanne de Naples ........ » 70

**Ainsworth.**

Le Bandit de Londres ........ 1 10

**Gœthe.**

Werther et Faust ........ » 90

**Jean-Jacques Rousseau.**

Emile ........ 2 10
La Nouvelle Héloïse ........ 2 10

**L'Héritier.**

Les Mystères de la vie du monde. » 70
Scènes épisodiques et anecdotiques. » 70

**Scarron.**

Le Roman comique ........ 1 50

**Marco de Saint-Hilaire.**

Mémoires d'un Page de la Cour impériale ........ » 90

**Léo Lespès** (Timothée Trimm).

Les Filles de Barrabas ........ 2 10

**Charles Rabou.**

Louison d'Arquien ........ » 70

**H. Emile Chevalier.**

39 Hommes pour une Femme ... 1 »
Un Drame esclavagiste ........ 1 25
Les Souterrains de Jully ........ » 70

**Ernest Capendu.**

Le Chasseur de Panthères ........ » 90
L'Hôtel de Niorres ........ 2 70
Le Roi des Gabiers ........ 2 50
Le Tambour de la 32e ........ 3 »
Bibi-Tapin ........ 3 30

**Charles Monselet.**

La Franc-Maçonnerie des Femmes 1 50

**Louis Noir.**

Souvenirs d'un Zouave (Campagne d'Italie) ........ » 90

**Vidocq**

Ses Mémoires écrits par lui-même. 1 beau volume ........ 5 50

**Paul de Couder.**

La Tour de Nesles ........ 1 50

**Jules Beaujoint.**

Les Nuits de Paul Niquet ........ 1 30
Les Oubliettes du Grand Châtelet. 1 30

**Jacques Arago.**

Voyage autour du monde ........ 2 95

**Féreal.**

Mystères de l'Inquisition ........ 2 10
Physiologies parisiennes ........ 4 »

**Adrien Robert.**

Le Bouquet de Satan ........ » 70
Les Aventures de Lazarilles ........ 4 50
Contes fantasques et fantastiques. 6 »

**A. de Bougy.**

La Vengeance du Bravo ........ » 90

**Et. Enault et L. Judicis.**

Le Vagabond ........ 1 10

Paris. — Typ. Walder, rue de l'Abbaye, 22.

www.ingramcontent.com/pod-product-compliance
Ingram Content Group UK Ltd.
Pitfield, Milton Keynes, MK11 3LW, UK
UKHW012253240726
13966UKWH00004B/1401

9 782011 866462